LEYLA BİLGİNEL

# *Sendeki Ben*

**SENDEKİ BEN**
Leyla Bilginel

**Son Okuma:** Buse Turan
**Kapak Tasarımı:** İlknur Muştu

**2. Baskı:** Eylül 2017
**ISBN:** 978-605-2063-00-2

*Bu kitabın Türkçe yayın hakları Olimpos Yayıncılık San. ve Tic. Ltd. Şti'ye aittir. Yayınevinden izin alınmadan kısmen ya da tamamen alıntı yapılamaz, hiçbir şekilde kopya edilemez, çoğaltılamaz ve yayımlanamaz.*

**OLİMPOS YAYINLARI**
Maltepe Mah. Davutpaşa Cad. Yılanlı Ayazma Yolu No:8 K:1 D:2
Davutpaşa / İstanbul
Tel: (0212) 544 32 02 (pbx) Sertifika No: 13718
www.olimposyayinlari.com - info@olimposyayinlari.com

**Genel Dağıtım:** YELPAZE DAĞITIM YAYIN SANAT PAZARLAMA
Maltepe Mah. Davutpaşa Cad. Yılanlı Ayazma Yolu No:8 K:1 D:2
Davutpaşa / İstanbul
Tel: (0212) 544 46 46 Fax: (0212) 544 87 86
info@yelpaze.com.tr

**Baskı:** MY Matbaacılık San. ve Tic. Ltd. Şti.
Maltepe Mah. Yılanlı Ayazma Sk. No: 8/F Zeytinburnu / İstanbul
Tel: 0212 674 85 28   Sertifika No: 34191

**Dışarıdan Katkı Sağlayan Redaksiyon:** Güler Kazmacı

# LEYLA BİLGİNEL

# *Sendeki Ben*

OLİMPOS®

# TEŞEKKÜR

Her kitabın tamamlanıp ortaya çıkmadan önce kısa bir yolculuğu olduğunu düşünüyorum. Her şeyde olduğu gibi onun da küçük bir hikâyesi var. Yazmaya başlamadan önceki ilk adım, duyulan ilk cümle ve son dokunuş... Ortaokulda edebiyata düşkünlüğüm çok sevdiğim sevgili öğretmenim Özcan Kartal sayesinde olmuştu. Okul yarışmalarına kompozisyon yazmamda bana yardımcı olur ve beni yarışmalara sokardı. O zamanlar yazmayı seven ben sonra zamanla uzaklaştım, daha fazla okur oldum. Yazmak benim için dünyanın en zor işiydi aslında. Yıllarca birçok can "Sen yazmalısın." dediğinde onlara cevabım her zaman aynı oldu. "Benim bir kitap yazmam çok zor." Tek bir konu üstüne odaklanıp saatlerce sabit bir noktada duramam. Yazar olmak ayrı bir yetenek ve eğitim derdim. Bugün hâlâ aynı düşünceyi savunuyorum. Evet, yazar olmak, bir başyapıt çıkartmak çok da kolay değil. Ve ben bu yola yazar olma arzusuyla çıkmadım. Dilerim çok ama çok fırın ekmek yer, o statüye erişebilirim. Asıl niyetim beynimdekileri ve yaşadığım tüm hayatın tüm detaylarını sizlerle paylaşmak.

Bu niyetle çıktığım yolda ilk adım, başarılı yayınevlerinden birinde çalışan sevgili Senem sayesinde atıldı. O gün içim kıpır kıpır, ne diyeceğimi dahi bilmeden yaptığım o telefon konuşmasını hiç unutmayacağım. Bana kısa da olsa ne yazmak istediğimi anlatan bir yazı yazmamı ve kendisine göndermemi istedi. Üstüne ofisinde görüşecektik. Hızlıca üç sayfalık yazdığım bir yazıyı binlerce kez özür dileyerek attım. Gerçekten çok da sevdalı değildim ve büyük ihtimalle görüşmede duyacaklarım sonucunda "Ben bu işlerle uğraşamam." der ve yazmaktan vazgeçerim diye düşünmüştüm.

Odaya girdiğimde gayet ciddi ama samimi yüzü gülmese de enerjisi yüksek, niyeti güzel bir can masasında oturuyordu. Yarım saatlik bir konuşmamız net, temiz ve içtendi. Abartıdan, samimiyetsizlikten ve olumsuzluklardan uzaktı. Çok değil, az ve öz konuştu okuduğu üç sayfa üzerine. Söylediği her söz yüreğimi açtı ve yazma isteğini yükseltti içimde. "Eyvah, nasıl gönderirim bu yazıyı!" dediğim, çekinerek attığım o kısa hayat hikâyesini sevmişti. "İçime dokundu yazdıklarının ve farklı bir yaklaşım yakalamışsın. Beni hikâyenin içine soktu." demesi ve gözlerindeki o bakış… Hayatımın içindeki bir detayı yakalamış ve samimi bulmuştu. O gün, o cümleleri etmeyip tam tersine içimde az da olsa olan isteğimi kırsaydı bugün belki de bu kitap olmayacaktı. Çok teşekkür ederim sevgili Senem! Umut veren, umudu alır hayattan. Diliyorum bu alışverişin hep devam eder evrenle…

Sonrasında bir kitap yazıldı ama bir şey vardı. İçimde "Henüz olmadı." diyen o ses… Evet, bazı yardımlarını aldığım canlar olmuş bu kitapta, "Harika, sen doğuştan yazarsın!" gibi

## Sendeki Ben

insanın egosunu tavan eden sözleri söylese de benim içimdeki ses hiç susmadı. Duymak istediklerim bunlar değildi. Bu kadar çabuk olamazdı başarı. "İlk kez bir kitap yazıyorum, birileri beni eleştirmeli." diye düşünsem de kimse eleştirmiyor, "Tamam, olmuş bu kitap." diyordu. Bir gün okuması için yazar olan bir cana gönderdik kitabı. Ve işte ikinci adımın atıldığı o gün, çocuklar gibi havaya zıplamama neden olan sevgili Eray Aydın'ın gönderdiği mail geldi. Tam kırk maddelik bir liste. Beni yerden yere vurmuştu. Daha önce edebiyatın içinde olan birçok canın okuyup yapmadığı yorumlarla dolu bir sayfa yazı… İyi ki varsın güzel insan, çok teşekkür ediyorum. Kitabı ikinci kez oturup yazmama vesile oldun.

Kitabı, tam kafamda tasarladığım gibi yazdım ama hâlâ o sesi duyuyordum ve bunun sebebi onaylanma isteğiydi. Bir üstat okumalı diye düşündük ve bir canın yardımıyla sevgili Mario Levi'ye ulaştım. Kısa bir telefon konuşması ve işte üçüncü adım, küçük bir kafede bir saatlik kısa bir sohbet… Az ve öz yapılan yorum ve öneriler… Ben her ne kadar fazlasını almaya çalışsam da üstat gerekeni gerektiği kadar söyledi ve ayrıldık. Bunun üzerine ben yeniden oturdum kitabın başına ve artık oldu, dediğim son noktayı koydum. Çok teşekkürler kıymetli zamanını ayırıp o gün gözlerimin parlamasına sebep olduğun için can.

Ve kitabı elime aldığımda geriye sadece şu kalmıştı: Bilgisi, algısı açık bir elden geçmeliydi. Ne demişler: "Sen iste, Yaradan var ettiklerini aracı kılar ve sana gönderir." Bir kez daha şahit oluyordum ben buna. Yıllardır konuşup görüşemediğim bir can sevgili Güler Kazmacı… Türkiye'nin sarı güneşi gelmişti yardım çağrıma. O gün birdenbire küçük bir rastlantı sonucu telefonun diğer ucundaydı. Ben niyet ederken içimden, ağzıma alıp istemeden o, "Sevgili Leyla, arzu edersen canıgönülle hiçbir bedel almadan bütün kitabın düzeltisini yaparım." dedi. Daha ne olabilirdi? Sevgili Güler'in elinden geçecekti kitabım. Çok teşekkürler Güler can… Çok hasta olmana rağmen dediğin güne teslim etmek için sabahladığın o günün emeğini hayatın boyunca katbekat almanı diliyorum evrenden.

Kitabın yolculuğu bitti mi? Hayır, hiç sanmıyorum. Sanırım asıl şimdi başlıyor ve bundan sonraki yolculuğu da sizlerle. Diliyorum uzun ve konuşulası bir yolcuğu olur. Umut ediyorum seversiniz ve yola devam etmesini sağlarsınız. Şimdiden yüreğiniz var olsun. Hayat size gülümsesin ve siz de gamzeleriniz olmasa dahi hep ona karşı gülün.

*Bu kitabı okurken Leyla'yı neden çok sevdiğimi
daha iyi anladım...*

Ve bazen ağladım, bazen güldüm. Bir insan bu kadar akıllı ve güçlüyken, aynı zamanda böylesine derinlikli ve duygusal olabilir mi?

Ancak daha önemlisi, bu özel kadının müthiş sancılı bir çocukluğun içinden kendi çabasıyla sıyrılması... Güzel, hakiki insan olmanın yollarını açarak bu deneyimleri paylaşmak istediğini görüp, ona saygı duydum. Herkese ama özellikle çaresizlik yaşayanlara söyleyecek çok sözü var.

Leyla'nın dediklerini "duymanızı" isterim.

*Güler Kazmacı*

Hayat ne yazık ki bazen baştan sona, bazen de sondan başa var ediyor gerçekleri. Önemli olan, bu varoluşun içinde ne istediğini bilmek aslında.

Tıpkı Leyla'nın yaşamında olduğu gibi…

*"Gün ışığını istediğim kadar görerek yaşamadan, hayatın her rengini solumadan, dünyayı dolaşıp farklı kültürleri tanımadan bir ömür tüketmek değildi isteğim. Her gün bir önceki günün tekrarıyla oluşan gizli bir girdabın içinde dönüp durmak, benim için boş bir zaman akımıydı. Bu yüzden kozamdan çıkıp kanatlarımın rengini görmem gerekiyordu…"*

Leyla hayattan ne istediğini net olarak bilen ve bunun için mücadele etmekten asla yılmayan koca yürekli küçük bir kız, daha sonrasında da güçlü bir kadın. Her zaman, umutların tükenmeye yüz tuttuğu anlarda bile bir şey için gerçekten emek harcandığında karşılığını alacağına inandı. Onun hayatı kimileri için çok uzak kimileri için de çok yakın ama gerçek… Her insan farklı bir hayat yaşar, bir o kadar da aynıdır aslında her şey. İşte bu nedenle onun hikâyesi mutlaka bir yerlerden sizi kendisine bağlayacak. Okudukça kendinizden bir parça bulacak, yönünüzü çizerken daha dikkatli davranacaksınız. Yapılan hatalardan ders, güzelliklerden ise ilham alacaksınız.

Karanlık!

Ve sessiz...

Gözlerim açık mı kapalı mı, bilmiyorum. Karanlık sessizliğe bürünmüş ve âdeta beni içinde yok ediyor. Tüm benliğim bir bilinmezlik içinde yavaş yavaş eriyor.

Duygularım mı? Duygularım beni çoktan terk etmiş; yokluğun tam dibindeyim. Herhangi bir ses, bir görüntü, bir renk, bir koku, hiçbir algı yok. Beynim bir boşlukta asılı, bedenim yok gibi.

Bir ses duyuyorum! Beynimin içinde dolaşan bu ritim... Uzaklardan gelen ince bir sızıntı... Bu... Bu kalbimin sesi! Ve son kalanları da alıp gitmek üzere...

Gitmek! Peki nereye? Neden bu karanlığın sessizliğinde bir bilinmezim? Neden böyle bir yokluğun içinde kayboldum? Neden buradayım? Neden?

Ben kimim?

*"Şişşt, sakin ol! Hızlı hızlı nefes almak yok. Bu her şeyi daha da kötüleştirir. Lütfen bunu hep hatırla, tamam mı? Şimdi sakince ve yavaş yavaş nefes al."*

"Bu ses! Kimsin sen? Hey neredesin! Neden sustun?"

"Tamam, buradayım ama beni göremezsin. Ne zaman kendi içindeki sana ulaşırsan, işte o zaman beni duyabilir ve görebilirsin. Lütfen önce sakin ol, bu senin için çok önemli!"

"Sakin olmak mı? Sakin olmak ne demek, ne söylediğini dahi anlamıyorum. Ben neredeyim, sen kimsin ve neden hiçbir şey hatırlamıyorum?"

"Biraz evvel söyledin işte... Hiçbir şey dedin! Yani cevabını zaten verdin. Hiç! Evet, şu an bir hiçsin! Hiçlik duygusunu hatırlamıyor musun? Oysa bunu geçmişte çok net gördün ve yaşadın."

"Hiçlik duygusu mu? Bilmiyorum, şu an gerçekten hiçbir şey hatırlamıyorum, hatırlayamıyorum. Yoksa bir rüyanın içindeyim ve hiçliğin ne olduğunu öğrenmiş olarak mı uyanacağım? Rüya... Rüya ne peki? Bana cevap ver, ne olur yine konuş benimle! Niye sustun? Neredesin?"

"Sen ne zaman istersen ben o zaman konuşabilirim. Söylediğim gibi, ancak sen ulaşabilirsin bana. Beni sen susturdun."

"Neden? Ne yaptım? Ne susturdu seni?"

"Korkuların... Belki o yüzdendir."

"Korku mu? Neyin korkusu? Hangi korkular?"

"Sorduğun soruların cevabını duymaya, her şeyi tekrar algılayıp hatırlamaya hazır mısın? Gerçekten onları duymak istiyor musun? Neden buradasın, neden bu durumdasın, ne yaptın ya da neyi yapmadın? En son ne yaşadığını hatırlıyor musun?"

"Hayır! Hatırlamıyorum! Hiçbir şey hatırlamıyorum!"

"Bense, her şeyi hatırlıyorum ve tüm sorularının cevabını biliyorum. İstersen bunları anlatabilirim sana."

"Sen nasıl biliyorsun bunları?"

## Sendeki Ben

"Sanırım... Sen hâlâ benim kim olduğumu anlamadın. Ben senim... Küçücük bir çocukken ne zaman kendini sıkışıp kalmış hissetsen, ne zaman akıl almaya ihtiyacın olsa, ne zaman canın acısa, ne zaman bir şeylerin cevabını arasan hep ortaya çıkan sendeki ben! Zaman akıp sen büyüdükçe de en içinde yine hep seninle var olan ben! Yani beş yaşındaki o kız çocuğu!"

"Çocuk mu? O zaman ben de çocuk muyum şu anda?"

"Hayır, sen artık bir yetişkinsin. Tüm evrene ve içindeki tüm canlılara âşık, sevgi dolu bir insansın. Mümkün olduğunca bu dünyanın kötülüklerinden uzak tuttun kendini. Karşılaştığın kötülükler saflığını bozmadı, bozamadı."

"Neredeyse bana sen bir meleksin, diyeceksin."

"Ben öyleyim ama senin için aynı durum pek geçerli değil. Elbette ki kötü değilse bile yanlış ve eksik yanların da var. Ama bunlar insani denen, her insanda az veya çok mutlaka bulunan hâller... Kendini seviyorsun, çünkü güzel ruhlu iyilik dolu bir insan olduğunu biliyorsun. Bu nedenle ben de seviyorum seni. Geçen yıllar içinde birlikte olumlu ve faydalı bir hayat kurduk ama istemeden de olsa bir yere geldik tıkandık. Şimdi aniden yaşanan bir şeyler var ve sen gitmek üzeresin! Ama ben senin gitmeni istemiyorum. Çünkü bu yanlış olur."

"Yanlış mı? Doğru ne? Onu da bilmiyorum. Yanlış buysa doğru ne? Doğruyu bilmeden yanlışı nasıl bilebilirim! Hiçbir şey bilmiyorken, söylediklerinden ne anlayabilirim? Sadece garip bir boşluk... Buradan gitmek istiyorum, bildiğim bir şey varsa o da buraya ait olmadığım!"

"Evet, buraya ait değilsin. Ölmek ya da tekrar gözünü açıp hayata devam etmek senin seçimin. Yani ölümle yaşam arasındasın ve bir seçim yapmalısın. Biliyorum, bu acıdan sonra çok zor hayata olduğu yerden devam edebilmek! Sana zor olduğu kadar bana da zor, hatta daha zor, inan buna. Fakat yaşanan bu ani acı bizi daha da derinlerde yatan gerçeklere götürdü. Şimdi tüm anıları, bütün iniş çıkışlı duygularını ve yaşananları daha net görüyorum. O gün bizim için dünyadaki birçok renk solup, hayat anlamını yitirmiş olsa da aslında farkında olmadığın, derinden görmediğin bir durum gerçekleşti. Kararan dünyada içindeki çocuğu kaybetmedin. Tam tersine daha da aydınlandın, yükseldin ve müthiş bir şekilde gelişip farklılaştı çocuk dünyan. Böylece ben de olgunlaştım. Demek ki insanın içindeki çocuk da olgunlaşıyormuş. İnan bana hayat aslında şimdi başlıyor bizim için. Artık sen de görmelisin tüm bunları, hatırlamalısın hayatını ve karar vermelisin: Gitmek mi? Kalmak mı? Ben kalmak istiyorum. Çünkü bu dünyada yapmak istediğim çok şey var. Gelecek bizi bekliyor."

"Ne olur böyle bulmaca, bilmece gibi konuşup durma. Anlat bana ne demek istediğini, ne olup bittiğini. Ama önce şunu söyle: Niye buradayım?"

"Bana güven, her şeyi anlatıp seni buradan çıkarmak için elimden geleni yapmaya hazırım. Ama önce söz ver bana. Sözün senin için ne kadar değerli olduğunu ve eğer söz verirsen, ne olursa olsun sonuna kadar devam edeceğini biliyorum."

"Söz vermek mi?"

"Evet, söz vermek! Herhangi bir konuda, birine ağzından söz kelimesi çıktığı an, o olay bitmiş demektir. Zaten sen kelimelerin gücüne ve büyüsüne her zaman çok inandın."

"Unuttun galiba, ben şu an hiçbir şey hatırlamıyorum. Ve sen bana söz vermekten, kelimelerin gücünden bahsediyorsun."

"Hatırlamıyor olman içerideki gerçeği değiştirmez. Sen sadece hatırlamak istemiyorsun. Tüm gerçeği geçmişinden geleceğine yok etmek, tamamen silmek istiyorsun."

"Sence tek istediğim bu, öyle mi? Gerçekten böyle düşünüyorsan neden buradayız?"

"Şişşt sakın, sakin ol. Hızlı nefes almak yok, unutma. Ve hâlâ cevabını kelimelere dökmedin. Seni bekliyorum."

"Tamam... Tamam sakinim."

"İşte bak, bu büyülü bir kelime. İçinde çok fazla tanımın, anlamın, hatta yaşam tarzının olduğu kısa ve net bir kelime: Sakin! İlk bunu hatırladın."

"Evet sakinim... Mavinin beyazla boğuştuğu engin denizin üstünde dönüp duran hırçın martılara inat, küçük bir kırlangıcın yuvasını yaptığı an kadar dinginim. Şimdi huzurla dinliyorum seni ve bir an önce bu sonsuz karanlığın içinden çıkmak istiyorum."

"Öyleyse!"

"Peki, söz veriyorum! Çıktığımız bu ikinci yolumuzda seni bırakmayacağım, son noktaya kadar birlikte gideceğiz ve hep sakin olacağım."

"Ve söz veriyorum seni asla yarı yolda bırakmayacağıma."

"Söz veriyorum!"

"O zaman sendeki ben gerçeklerinle yüzleşme zamanı. Sen kimsin?"

\*

"İnsanlar! Burada insanlar var. Aman Allah'ım! Bu yatan benim! Ayaklarım, bacaklarım, ellerim, kafam, ağzım, yüzüm... Bu benim! Ama neden bu yatakta kıpırdamadan öylece yatıyorum? Ve bu insanlar..."

"Hastalar... Burası yoğun bakım odası ve bu yatan da sensin. Niçin mi yatıyorsun? Nefes almak istemiyorsun ve nefesini tutmayı becerdin."

"Nefesini tutmak da ne demek?"

"Bunu nasıl yaptın, kimse bilmiyor ama yaptın. Tıpta iyi bilinen, olası bir durum. Beyne direk emir gönderme yetisi bu, güçlü olan herkes vücudundaki tüm organlarına hükmedebilir."

"Yani isterse kalbini durdurabilir, öyle mi?"

"Evet. Aslında bu senin hep yaptığın bir şeydi. Hatırlar mısın on dokuz yaşında yaşadığın o motosiklet kazasını? Düştüğünde sürüklendiğin için kolun, omzun, dizlerin ve ellerin..."

"Kısacası her yerim yara içindeydi. Sadece yüzüm... Tek bir çizik bile yoktu."

"Vücudun pek çok yerinden yaralanmıştı. Kanla karışık taş toprak cildinde kurumuştu. Yaralara pansuman yapmak için elinde kocaman bir kapta kırmızı suyla gelen o doktorun yüzündeki ifadeyi hiç unutmadın. Yaraların üzerine döktüğü tentürdiyot, makasın ucuna sarılı gazlı bezle derinin üzerine sürdükçe senin çığlıklar atmanı bekleyen doktor, sana şaşkınlıkla bakıp duruyordu. Çünkü acıyla haykırması, en azından sızlanıp yakınması gereken sen, yukarıdan aşağı doğru onun yüzüne bakıp fıkra anlatıyor ve gülüyordun."

"O an sanki benim değil bir başkasının koluymuş gibi yaptıklarını sadece izliyordum. Pansuman işlemine dışarıdan bakıyordum ve anlattığım fıkranın içindeydim. Mutluydum çünkü biraz önce yüzümü merak ederek uyanmış, aynada bir çizik bile olmadığını görmüştüm ve bir mucize yaşadığımı düşünmüştüm. Onca taşın toprağın içinde hızla sürüklendiğimi hatırlayınca, bunun mümkün olmasının ne kadar zor olduğunu biliyordum.

## Sendeki Ben

Ama olmuştu işte, evet yüzüm aynı yüzdü. Bu gerçekten bir mucizeydi, büyük bir mucizeydi. Ve o gün anladım daha çok şükretmem gerektiğini."

*"Mucize ve şükretmek... İki sihirli kelime daha... Evet, o gün bir kazada ölümden ve o güzel yüzünü kaybetmekten kıl payı kurtulmuştun ama çok şey öğrenmiştin. Ancak işte bugün mucize dediğin hayatın tamamını beyninde yankılanıp duran sorularla yok etmek üzeresin. Oysa gördüğün gibi işte, orada ötüp duran bir makine sayesinde ciğerlerine hava gidiyor. Bunun önemini anlamalısın."*

"Canım acıyor, çok canım acıyor. Bu da ne?"

*"Şimdi de ilk duygunu hatırladın. Acı!"*

"Ama bu öyle bir acı değil. Yani kolumun acısı gibi değil. Başka bir şey bu... İçim yanıyor, sanki alev alıp tutuşacak bedenim."

*"Sakin ol, hadi gidelim buradan."*

"Hayır... Bekle. Hemen gitmek istemiyorum."

*"Yalnız bil ki..."*

"Sus! Biraz sus lütfen, sus ne olur! Alev alıp yanacakmış gibi yatan bu bedenime bakmak istiyorum. Yüzüme bak, hiçbir ifade yok. Ne kadar net. Şu an içimde acı veren ateşe, kora inat mermerden bir heykel gibi bembeyaz yüzüm. Cansız ve hissiz..."

*"Ne hissediyorsun?"*

"İçimde garip bir yokluk, bir eksiklik... Bedenim sanki çok uzun zamandır ruhumdan ayrı kalmış. Her şeyi unutmuş. Varken, yok gibi..."

*"Özlem! Ne derin bir duygudur. İnsanı bazen fazlaca duygusal yapar ve sakinleştirir. Bazense fırtınalı bir deniz gibi hırçınlaştırır."*

"Neden sen konuştukça tamamlanıyor içimdeki bu boşluk? Önce anlamını bilmediğim bir durum yaşıyorum ve sen, onu tanımlayana kadar onun ne olduğunu anlayamıyorum."

*"Eğer istersen tüm duygularını tekrar hatırlayıp içindeki o bilinmezliği yok edebilirsin. Bunu yapabilirsin, bu senin elinde. Sadece ben istersem olmuyor, olmaz zaten. Sen ve ben birlikte düşünüp istediğimizde her şey oluyor; ama şu an sen beni değil sadece korkularını dinliyorsun. Dinleme korkularını, hadi göster cesaretini ve sor o soruyu. Sor artık!"*

"Ne sorma mı istiyorsun? Ne?"

*"Ne olduğunu biliyorsun. Bu benim için de çok zor ama bilmelisin ki daha da zor olan seni böylece burada bırakmam. Bunu yapmayacağım, izin vermeyeceğim böyle hastane odasında ve koridorlarında çaresiz bir şekilde yaşamla ölüm arasında kalmana."*

"Duymak mı istiyorsun? Peki, duy o zaman ve bitsin bu kargaşa. Yeter! Neden buradayım ben, neden? Ve neden nefes almak istemiyorum? Sordum, işte sordum!"

\*

"Neredeyiz! Bu... Bu kadın da kim?"

*"Sensin!"*

"Peki neden yüzümü net göremiyorum?"

*"Yavaş yavaş toparlayacak ve tamamlayacaksın kendini; yeniden var edeceksin seni. Gökyüzüne bak!"*

"Siyahı olmayan bir gece ve yine tüm ışığıyla parlıyor gökyüzünde. Derinden çok derinlerden gelen muhteşem bir ışık. Sen ne güzelsin dolunay, en karanlığı bile aydınlatan."

*"Dolunayı her şeye rağmen hâlâ çok seviyoruz."*

## Sendeki Ben

"Her şeye rağmen mi? Bu da ne demek?"

"*Çünkü bazen insanın canını da yaktığı oluyor. Hayatın öyle gerçeklerini gün yüzüne çıkarıyor ki; gördüklerin, duydukların ve yaşadıklarının sonucu biraz ağır gelebiliyor. Ama biz biliyoruz ki gerçekleri ortaya çıkararak aynı zamanda arındırıyor da hayatımızı. Tıpkı kendisi gibi aydınlatıyor içimizi.*"

"Olumsuz bir durum olamaz zaten, o kadar güzel ki... İnsanı kendine çekiyor, sonsuz bir aydınlığın içinde sessiz bir yolculuk gibi..."

"*Onunla yolculuğumuz, özgürlüğün ne olduğunu hissettiğimiz o gece düştü yüreğimize. Sonra biz aldık onu, daha da büyüttük içimizde. Evrenin gücünü ve sevgiyle varoluşun ne olduğunu öğrendik. O gece ruhumuza düşen ilk ışıktı.*"

"Bu kadın... Yani ben... Neden hüzün var yüreğimde? Yüzümü göremesem de hissediyorum, yüreğimi hissediyorum bir şey olmuş!"

"*Henüz bir şey olmadı.*"

"Henüz olmadı derken?"

"*Hatırlar mısın, bazen bazı olayları önceden hissederdin. İşte bu gece de bazı olacakları olmadan hissetti yüreğin.*"

"Öyleyse olabileceklerin önüne geçebiliriz."

"*Hayır, böyle bir şey ne yazık ki mümkün değil. Olan oldu, gelecek gibi görünse de tüm olanlar geçmişten ibaret. Geleceği değiştiremeyiz ama geçmişten bir şeyler öğrenebiliriz. Şu an yirmi yedi yaşındasın. Hayatın daha ba...*"

"Salondaki o adam kim?"

"*Loş ışıkta ince bir tül perdesi gibi süzülen sigara dumanının arkasındaki o adam senin sevgilin. Aşk ve tutku sizi tanımlayan duygular. Birbirinize delice âşıksınız.*"

"Aşk... Hiç tanımadığın birini ansızın hayatına alıp yok olurcasına onunla bütünleşmek. Tek bedende aynı nefesi solumak ve onun için acı çekip, özlem duymak, hayatın her anında onunla var olmayı istemek... Bu çok enteresan değil mi?"

"Evet, işte bu enteresan insan hâli, sanırım aşk. İlk kez düştü ikinizin yüreği de aşka. Tam dört yıl önce, tüm dünyanın ayağa kalktığı bir tarihte; ikiz kulelerin yıkıldığı günün öğle vakti dokundu aşk melekleri size. O gün sen çok heyecanlı, o ise çok öfkeliydi. Çünkü kulelerin yıkılması ciddi zararlara ve can kaybına sebep olmuştu. Sense hiçbir şeyden habersiz; kafanda şapkan, bol cepli geniş paçalı pantolonunla odaya daldın ve işte o anda olanlar oldu. Kaybettiği parasını da, olup biten bir dünya sıkıntıyı da bir anda unuttu. Çocukça tavırların, gülüşün ve içi dışı bir hâlin çok hoşuna gitti. Başarılı bir yapım şirketinin sahibi ve hatta iyi filmlere imza atmış bir yönetmendi. O sırada yeni bir filmin çalışmalarına başlamıştı ve sen de bir karakteri oynamak için görüşmeye gitmiştin o gün."

"Yani ben bir film yıldızı mıyım?"

"Henüz gerçek bir yıldız olduğun söylenemez ama isteğin ve hayalin buydu. Yolun çok başındaydın. Ve ilk kez bir sinema filmi görüşmesine gelmenin heyecanı içinde tam yarım saat delice bir o, bir sen konuşup durdunuz. Sen odadan çıkıp gidince, hemen arkandan asistanı Yasemin'i çağırıp; 'Bu kız kim? Neyin nesi? Çok acayip bir enerjisi var. Resmen bana dünyayı unutturdu!' diyerek merakla senin hakkında birçok soru sormuş. Yasemin de hemen ardından seni arayıp heyecanla olup bitenleri anlatmıştı."

"Evet, hatırladım tam bir hafta sonra ancak arayabilmişti. Günlerce eli sık sık telefona gitmiş ama bir türlü cesaret edip arayamamış beni. Koyu Fenerbahçeli olduğumu öğrenmiş ve o ilk telefonda beni Fenerbahçe-Galatasaray maçına davet etmişti. Etiler'de bir kebapçıda buluşup, bir grup arkadaşıyla birlikte maçı izlemiştik. O yıl şampiyon olmuştu Fenerbahçe. Sonrası keyifli bir gece, dans, müzik ve aşkın tılsımı..."

*"Kabul et, hâllerin çok çocukçaydı. Ve bütün akşam ona karşı çok ilgisizdin."*

"Evet ama ben sadece davetini kabul etmiştim o kadar. Hiçbir zaman ilgimi çekmedi, tam tersine hiç hoşlanmazdım enerjisinden. Ne zaman Yasemin'ini ofiste ziyarete gitsem o şirkete geldiğinde, sizin eşkıya geldi der, kaçardım. Öfkeli ve ukala hâli hep sinirimi bozardı."

*"Biliyorum... En komik olan da ilk defa yemeğe çıktığınızda Aylin'i de yanında götürmek için yaptıklarındı."*

"Ama ne yapayım? Adamın beni huzursuz eden hâlleri yüzünden kardeşim yanımda olsun istedim. Bu benim sıkça yaptığım bir şey değildi. İlk kez böyle fazla istek duymadan bir yemeğe gidiyordum. Biraz tedirgindim sanırım."

*"Ve biraz çocuktun... Ruhunun derinlerinde henüz bilmediğin bir tarafını tanımak üzereydin. İkinci kez bir yabancıyla farklı bir hayatın içine girecektin. Ama dünyaya çocukça baktığın için kadınsı bir aşkın içine düştüğünden habersizdin."*

"Gecenin sonuna doğru neler olacağını gerçekten hiç düşünmemiştim, hatta böyle bir gelişmeyi asla hayal bile etmemiştim. Bütün gece dans ettim. Kardeşim ve o, saatlerce sıkılmadan sohbet edip gülüştüler. Çok sevdiler birbirlerini."

*"Ne demişler; kaleyi içeriden fethetmek gerek."*

"Öyle de olmuştu işte, önce kardeşimi sonra diğer arkadaşlarını ikna edip kulüp sonrası herkesle birlikte onun evine gitmemi sağladı. Ama bize söz verdiği gibi muhteşem caz parçaları dinletti. İnsanlar sadece konuşup sohbet ediyordu. Bense sanki bir dolunay gecesi, Paris'in Arnavut kaldırımlı sokaklarındaki bir caz barda dans ediyor gibiydim. Gözlerim kapalı müziğin içinde buluyordum kendimi ve içimden oturmak gelmiyordu. Caz dinlemeyi ilk defa o gece sevdim."

*"Sevgi... Ne kadar naif bir kelime. Ama bir o kadar da ağır. Söylerken tınısı yumuşak ve bittiği an noktayı koyacak kadar net. Varlığıyla var eden, yokluğuyla tufanı koparacak kadar güçlü. Sevgi!"*

"Tıpkı dansı ve müziği sevmem gibi. Hiç kimseyi umursamadığım tek an, müziğe teslim olup dans etmek. O yüzden kendi başıma dans etmeyi çok seviyorum."

*"Bu yüzden de gözlerin sürekli kapalı, içinde mutluluk çanları çalarak dans edip dururken, insanların gittiğini fark etmedin. Herkesin yok olduğunu ve o koca salonda sadece ikinizin kaldığını gördüğün anda, hâliniz fıkralara bedeldir. Hâlâ gülüyorum hatırlayınca."*

"Susar mısın lütfen. Ben ne bileyim? Birden bana doğru gelince panik oldum ve masanın etrafında dönmeye başladım."

*"Oysa sadece sana elini uzattı bahçeye çıkarmak için. Ama sen öyle panik yaptın ki... O da buna kahkahalar atarak katıldı ve seni kovalamaya başladı masanın etrafında."*

"Beni yakaladığında kolumu kavrayıp kendine doğru çektiği zaman çok ürktüm. Ama hemen ardından kulağıma 'Dışarıda çok güzel bir şey var, sana göstermek istiyorum.' diye fısıldayınca, bu defa fena utandım."

*"O da bunu hemen fark etti. Sen telaşla Aylin'in nerede olduğunu sorunca 'Yukarıda uyuyor, şimdi biraz susma zamanı. Kapa gözlerini ve bırak bana kendini. Ben aç dediğimde aç.' dedi ve parmaklarını senin dudaklarının üstüne koydu. Sen koşuşturmanın*

## Sendeki Ben

*sonunda soluk soluğa kalmışken onun güven verici sakin duruşu hoşuna gitti ve sessizce itaat ettin. Yaradılışında hiç yokken, sana söylenene teslim olduğun ilk andır bu. Aslında senin için bir yabancı olan adamın ellerinde, gözlerin kapalı bahçeye kadar gittin. Başını omuzuna yaslayıp, ince parmaklarıyla yumuşakça çeneni tutup hafifçe yukarı kaldırdı ve 'Şimdi aç gözlerini' dedi."*

"Gözlerimi açtığımda biraz evvel dans ederken hayal ettiğim güzelliği sunmuştu bana. Gökyüzünden tüm dünyaya ben buradayım, dercesine aydınlığını haykırıyordu. Yine karşımdaydı ve o ay ki tamamlanması bana bu yabancıyı getirmişti. Tek kelime dahi edememiş, öylece kala kalmıştım. Ta ki boynumdan aşağı dökülen saçlarımın arasından onun sıcak nefesini hissedene kadar."

*"Sen tüm görkemiyle dolunayı izlerken o sadece sana bakıyordu. Ayın ışığı, buz mavisi taşların yansıması gibi yüzünü aydınlatmıştı. Bu aydınlık ona ne kadar saf ve masum olduğunu gösterdi. Hayatında birçok kadın ve ilişkiler olmuştu. Ama bu kez farklıydı; bu kez yüreği ona derinlerden sesleniyordu. Hiç bilmediği, hissetmediği bir heyecanla seni istiyordu. Kristal taşlar gibi parlayan gözlerine âşık olmuştu. Sense onun yaptığı bu sürprize çok mutlu olmuştun. Kafanı ona doğru çevirdiğinde, sendeki gözlerine artık sen de bir başka bakıyordun. Dudakları daha dudaklarına değmeden, kalbin hiç atmadığı kadar delice atıyordu. Yeryüzünüze süzülen dolunayın ışığının altında yok olacakmış gibi hissettin."*

"Ve ertesi günün sabahı gerçekten de kalbim bir başka atıyordu. Hiç tanıdık, bildik bir duygu değildi. Henüz tanımsız olan bu duygunun heyecanıysa ayaklarımı yerden kesiyordu. Tam beş gün hiç ama hiç ayrılmadık. Sımsıkı tuttuğu elimi sanki yok olacakmışım gibi sıkıca kavrayarak hiç bırakmadı. Nereye gitse beni de yanında götürdü. En önemli iş toplantılarında bile ben yanındaydım. Gözlerinin içindeki o enerji beni çok mutlu ediyordu. O kadının geleceği güne kadar. Ve o gün, beni eve bıraktığında gözlerinde gördüğüm hüzündü, heyecan değil. Elleriyle yüzümü kavradı ve gözlerimin içine bakarken hüznün içindeki umudu gördüm. 'Bekle beni geleceğim. Bugün anlıyorum ki yüreğim ilk kez aşka düştü. Bu aşk böyle bitmeyecek bunu tüm kalbimle söylüyorum. Lütfen sen de inan buna ve yüreğini rahat tut. Sadece bana biraz zaman ver.' dedi. Gözlerinde gördüğüm sevgi sanki beni büyülemiş gibiydi. Ne dese, ne söylese evet diyecek kadar özgürdü ruhum. Daha yirmi üç yaşındaydım ve ilk kez böyle duygular içinde cahilce savruluyordu benliğim. Onsuz geçen saatler, gün kadar uzun ve sıkıcıydı. Ne yapacağımı bilemez hâldeyken çalan o telefon birden sıkışan dünyamı açtı. 'Aşkım!' Ve arkasından gelen, aydınlanan dünyamı karartan o sözler... Sanki saniyeler içinde tükenip, yok olmuştu bütün bedenim..."

"*Neden sustun. Senden dinlemek çok güzeldi bu aşkı.*"

"Bilmem! Bu olanlar sence garip değil mi? Hiç bir şey hatırlamıyorken, sadece yaşadığım aşkı ve bu adamı hatırlıyor olmam... Oysa orada duran o kadın; yani ben, yüreği acı dolu öyle ağlarken..."

"*Hayat ne yazık ki bazen baştan sona, bazen de sondan başa var ediyor gerçekleri. Biz de işte böyle tekrar edeceğiz tüm yaşadıklarımızı. Kim olduğunu hatırlamıyorken, yüreğindeki aşkı tanımlarken bulacaksın belki de kendini. Yine yapıyorsun, yapma bunu. Gerçeklerin içine düşünce siliyorsun tüm bildiklerini. Unutma ben senim ve yüreğinde olan her şeyi hissediyorum.*"

"Evet, hatırlamıyorum sonrasını. Belki de hatırlamak istemiyorum. Yoksa, yoksa bu aşk mı düşürdü beni bu hâle? Sonunda olacaklardan mı korkuyorum?"

## Sendeki Ben

"Hayır, seni hayata küstüren ve karanlığa hapseden bu aşk hikâyesi değil. Şu an sadece o telefonda duyduğun kelimelerin etkisindesin. O an sana yaşattığı duygunun yoğunluğu doldu tekrar yüreğine. İliğinden kemiğine seni saran endişe duygusu... Arkasından gelen incinmişlik ve acı."

"Eğer bu kez aşk değilse, ne peki beni bu derece tüketen? Anlat bana, anlat artık! Nedir beni o karanlığa doğru çeken ve hiçliğe düşüren? Çünkü o an hayat sanki bitmiş gibi hissettim. Nefes alamadım söylediklerini duyduğumda. Başımdan aşağı kaynar sular dökülmüş gibiydim. Her yanım acı içinde sızlıyordu."

"Evet, o an duyduklarınsenin için hayatın sonu gibiydi. Ama hemen arkasından kısık sesle söyledikleri, can verdi âdeta solan ruhuna. 'Sakin ol aşkım, birazdan yanındayım.' Anladın hemen yanında o kadın var ve mecburen söylemek zorunda o sözleri. İçin rahatladı, telaşın geçti ve tekrar güldü yüzün. Zaten arkasından çok zaman geçmedi, en fazla birkaç saat sonra elinde valizi gelmişti hayatına. Sen kapıyı açıp karşında görünce onu, atladın hemen kollarına. Sonra bir çırpıda anlattı tüm olup bitenleri. Üç yıldır yaşadığı ilişkiyi bitirmişti. Görüntüde ilişki olan ama aslında duygusal bir bağları kalmayan bir çift olduklarını anlattı. Bir ay önce ailesinin yanına yurt dışına gitmişti kadın. Ve sizin tanışmanızın beşinci günü dönmüştü seyahatinden. Her zaman her şeyini kontrol eden kadın, o gün de merakla havaalanından eve gelir gelmez, o banyodayken telefonunu kontrol etmişti. Her şeyi silip temizleyen sevgilin bir tek mesajı silememiş, taslaklara kaydetmişti. Yazdığın o mesajı hatırlıyor musun?"

"Bir ilksin hayatımda, ilk gecede gönlümü çalan. Ve bir ilksin bu kadar çabuk yok olan. Ama olsun sevgili, öyle güzel bir beş gün yaşattın ki bana, beş yıla bedeldi. Ve bil ki aşk, uzun bir zaman hayatım sen kokacak..."

"*Evet, tam da bunları yazmıştın. O da hoşuna giden bu mesajı silmeyip taslaklara kaydetmişti. Bunları bulup okuyan kadın bu kez farklı bir durum olduğunu anlamış. Gecelik yaşanan ve göz yumulacak türden bir şey değildi. Bunun üzerine deliren kadın sinir krizleri geçirerek, adamın eline telefonunu vermişti. Bir an evvel sakinleşsin diye kadının istediği cümlelerdi aslında senin telefonda duydukların. Ama evdeki durum düzelip sakinleşmemiş, tam tersine coşmuştu. Sonuç! İki saat sonra elinde valiz kapına gelmişti.*"

"Yaşadığımız aşk anca hikâyelerde ya da filmlerde olur. İlk gecenin sabahı yaşadığımız büyülü durumu ikimiz de hiç unutamadık. Odanın içinde dönen sarı ışık ve başımızdan aşağı süzülen altın tozları. Önce şaşkın şaşkın odaya bakıp bu nedir, demiştik. Sonra göz göze gelip bakınca anladık. Oturduğu yerden elini uzatıp beni kollarına aldı. Tam karşımızda duran dolabın üstündeki aynadan biz yansıyorduk. Elleri belimi dolanmış bir bütün olmuş gibi sarmıştı bedenimi. İnceden çizilmiş bir tablo gibiydik sarı sarı parlayan toz taneciklerinin altında. Belki çok masalımsı bir durumdu ama gerçekti. Aşk perileri o sabah bizi tılsımlamıştı, bunu anlamıştık. Ne zaman aklımıza gelse; o gün olanlar neydi, diyerek o anın şaşkınlığını hep yaşadık. Ve beş gün diye baktığımız aşk, doludizgin tam bir buçuk ay her şeyiyle muhteşemdi. Ta ki, beni altüst edecek ve onun hayatını bir çıkmaza çevirecek o mesaja kadar. Neyse daha fazlasını hatırlamak istemiyorum. Çok yorucu tüm bu yaşananlar."

"*Haksızlık etme, içindeki o kadını bu adam çıkardı. Ve ayrıca iyisiyle, kötüsüyle muhteşem bir aşk hikâyesi olan bir çiftsiniz. Bu hayatta sence kaç kişi yaşamıştır böyle bir aşkı? Şanslısın...*"

"Aslında doğru söylüyorsun. Ne aksiyon dolu sahnelerdi, birden hepsi gözümün önüne geldi. Dört yıl boyunca her günümüz ve anımız aşk dolu oldu. Böyle tutkulu bir aşkı var eden, belki de bu yaşananlardı. Hiç bilemediğim ve bilemeyeceğim bir şey. Ben mi onun seçiminin kaderiydim? Yoksa o mu benim seçimimden ibaretti? Öyle şeyler yaşandı ki, hayatım içinde çok şey ifade eden... Yoksa bu gece ayrılıyor muyuz? Bitiyor mu ilişkimiz? Ondan mı bu tükenmişliğim?"

"Daha önce söylediğim gibi seni hiçliğe sokan bu aşk değil. Gelen o mesaj, ne kadar ağır bir gerçeği size haber vermiş olsa da aşkınızın bitmesine yeterli olmadı. Her şeye rağmen devam etti, biliyorsun. O yüzden sen istemedikçe bu ilişki bitemez. Hâlâ deli gibi âşıksınız birbirinize. Bu gece suratını asmasının, mutsuz olmasının sebebi, ilk kez ondan uzak duruyor olman. Seni daha önce hiç böyle görmedi. Birlikte olduğunuz hiç bir an bir kez bile olsun, tek bir gece bile ayrı uyumadınız. O sensiz ve sen onsuz hiç uyuyamazdınız."

"Ayrılıklar hasta ederdi beni. Delice bir sebep bulurdum tartışacak. Merak ederdim hâlâ ne kadar âşık bana diye. Sonra o şakadan kavga çok ciddiye dönerdi. Arkasından ayrılma kararı alır, günlerce acı çekerdim. Boğazım şişer, ateşim çıkardı. Onsuzluk içimi sancılarla doldurup ruhumu kafese tıkardı. Hayallerim acıyla kalbime akardı. Yemek yemez, yataktan çıkmazdım. Ama hep bir haber alırdım. Kardeşim hiç istemezdi biz ayrılalım. Bu sebepten sıkı bir ikili olmuş ve bana karşı hep oyunlar kurmuşlardı. Kardeşimden alırdım tüm haberleri. Ve bilirdim onun da bensiz nasıl sancılar çektiğini. Kendisini kapattığı abisinin evindeki odada, her kadehte yüreğindeki acının bıraktıklarını yudumlarken, beni nasıl özlediğini hissederdim. Ama inat hem de çok inattım, aramaz sormazdım."

"Hey, bir dakika inat mı dedin? Ne gereksiz bir duygudur. Hiç hatırlamasan da olurdu."

"Bana değil onu sen kendine söyle. Asıl sendin inat olan, seninle baş edemezdi annem. Sen ne verdiysen ben onu devam ettirdim, unutma."

*"Doğru aslında kendimeydi bu sözüm. Ama artık ben de değiştim, dedim ya olgunlaştım. Artık inat etmek istemiyorum. Hiç bir konuda hem de. Düşününce, insanın hayatında hiç olumlu bir etkisi yok."*

"Kesinlikle... Ne kadar yazık olmuş inat yüzünden ayrı kaldığımız onca zamana. İnadım yüzünden ayrılığa devam ederdim. İyice hasta ve hâlsiz düşene kadar. Hoşuma giderdi bitkin ve mutsuz o hâllerimde yanıma gelip beni kollarına alması."

*"Hiç tanımadığın o adamla işte bir olma hâli... Sevginin gücünü çok derin ve güçlü hissettiğin anlar... O sessizce gelip odanın kapısının kenarından seni izlerdi. Sen onu görmeden kokusunu içinde hissederdin. Bilirdin orada, hemen kapının ağzında. Daha sen dönüp bakmadan o yavaşça yanına gelip alırdı kollarının arasına. Ensene kafasını sokar, ciğerlerini son noktasına kadar senin kokunla doldururdu. İşte o an sevginin gücü tüm vücudunu sarar ve şişen boğazın geçer, ateşin düşerdi."*

"İyileşirdim! Bir anda mutsuz olan ben, enerji bulup canlanırdım. Solan yüzüme renk gelirdi. Birden bu ruh hâlini yaşıyor olmam beni şaşırtır ve büyülerdi. Oysa gayet sakin yüzüme bakar 'İşte bu aşk.' derdi. Peki eğer bu kez aşk değilse ne? Beni böyle tüketen nedir, söyle. Anlat bana, ne olur anlat artık! Yoksa ailemle ilgili sorunlar mı? Ya da hayatım mı bir çıkmazda? Ayrıca hem neden hayatımın başka hiçbir anını hatırlamıyorum?"

*"Bir kez daha söylüyorum, hatırlamıyor değilsin, hatırlamak istemiyorsun! Aslında hayatında her şey yolunda. Yirmi yedi yaşındasın ve kariyerinde başarılı bir noktadasın. Güzel bir evin var*

## Sendeki Ben

*ve daha da güzellerini hayal ediyorsun. Ufak ama çok sevdiğin bir araban var. Ailenin içindeki tüm sorunlar bitti. Annen babandan ayrıldı ve artık kardeşlerinle birlikte huzurlu bir hayatı var. Kardeşin askerden geldi ve bir yapım şirketinde çalışıyor. Kısa zaman içinde mesleğinde çok başarılı oldu ve mutlu. Herkes tarafından sevilen ve takdir edilen bir delikanlı artık o. Kız kardeşin mesleğini edindi ve ayakları üstüne sağlam basan bir genç kız oldu. Vizyona girmeye hazırlanan bir sinema filminde makyaj asistanlığı yapıyor. Onlarla hep gurur duydun ve duyuyorsun. Onları hayal ettiğin gibi dünyaya saygılı ve sevgi dolu büyüttün. İstanbul'un keşmekeşinde kaybolmadan, ahlaklı varoluşları seni gururlandırdı."*

"Yani hayatımda her şey yolunda ve iyi öyle mi? Hayal ettiğim her neyse o dünyayı kurduk mu? Hayallerimi dahi hatırlamıyorum. Arzu ettiğim, istediğim dünyanın içindeyim ama acı dolu yüreğim..."

*"Çocukluk yıllarından beri kurduğumuz bütün hayaller gerçekleşti. Hiçbir zaman es geçmeden içindeki sesi yani beni hep dinledin. Yaşamın seni zorlayan yanlarına karşı hiç ödün vermeden, "keşke"siz kurduğumuz bu dünyada geldiğimiz yola devam ediyoruz. Aslında hayat yeni başlıyor bizim için. Sadece taşları topladık ve şimdi onları yola dizme zamanı. Çok iyi geldik bu zamana kadar, tertemiz bir hayat var önümüzde. Hiçbir sorun kalmadı."*

"Hiçbir sorun kalmadı mı? Yani her şeyi çözdük mü? Sen ve ben! Ama bugün nedense yirmi yedi yaşında bir hiçliğin içindeyim. Hiçbir şey hatırlamıyorum. Bu gördüğüm kadının ben olduğumdan bile emin değilim."

*"Şu an tekrar hiçliğe doğru giden sensin! Biraz önce birçok şeyi hatırladın. Yüreğindeki acıyı, korkularını, umutlarını, ağlamayı, sevgiyi ve aşkı... Birçok şeyi hissettin ve yaşadın. Tekrar korkularının sancısıyla dibe doğru çekme kendini, kaçma gerçeklerden!"*

"Çok sıcak, nefes alamıyorum!"

"Bugün 11 Haziran, rüzgârın yüzüne sıcağı vurduğu bir yaz gecesi. Havanın nemi, hepten sıkıyor yüreğini."

"Baharın güzelliği sona ererken yazın sıcağıyla tutuşan bedenim. Balkonda öylece ağlayarak sancılarına gem vuran ben... Asıl ne oldu da bir hastanede o şekilde nefes almadan yatıyorum. Anlat bana, neden nefes almayı reddediyorum!"

"*Nefes almayı reddetmen bu geceyle alakalı değil. O başka bir zamanda oldu. Yıllarca bilinçaltına bunun temelini kelimelerinle attın. Beynine yüreğindeki korkuyu öyle güçlü gönderdin ki, artık bedenin beyninden aldığı emri yerine getiriyor. Bunu nasıl yaptığını çok iyi biliyorsun. Her zaman kelimelerin gücüne inandın. Söylediğin şu cümle hep çok hoşuma gitmiştir: İstemek çok önemli... Ama neyi nasıl istediğimiz daha da önemli.*"

"Telefon çaldı, arayan kim? Kiminle konuşuyorum?"

"*Annenle konuşuyorsun, gittiği bir yolculuktan geri dönüyor. Onu çok seven bazı canlarla beraber bir türbe ziyaretine gitmişti. Bütün gece içindeki sıkıntıyı ona yorumladın. Anneme bir şey mi olacak korkusuyla bütün geceyi huzursuz geçirdin. İşte, annenin sağ salim İstanbul'a gelmek üzere olduğunu duyuyorsun. Gün ağarmak üzere... Dolunay da dünyanın başka yerlerindeki bilinmezlikleri aydınlatmak için yavaş yavaş süzülerek gidiyor.*"

"Ama hâlâ huzursuz yüreğim..."

"*Olacakların korkusu sanırım zihnini ele geçiriyor. Ne yazık ki bazen ne yaparsak yapalım önleyemiyoruz olacakları. Ama hayır, sakın yapma, dur lütfen! Yine başlama, silme içindeki gerçekleri. Ne olur yapma bunu! Eğer silersen anlatamam hiçbir şeyi. Söz verdin unutma, geri dönmek yok!*"

"Korkuyorum! Çok korkuyorum!"

## Sendeki Ben

"Biliyorum. İşte bu insanı tüketen bir duygu. Korku! Eğer korkularla yüzleşilmezse onlardan kaçış yoktur. Yavaş yavaş önce beynini sonra ruhunu sarar korkular. Ve ruhun bu olumsuz enerjiyi evrene gönderir. İşte o zaman seni tüketen, eriten ve kendinden kaçıran o yok oluşun içine düşersin. Daha da önemlisi, korkuların silerse gerçekleri, bizi tekrar o karanlıkta varlıkla yokluk arasında bırakırsın. Korkularını karşına almalısın, dimdik çıkmalısın önlerine. Başka yolu yok, inan bana. Sakin olacak ve her detayı tekrar ve tekrar hatırlayarak bu durumdan çıkacaksın. Tüm inancını ve inandığın her şeyin gücünü hatırlayacaksın! Başka çözüm yok. Ya gidecek ya kalacağız ama ruhunun hak ettiği bu hiçlik duygusu değil."

"Tamam öyleyse, hadi al götür beni!"

"Ama içinde çok fazla korku var. Bu kadar korku hiç iyi değil... Bence önce biz bu korkulardan uzaklaşmalıyız, hem de hemen! Biliyor musun, çocukken masal dinlemeyi çok severdin. Gözlerin ışıldardı sana masal anlatıldığında... O zaman istersen şimdi sana bildiğim bir masalı anlatayım. Yaşadığı tüm zorluklara rağmen mücadele eden, kendince bulduğu çözümlerle asla pes etmeden hep hayallerinin peşinde koşan altın saçlı güzel bir kızın hikâyesi. Bu küçük kızın yaşam mücadelesi belki bize de tekrar güç verir. Ne dersin, anlatmamı ister misin?"

"Masal... Evet, dediğin gibi masalları hep çok sevmişimdir. Anlat lütfen, dinlemek istiyorum."

\*

## Gerçeğin İçinde Bir Masal...

*"Bir varmış, bir yokmuş. Evvel zaman içinde ne pireler berber, ne develer tellal imiş. Evlerde renkli televizyonların olmadığı, çamaşırın, bulaşığın elde yıkandığı, çocukların sokaklarda özgürce oynadığı ve insanların daima mutlu olduğu bir zaman varmış. Sevginin, saygının, dostluğun, komşuluğun, hayatı paylaşmanın ne demek olduğunu bilen, duyarlı insanların yaşadığı böyle bir zamanda; sarı saçları, kocaman ela gözleri, ince ve narin yapısıyla küçük bir kız yaşarmış. Lüle lüle saçları güneş vurunca altın gibi parladığından, herkes ona "altın saçlı kız" dermiş. Bu kızın en önemli özelliği; durum ne olursa olsun, hep gülümsemesiymiş. Herkes çok mutlu olsun ve kendisi gibi gülümsesin diye de, uyumadan önce dua edermiş. Küçük kız, Allah'ın onu hep mutlu etmek istediğine inanır ve yanağındaki gamzelerin ona bunun için verildiğini düşünürmüş. Gerçekten de ne zaman gülse, insanların onun gamzelerini görüp, "Ne kadar güzel gamzelerin var. Sana gülmek çok yakışıyor; sen hep gülmelisin!" demeleri onu çok mutlu edermiş. Altın saçlı kız, Ankara'da annesi, babası ve küçük erkek kardeşiyle birlikte iki katlı sarı bir binanın birinci katında yaşarmış."*

*"Küçük bir ailenin hikâyesi bu sanırım, kahramanımız altın saçlı kız mı?"*

*"Bu masalda kahraman bir değil birden çok kişi. Hikâyeye nereden nasıl bakıp algılarsan orada bir kahraman var. Hayatın içinde de öyle değil midir? Sen birini seçersin ve o senin kahramanın olur. Ama bu herkesin kahramanı demek değildir."*

*"Benim kahramanım olmasını istediğim kişi annemdi. O hiç kahraman olmak istemese de ben annemi seçmiştim."*

*"Altın saçlı kız da annesini çok severmiş. Annesi yirmi beş yaşında esmer, ince, narin yapısıyla güzel bir kadınmış. Hele ki gayet iri, si-*

## Sendeki Ben

*yah, duygulu bakan Türkan Şoray gözleri herkesin dikkatini çekecek kadar güzelmiş. Ne zaman birinden "Gözleriniz çok güzel; Türkan Şoray'ın gözlerine benziyor." cümlesini duysa; egosu okşanır, mutlu olur ama gerçek dünyayla yüzleştiğinde içine kapanırmış."*

"Egosu yüksek bir kadın öyle mi?"

*"Doğrusunu söylemek gerekirse, olması gerekenin biraz üstünde. Gerçeklerini kabul etmesini engelleyen bu belki de. Ego ne çok yüksek ne çok alçak; arada bir yerde kalması gereken duygudur. Dengede olmazsa tehlikelidir."*

"Nasıl yani?"

*"Tamamen egosuz bir insan pek kendinin farkında değildir. Şuursuz gibi davranır. Rüzgârın önündeki bir yaprak gibi savrulur durur. Fazla egosu olan ise, ne tuhaf ki aslında zayıf birisidir. Yani matematik olarak sonuç aynı. O yüzden denge gerekir bu duyguda. Ego olmalı tabii ama arada bir okşanıp sevilmeli, o kadar."*

"Anne gibi yani, değil mi? İki güzel söz ve anlık mutluluk... En azından hâlâ güzel olan bir şeylerin olduğunu bilme hâli..."

*"Ama asıl mutluluğu, iki evladının sevgisinden başka hiçbir yerde bulamayan çoğu geceler özellikle o çok duyarlı, altın saçlı kızı duymasın diye, sessizce ağlayıp acılarını yüreğine gömen bir kadın. Tek gücü evlatları olan anne, kızının saçlarını her okşadığında, 'Bir gün gelecek; yaşamak istediğim her şeyi kızımın hayatında göreceğim.' der ve hep o günleri hayal eder, bu umudundan güç alırmış."*

"Umut... Ne kadar?"

*"Ne kadar farklı değil mi? İçinde hem hüznü hem de sevinci barındıran evrensel bir derinlik... Umut kimi zaman hüznün içinde kavurur yüreğini, kimi zamansa kafasını gökyüzüne kaldırır insanın. Çoğu kez de 'Hayat, seni çok seviyorum!' çığlıklarıyla haykırır*

*sevincini. Eğer umut sadece hüzün getiriyorsa yaşama, bilmeli ki insan, vardır bir sebebi. Sebepsiz hiçbir şey yok dünyada."*

"İçimdeki sen, bana bu duyguyu hep verdin. Sevdim umut etmeyi ve çocukça bıraktım o duygumu."

*"Çocuklar öyledir, ne olursa olsun hayal kurdukça umut etmeye devam ederler."*

"Peki ama ya tüm hayallerin koca bir başarısızlıksa! Koca bir hiçse ve sonuçsuz çabalardan ibaretse!"

*"Nefes aldığın sürece umudunu yitirmemelisin. Neyin neye, neden olduğunu hiçbir zaman bilemeyiz. Beş duyunu tamamlamadan unutma ki, hiçbir konu hakkında net ve kesin bir bilgiye sahip olamazsın. İçindeki çocuğu dinlersen o zaten bunu sana söyler. Altın saçlı kızın annesi içindeki çocuğu hiç dinlememiş! On beş yaşındayken tesadüfen evlerine gelen bir adama âşık olmuş. Aslında çocuk yaşta cahilce savrulan duygularının oyununa gelmiş. Daha kendini doğru düzgün tanımadan, kalbindeki kelebeğin peşine düşüp, soğuk bir kış gecesi evlerine gelen o adamla kaçmış."*

"Kaçmış mı? Neden bunu yapmış? Çocuk yaşta bir insan bunu neden istesin? Nasıl yapsın?"

*"Babasının evlenmesine izin vermeyeceğini bildiği için, adamın aşk sözcükleri ve yakışıklılığına kapılıp onunla kaçmayı kabul etmiş."*

"Bu mudur? Bu kadar basit mi? Başka hiçbir olasılık yok mu?"

*"Sen dans ederken yaşadığın ve mutlu olduğun o özgür olma duygusunu hatırla. Onun da peşinde olduğu aslında bu. Özgür olmak, baba ve aile baskısından kurtulmak, istediği gibi bir hayat yaşama hakkını kazanmak."*

"Özgürlük!"

## Sendeki Ben

"*Evet demin dile getirmediğin o duygu, özgür olma hâli. Dans edişini anlatırken hissettiğin duyguyu tanımlamadın. Sen en çok dans ederken bütün benliğinle sonsuzluğa açılıp, özgürlüğü müziğin notalarında yakalarsın.*"

"Yalnız şu an hiç özgür hissetmiyorum ruhumu. Kafese sıkışmış bir kedi yavrusu gibiyim bu küçücük, daracık yerde. Aman Allah'ım hayır, hayır... Yine özgür olmak istiyorum. Ben özgür olmazsam yaşayamam. Çıldırtır bu beni. Hayatımda bir kez, evet bir kez yaşadım bunu ve hatırlıyorum o gün ben..."

"*Yapma, şimdi olmaz. Sakin ol ve verdiğin sözü hatırla. Lütfen bunu yapma. Bu duygunun senin için ne demek olduğunu biliyorum. Hayatında her şeyi özgürlük üzerine kurdun.*"

"Anlamıyorsun. Sahiden sen beni anlamıyorsun. Şu an yaşadığım bu sancıyı anlamıyorsun. Bu gördüklerim... Ama bunlar da ne? Ara ara gelen bu görüntüler, bana neler söylüyorlar?"

"*Burada benimle kalmalısın. Henüz değil, hatırla verdiğin sözü ve çık şimdi oradan; uzaklaş bir süre için özgürlük tutkundan. Hadi, benimle kal. Unutma, tekrar söylüyorum: Bana söz verdin. Lütfen gitme oraya!*"

"Söz! Söz verdim biliyorum. Söz verdim. Peki, buradayım işte ve sakinim, evet sakinim. Yalnız neydi bu? O birdenbire gördüklerim neydi? Bir merdivenin altındaki o küçücük yerde sıkışmış hâlde, sürekli feryat eden bendim. Gördüm, her şeyi çok net gördüm. Saçlarım ellerime dolanmıştı ve..."

"*Bana yardımcı ol. Biliyorsun, sen istersen ancak her şeyi sana anlatabilirim. Bana müsaade et ve verdiğin sözü hep hatırla. Bazen bazı duygular çok derinden yukarı çıkıp seni içine alabilir. Bu yüzden hep beni duy, hatta sadece beni duy ve sakince dinle. Biraz sabır...*"

"Sabır... Sabreden derviş misali, sonunda her şey güzel olacak mı demek istiyorsun?"

"Evet, öyle diyorum. O yüzden şimdi sadece ve sadece anlatmaya başladığım masalın içinde var olacak ve bu hikâyeye odaklanacaksın. Anlaştık mı?"

"Elimde değil inan bana. Birden düşüyorum o yokluğa, büyük bir boşluğa."

"Biliyorum, hepsini en derinden hissediyorum. Ve güçlü olmamız gerektiğini de biliyorum, ikimiz için..."

"Yalnız, masalın bu bölümü ne kadar anlamsız."

"Nedir anlamsız olan?"

"O annenin, henüz on beş yaşındayken özgürlüğü evden kaçarak bulacağını sanması. Tanımadığı bir adamın, ona bu hayatı vereceğine inanıp, gönül okşayan birkaç kelimeye ve güzel vaatlere aldanarak bir bilinmezliğe doğru gitmesi... Bu tam bir saçmalık, hatta budalalık! Doğru bir seçim değil bu, sadece kolaya kaçmak. Başka bir açıklaması olamaz bunun."

"Evet, orası öyle ama unutma ki, kız daha on beşine yeni girmiş ve aşkı, karşı cinsi, hayatı hiç tanımıyor. Hem her durumda herkes aynı noktadan bakamaz. Ayrıca belki de onun için hayırlı olanı bu olacak. İstemeden yapmış olduğu ve yanlış görünen bu seçim olumlu bir hâle de dönebilir. Her şerde bir hayır vardır derler, biliyorsun."

"Nasıl yaşayacağını bilmediği bir hayatın içine bile bile gitmek mi hayırlı olanı?"

"Ama bir de şöyle bak; o sabah kaçmayıp evde olsaydı ve babası hemşirelik okuluna gitmesi için evraklarını tamamlayıp kaydını yaptırsaydı, sonra da okulunu bitirip anlaştığı bir adamla aşk dolu bir hayat kursaydı, bugün kucağında tuttuğu çocuklarını seveme-

## Sendeki Ben

yecekti. Belki de çocuk sevgisini hiç bilemeyecekti. Bu kez de onun yokluğu bitip tükenmeyen sancılar verecekti yüreğine."

"Hayat için atılan adımlar sizin kaderinizdir, dedikleri bu mudur? Seçim... Yani hayat her zaman bir seçim midir?"

"Kader nedir, demek istiyorsun sanırım. Bu duruma kader diyorlar. Biz çocuklara sorsalar hiç de öyle değil. Bu bir seçim; tıpkı çocuğuna 'Bunu bükersen elini kesersin.' demene rağmen merak edip yapınca elinin kesilmesi gibi. Bu o an için bir seçim, ya keskin metali eline alırsın ve yaralanırsın ya da söz dinleyip almaz ve keyfini kaçırmazsın."

"Hayat seçimlerimizden ibaret o zaman sana göre."

"Evet, tıpkı masaldaki annenin seçimi gibi; o hayatı kendisi seçti. Bence tam da söylediğin gibi hayat seçimlerimizden ibaret. Ne kadar değişik olasılıklar var edersen beyninde ve alternatifler hakkında ne kadar hızlı düşünebilirsen, o zaman seçimlerin daha doğru olabilir. Zaten bütün olasılıkları kafada hayallerinle resmedersin ve sonra onların içinden sana en çok mutluluk vereni, en akıllıca olanlarını seçebilirsin. Yeter ki her zaman hayallerin ve umudun olsun."

"Ya yanlış seçim yapıldığında?"

"Bu dünyanın sonu değildir. Ama şu da bir gerçek; bazen alınan kararların sonucunda geri dönüş olmayabilir. Bu yüzden her şeyi iyi düşünüp olasılıkları ona göre var etmek lazım. Her şeyi iyi düşünüp, iyi hesaplamak gerek. Ne düşünürsen onu var edersin. Düşüncenin gücünü unutma, tüm duyguların kilit merkezidir. Bu yüzden düşündüklerimiz evren ve bizim için bir tamamlayıcıdır."

"Yani, yanlışa düşen de umudunu yüksek tut ve başka seçimlerle kurtar kendini diyorsun!"

*"Evet ve o karlı kış gecesinde altın saçlı kızın annesi de hayatı için bir seçim yapmıştı. Ne yazık ki o gecenin sabahı yaptığı seçimin yanlış olduğunu anladı. Ama artık çok geçti bir şeyleri değiştirebilmek için. Çünkü geri dönmek onun için çok zor, hatta imkânsızdı. Seçiminin, kaderi olduğunu düşündü ve artık olanları kabul etti. O yanlışı nasıl düzeltebileceği hakkında bir kez bile düşünmedi. Kabulleniş... Yine yanlış bir seçim ve yine kolayı seçmek; bu benim kaderimmiş deyip olacakları kabul etmek..."*

"Hiç umudu ya da hayalleri yok muymuş? Bu kadar çabuk mu kabul etmiş hayatı, var olduğu kadar yaşamayı?"

*"Ta ki kızı doğana kadar evet, hiç umudu veya hayalleri olmamış. Ama sen soru sorup durursan nasıl anlatacağım ben bu masalı?"*

"Tamam, sustum ve dinliyorum."

*"Ve o sabah uyandığında Sarıkamış'ta şehir havasında büyüyen anne tüm gerçeği görmüş. Çünkü birden Kars'ta bir köy evinde buluvermiş kendini. Ev halkı şehirli bir kızı eve gelin getirdiği için hem oğullarına hem de eve gelen geline çok kötü davranıp etmediklerini bırakmamışlar. Ve o sabahın gecesi kaçtığı adamla soğuk bir odaya kapatılan anne, gördüklerinden sonra yanlış bir seçim yaptığını anlasa da nafile... Daha eve girer girmez hayal ettiği gibi sıcak, mutlu, aşk dolu bir hayat olmayacağını anlamıştı. Tam tersine kargaşa ve huzursuzluğun olduğu bir hayatın içine düşmüştü. Sabaha karşı o soğuk odada yaşadıklarını hayatı boyunca unutmayacaktı. Sevgi sözcükleri yerini olumsuz ve çirkin sözlere bırakmıştı. Üşüyen ve korkudan titreyen çocuk yaştaki bedeni, beyninden geçen düşüncelerle kaskatı kesilmiş korku dolu gözlerle adamı izlerken... Adamsa kızın yaşadıklarından habersiz, içindeki öfkeye teslim olmuş bir şekilde tek bir şey düşünüyordu. Ailesine küçümseyerek baktıkları şehirli kızın namuslu*

*olduğunu bir an önce göstermek. 'İşte bakın sizin dediğiniz gibi değil. Şehirli kız ama namuslu.' demek, onların ön yargılarını yüzlerine çarpmak istiyormuş."*

"Öfke ne kadar çirkin, yıkıcı bir kelime! Ama keşke bu kadar güçlü olmasaymış."

*"Ne yazık ki var! Hem de sevgi kadar da güçlü bir duygu öfke. Sevgi büyütüp, çoğaltırken, öfke altüst edip paramparça yapabilir hayatları. O yüzden hiç sevmedim bu duyguyu ve hiçbir zaman barınsın istemedim içimde. Hep korudum seni bu duygudan, uzak tuttum. Zaten bütün çocuklardan uzak tutulmalı o duygu, gelişmemeli."*

"Çok tehlikeli ve bir o kadar da kırıcı! Küçük kadın böyle mutsuz ve korkulu bir hâldeyken adamın tek düşündüğünün namus ispatı olmasına bak! Oysa ne kadar aciz, savunmasız ve narin ruhlu bir kız var karşısında."

*"Ama adam da evlerine gidip güzel kızı ilk gördüğünde sımsıcak duygular beslemiş ve geleceği çok farklı hayal etmişti. Hayatının kadını yapacağı kıza nasıl sevgiyle dokunacağını, sımsıkı sarılacağını düşünmüştü. Oysa şimdi hiçbiri yoktu. Sadece var olan öfke adındaki o korkunç duygunun etkisinde, zavallı bir adamdı. Elbette mutluluk hayalleri kuran sadece adam değildi. Annenin hayalleri de çok fazlaydı. Artık bir eşi olacağını, mutlu bir evi ve huzurlu bir hayatı olacağını, doğacak çocuklarıyla farklı ve renkli bir dünya, imrenilen bir aile kuracağını düşünmüştü. O gün anne sadece genç kızlığını kaybetmemiş, çocukluğu ve tüm hayalleri de o soğuk odada bedeninden ve ruhundan alınıp yok edilmişti. Korkularla dolu o ilk gecede kaybolmak üzere olan çocuğun sessiz çığlıklarıysa yastığına akan gözyaşlarıydı. Ve çaresizce, o sabah kaderim buymuş diyerek kabul ettiği yeni hayatına uyanmıştı."*

"Kesmek istemiyorum masalı ama çok merak ettim, ev halkı sonradan sevmiş mi şehirli gelini?"

*"Bu mümkün mü? Tam tersine küçük kadının kâbus dolu hayatının başkahramanları ev ahalisiydi. İnanılmaz kötülüklerle dolu yıllarını çaresizliğine esir düşerek, hiç yakınmadan sessizce kabul etmiş ve hep susmuştu. Artık hiç hayal de kurmadı, onlara küsmüştü. Çünkü hayalleri aldatmıştı onu ve yaşadığı kâbus dolu hayatın içine itmişti. Gülmeyi, sevinç duymayı, hatta konuşmayı bile unutmuş gibiydi. Ta ki kızını doğurduğu o geceye kadar... İşte o gecenin sabahı güneş bir farklı doğmuş, içinde tekrar umutlar filizlenmiş ve hayalleri canlanmıştı. Kaybettiği çocuğu ruhunda yeniden bulmuştu kızının doğumuyla. Yanlış bir seçim yüzünden olumsuzluklarla dolu bir hayatı yaşamak zorunda kalan anneyi ayakta tutan da bu olmuştu."*

"Yeni bir ruh, yeni bir başlangıç ve beraberinde gelen mucize! Acı çeken bir ruha gelen yüce bir yardım, karanlığı aydınlatan parlak bir ışık... Kesinlikle umut insanın içinde her durumda var olmalı işte, yüce Yaradan bunu söylüyor. Kabullenmek kolay, oysa mücadele etmek, pes etmemek gerek."

*"Bu sözlerini unutma olur mu?"*

"Neden?"

*"Sana hatırlatacağım anlar olabilir, o yüzden."*

"Olur, unutmam. Bazen böyle konuşunca içime birden bir telaş düşüyor. Ama neyse, ben onu duymazdan geleceğim ve söz dinleyeceğim."

*"Evet, annenin dünyası bebeğiyle aydınlandı. Bir gecede hayatı değişti, tüm hayalleri geri döndü ve bu kez kendisi için istediklerini kızı için hayal etmeye başladı. Ama yanlış yaptığı bir şey vardı. Yaşamı boyunca tüm hatalarının kendi seçimleriyle var olduğunu*

## Sendeki Ben

*hiç kabul etmedi. Tam tersine, istemeden yaşadığı bu hayat için hep başkalarını suçladı. Çünkü kolay olan buydu. Başka türlü o gün verdiği kararın sorumluluğunu, hayatını belirleyen mutsuz sonucunu kabullenemezdi. Umarım artık hiç kesmeden sonuna kadar dinlersin bu hikâyeyi. Çünkü başkalarının yaşadığı her öykü bize bir derstir, umut verir, hatta bir deniz feneri gibi yol gösteren ışıklı bir kurtarıcı olur bazen, bunu unutma. Hayatın her hâlini kendimiz yaşayıp tecrübe edecek kadar zamanımız yok ki! Hayat kısa ve başkalarının yaşadıklarından mutlaka beslenmemiz gerekiyor doğru seçimler yapmak için. Tabii bazen de kendi yaşanmışlıklarımız hayatımıza yön veren bir rehber olur."*

"Dinliyorum seni, sakin ve dingin ruhum. Sonuna kadar da dinleyeceğim. Söz verdim sana, geri dönmek yok, rahat ol. Peki, altın saçlı kızın babası nasıl biriymiş?"

*"Otuz beş yaşında, yakışıklı, boylu poslu ve dönemin ünlü aktörü Ayhan Işık'a benzerliğiyle dikkat çeken bir adammış. Geniş omuzlu, uzun boylu, kumral, ela gözlü bu adam; keskin ve derin bakışlarıyla kadınları etkilemeyi çok iyi bilirmiş. Kars'ta doğup büyüyen ve birçok erkeğe göre hayli çapkın sayılabilecek türden bir karaktermiş. Beğendiği kadınlarla en azından flört etmeye, diğer bir deyişle mavi boncuk dağıtmaya bayılırmış.*

*Kalabalık bir ailede; beş erkek, iki kız kardeşiyle beraber bir köy evinde büyüyen altın saçlı kızın babası, aslında sevginin ve çocukluğun ne olduğunu bilmeden, ağabeyini kendisine örnek alarak yetişmiş. Altın saçlı kızın anne sevgisi her gece okşanan saçlarıyla yüreğine akarken, babasının ise kendi annesiyle hayatı boyunca bir kez bile böyle bir anısı yokmuş. İşte bu da anahtar sözcük; sevgisiz büyüyen bir çocukmuş yakışıklı babası. Bu sevgisizliği içindeki derinlere çok derinlere bastırdığı için de, hiç sesini çıkaramayan bir çocuk. İçinde kendini kendine hapsedip yok oluşunda çırpınan bir ruh... Hayatı boyunca sevgi sözü duymadan, o duyguyu hiç hissetmeden büyümüş; eksik kalmış, tamamlanmamış bir adam...*

*Aslında iyi kalpli, gözleri sık sık dolan vicdan ve merhamet sahibi biri. Hiç okula gitmediği için okuryazarlığı yok. Ne var ki, evde dahi konuşmayıp hep susan, kimseyle tek kelime etmeyi sevmeyen altın saçlı kızın babası, içkiyi ağzına değdirdiği an çok değişir, hiç susmayan ve gereksiz şeyler konuşan zavallı bir erkeğe dönüşürmüş. Alkolikmiş açıkçası ve içkiyle birlikte içinden başka bir insan çıkmış gibi karakteri değişir, duygusal ve dingin hâllerinden çıkarmış. Sessiz ve çekingen tavırları bile sanki ortaya çıkan bu farklı adamdan korkar ve göze görünmez olurmuş. Adam alkolün verdiği rahatlıkla dışarıya çıkmaz, sevgisizliğin öfkesini evdekilere gösterirmiş. Ailesinin egemeni olduğundan, bütün hoyratlıklarını eve saçar, tüm öfkesini evin içinde özgür bırakırmış. Sonunda uyuyup yeni bir güne uyanana kadar akşam zamanını herkese zehir edermiş."*

"Acı çekiyor aslında... İçten içe hep acı çekiyor. Doğasında var olan bir duyguyu yaşayamayan bir insan. Arada sıkışıp kalmak, sevgi var ama yok. Eksik kalan duygu kendini tamamlayamadıkça öfke duyuyor her şeye. Sevilmenin nasıl bir duygu olduğunu bilmeden yaşamak..."

"Sevmek içgüdüseldir, öğrenilen bir duygu değildir. Ancak bu adam sevgiyi içgüdüsel olarak yüreğinde duysa da, sunmayı, göstermeyi bilmiyordu ki! Çünkü insan deneyim sahibi olmadığı bir konuda nasıl davranacağı hakkında fikir sahibi olamaz. Sen şimdi böyle bir duygu kargaşasını yaşadığını bir düşün! İster istemez sürekli en olumsuz duygularla beslenmişsin."

"Kızgınlık, öfke, kırıcılık var olmuş hep çevresinde. Böyle bir insanın hayalleri nasıl olur, bilemedim."

## Sendeki Ben

"Bence, o zaten hiç hayal kurmadı, hayattan hiçbir şey istemeyi bilemedi tüm yaşamı boyunca. Sadece karşısında gördüğü ve onun her şeyini kendine örnek aldığı bir ağabeyden yansıyanlarla büyüdü. Kendisi için bir şey istemeyi ne akıl edebildi ne de bir yol göstereni oldu."

"Hiç hayallerin olmadan var olmak mı? Bu çok garip! Birden o adam oldum, onun gibi düşünüp onun gibi baktım hayata ve içimi birden delice bir öfke sardı. Daha önce hiç yaşamış mıydım bunu?"

"Bir kez, hayatında bir kez seni o kadar öfkeli gördüm. Ben işte o zaman korkup yok oldum."

"Yani beni bıraktın! Hani beni hiç bırakmamıştın, hani seni hep var etmiştim içimde! Ama sen beni bıraktın. Yok oldun öylece. Duymadım seni hiç öyle mi? Tek başıma mı kaldım? O yüzden değil mi bu hâlim?"

"Çünkü sen bırak beni duymayı, anında kendini tüm benliğinde yok etmiştin. Ne kadar sana dokunmak istesem de yapamadım bunu. Ve nasıl oldu bilmiyorum! İnan bilmiyorum. Kapana yakalanmış küçük bir fare gibi sıkışmıştım o karanlıkta... Aslına bakarsan bunları bana değil kendine sormalısın. Neden beni yok ettin? Neden beni onca zaman bir kez olsun çağırmadın?"

"Ben mi seni çağırmadım? Yoksa sana ulaşamadım mı?"

"Hayır, bana uzunca bir zaman hiç seslenmedin. Sadece yukarıda kendinle kaldın. Ta ki karanlığa sızan o ritim bana ulaşana dek. Bu sendin, gitmek üzere olan sen. Belki bir vedaydı çağrışın ama ben duydum ve işte buradayım. Acı içinde kıvranan ruhun bensiz bir hiçti, onu gördüm. Ve ne olursa olsun seninle kalıp seninle devam etmek istediğime karar verdim. Tekrar karanlığım aydınlandı ve şimdi sende sıra. Bu yüzden masalımıza devam edelim *bence. Ne dersin? Bazen dengeyi bozmamak gerek. Sırasıyla aksın bırak her şey. Senin için hayırlısı bu inan bana."*

"Sana inanmak istiyorum. Şimdi bu söyleyeceğim çok komik olacak biliyorum ama yine de söylemek istiyorum. İçimdeki ses öyle diyor. Sana hep güvenmemi söylüyor."

"*Gamzelerin çıktı! Gülmek veya gülümsemek; işte en neşeli eylem. Ve onu tamamlayan mutluluk duygusu. Senin en sevdiğin ikili bu: Neşe ve mutluluk!*"

"Peki o babanın hiç mutlu olduğu zamanlar olmamış mı?"

"*Elbette oldu, hayatı boyunca hep öfke kusmadı. Ama olduğu kadar derler ya, işte o misal. Sürekli ağabeyini gözlemleyen bir çocuk. Ondan aldıkları kadar. Oysaki ağabeyi okumuş, zeki ve kurnaz bir adam. Devamlı ağabeyinin sevildiğini ve ailede takdir edildiğini görerek büyüyor bu baba. Ara ara müthiş kıskanır ancak bununla hiç yüzleşmez. Âdeta utanır ve bu duyguyu kendinden bile saklar. Bilirsin, çocuklarda çok derin yaralar açar bu duygu.*"

"Kıskançlık... Ne çirkin geldi kulağıma. Bende gerçekten var olmayan bir duygu bu, kesinlikle öyle... Çünkü gerçekten hayatım için hiçbir tanımı yok."

"*Öfkeden sonra en tehlikeli ikinci duygu bu kıskançlık. İçinde hiçbir olumlu enerjinin olmadığı ve kişiyi de çevresini de çok yıpratan gereksiz bir duygu. Çocukça dünyanda eğer kıskançlık yoksa şiddet de yok demektir. Çok şanslı bir çocuğum ki, beni bu konuda hep dinleyen ve bana bu özgürlüğü veren seninle tamamlandım.*"

"Emin ol hiçbir zaman kıskançlık var olamayacak yaşamımda. Tıpkı öfkenin olamayacağı gibi. Bu konuda da sana söz verebilirim."

## Sendeki Ben

"*Öfke... İşte ben de tam onu anlatacaktım. Babanın ağabeyi gaddar, tüm köye zulmeden kabadayı bir adam. İçki içmeye başladığı zaman tüm öfkesini saçardı. Herkes korku içinde, ne derse yapar ve onu çok güçlü görürdü. Evinde zavallı karısını ve çocuklarını sık sık döver, tüm köy halkına huzursuzluk verirdi. Ağabeyinin yaptıklarına sesi çıkmayan babası ise, küçük kızla evlenen bu adam için en ulu kişi. Saçını bir kez bile okşamasa, gözünün içine bakıp şefkatle 'Oğlum!' demese de ona karşı sevgisi çok büyüktü. Tek isteği, tüm hayatını babasının yanında yaşayarak geçirmekti.*"

"Tek isteği sadece bu muydu? Tüm hayattan tek istediği bu kadar olamaz. Çocukları, karısı, para sahibi olmak, ne bileyim işte gelecekle ilgili hiçbir başka beklentisi yok muydu yani?"

"*Hiç! Evet, hiç yoktu. Bu yüzden de hayatında var olan tek önemli şeyin bir gün gelip yok olması, zaten hiçliğin ta kendisi olmuştu onun için. Babası çocuklarına tarlalardan düşen paylarını dağıtıp, 'Hadi gidin ve kendi başınızın çaresine bakın artık!' demesi yıkımı olmuştu. İşte altın saçlı kızın babasının bu umarsız yıkımı onların da hayatlarında bir dönüm noktası oldu ve her şerde bir hayır vardır lafı bir kez daha doğrulandı. Çünkü sürekli ezilen bu adam babasının bu tavrına kızıp hiç kimsenin beklemediği bir karar aldı. Hakkına düşen parayı alıp, daha önce aklına bile getirmediği, bir kez olsun düşünmediği Ankara'ya göç etti. Hiç olmayacakmış gibi görünen birçok şey aslında istemeyi bilirsen olur. Ama bu defa bırak istemeyi, bir kez bile düşünmediği bambaşka bir yaşam tarzına doğru yol aldı hayatları. Evet, belki baba hiç düşünmemişti farklı bir hayatı ama aslında bunların olma sebebi başka birinin düşleriydi. Çünkü artık anne, kızı için kurduğu hayalleriyle umutlarını var ediyordu. İşte bütün bunların sebebi bu! Çark dönmeye başlamıştı onlar için. Hayaller ve umutlar harekete geçmişti ve başkalaşma süreci hızla başlamıştı.*"

"Bu çok güzel. Sevmeye başladım iyice bu masalı ben. Peki, altın saçlı kız tek çocuk mu? Başka kardeşleri yok mu?"

"O üç yaşındayken bir de erkek kardeşi olmuş. Bir tek onunla oyun oynarken evdeki mutsuz saatleri unutup sadece çocuk olurdu. Kardeşi minicik ağzı, burnuyla o kadar sevimli görünürmüş ki herkese, onun esmer ve zayıf olması fark edilmezmiş. Kara boncuk gözleriyle bakarak yarım yarım konuşmaya çalışması ablasının çok hoşuna gidermiş. Hele bir de ağlarsa kardeşi, altın saçlı kız hiç dayanamaz ve suçu hep kendinde ararmış. Annesine, 'Yüreğim acıyor kardeşim ağlayınca.' der ve kendisi de sessizce ağlamaya başlarmış. Özellikle de babasının öfkeli bağırışları arasında kardeşinin haykırarak ağlaması bütün evi huzursuz ettiği gecelerde ne yapacağını bilemez; somyanın altına girip elleriyle kulaklarını kapatır ve yine sessizce ağlarmış. Bir an önce evdeki bütün üzücü seslerin yok olması için dua edip çocuk olmasına isyan eden o merhametli yüreği, 'Şu an çok küçüğüm, hiçbir şey yapamıyorum. Fakat bir gün o kadar güçlü olacağım ki hiç kimse kardeşime ve anneme bunları yapamayacak.' diye kendini teselli ederdi."

"Korku dolu bir çocukluk..."

"Bazen korkular var olsa da unutma, sevgi varsa yüreğinde kaybolur hepsi. Yok edersin onları. Çocuklar korku filmi izlemekten korkar ama yine de izlemek ister. Çünkü sonrasını bilir. Eğer korku gelirse odasına, annesinin yanına koşacak ve ona sokulup uyuyacaktır. Ama eğer yoksa koynuna girip kokusuna sokulacak bir anne, işte o zaman korku tüm gece onunladır. Sevgi büyüdükçe evren güzelleşir ve işte masalımız da tam bunu anlatacak bize. Biraz hüzünlü olsa da kendi içinde umudu var. Ne olur hüznü değil umudu gör masalın bundan sonraki bölümlerinde!"

"Hüzün yanımda, yakınımda olsun istemiyorum zaten. İnsanın içindeki her türlü umudu çekip alıyor. Enerjisini tüketiyor. Bu kelimeyi duyduğumda bile sanki birden aşağı doğru çekildim. Çünkü ne yazık ki fazlasıyla hüzün var içimde ve her dakika hissediyorum bunu."

"O zaman daha fazlasına gerek yok. Şimdi hüzün zamanı değil. Umut zamanı. Olanları nasıl gördüğümüz ve olacakları nasıl istediğimiz çok önemli. Sen de şimdi masalın burasını umut dolu dinle ve içindeki renkleri görmeyi başar. Böylece hayatına bir farkındalık gelecek. Anlaştık mı?"

"Anlaştık! Zaten tersi bir durum nasıl olabilir ki? Komuta sende ve ne söylersen dinliyor ve onaylıyorum ben."

"Dolunayın bulutsuz bir gökyüzünde dünyaya çok yakınmış gibi ışıldadığı soğuk bir Ankara gecesi, altın saçlı kız öyle bir şey yaşadı ki, sanırım tüm hayatı, geleceği ve belki de kaderi bile o gün değişti. Tüm evreni ve evrenin ona verdiği gücü o kadar içinde hissetti ki o gece, gökyüzünün ona fısıldadıklarını hayatı boyunca unutmadı."

"Ne fısıldamışlardı peki o gece küçük kıza? Ben de duyabilir miyim?"

"Tabii, çünkü bu bir sır değildi. Hatta herkesin duyup bilmesi gereken sözcüklerdi. Dediler ki... 'Eğer bizi sever, korur ve evrenin gücüne inanırsan biz de her zaman seni koruyup çok seveceğiz. Unutma! İnanmak her şeyin anahtarıdır.' "

"İnanmak yolun yarısı, geri kalanı istemek ve gerekeni yapmak değil midir zaten?"

"Eğer bunları söylüyorsan, şimdi tüm yüreğinle tekrar inanma zamanı. İçindeki çocuğun yaşanan acılarla nasıl olgunlaştığını görmelisin. Acılar çok şey alsa da hayatımızdan, hiç kuşkun olmasın ki bir o kadarını da geri veriyor. Sadece görebilene tabii!"

"Görmek istiyorum, senin vardığın bu noktaya ben de çıkmak istiyorum. Ve lütfen bir daha asla bırakma beni olur mu? Sen hep var ol benliğimde ve bana yol göster!"

*"O zaman tüm benliğinle benimle bir olup, kendine altın saçlı kızın aynasından bakmaya hazır mısın?"*

"Ayna mı? Ne aynası? Ben hiçbir şey anlamadım."

*"Ayna değil midir bize kendimizi gösteren? Yani işin gerçeği, aynada gördüğümüz değil de oradan bize yansıyan algı değil midir? Tabii eğer gerçekte olanların peşindeysek ve dürüstçe gördüklerimizi kabul edersek... Siz yetişkinlerin sık yaptığı bir şeydir bu. Hiç anlamayız biz çocuklar, neden saklanırsınız ki siz önünüzde durandan."*

"Sakladığımız kendimiz değil aslında, gerçeklerimiz!"

*"Söylenen yalanlara inanıp asıl var olanları reddetmek ve yok etmeye çalışmak bizim gerçeğimiz."*

"Yalan! Ürkütücü bir kelime. Tınısını bile sevmedim."

*"Yalan hem ürkütücü hem de daha birçok şey... Yalan; tehlikeli, yıkıcı ve yok edici."*

"Peki ben yalan söylüyor muyum?"

*"Evet ama büyük, yıkıcı yalanlar değil. Bazen kendine, bazen de insanlara ufak da olsa yalanlar söylüyorsun."*

"Neden? Buna neden ihtiyaç duyuyorum?"

*"Aslında yalan söylemek nedir biliyor musun? Karşıdaki insanın senin üstündeki gücüdür, bir savunma hâlidir. Kendine yalan söylemen de, içindeki gerçekleri kabul etmek yerine onların üstünü kapatmaktır."*

"Yani, karşındaki kişinin duymak istediklerini söylemek... Şimdi daha net algılıyorum söylediklerini. Oysa her insan önce kendisi için var olmalı bu hayatta. Bundan sonra söz veriyorum kendime, bir daha kimse için yalan söylemeyeceğim. Kimseyi kendimden güçlü görmeyecek ve buna fırsat vermeyeceğim."

*"Ya peki kendine?"*

"Elbette ki kendime de yalan söylemeyeceğim."

*"O zaman hazırsın kendinle yüzleşmeye."*

"Nasıl?"

*"Altın saçlı kızın sihirli aynasından bakıp onun gözünden hayatın tüm renklerini görerek tabii."*

"Ayna ayna, söyle bana, nedir benim gerçeklerim? Yoksa bunu mu söylemeliyim? İşte şimdi gerçekten tam bir masal oldu."

*"Öyleyse, tüm hikâyesiyle başlasın masalımız ve aynadan yansısın bize tüm gerçekler. Altın saçlı kız o gece neler yaşadı ve işte aynanın gücü..."*

\*

## Sihirli Aynanın Gerçekleri...

"Kalk kızım, kalk! Ver elini bana ve şimdi çok hızlı koş, yoksa bu adam kesecek bizi bu gece! Sadece koş yavrum, hadi koş!"

"Ama ya kardeşim o ne olacak? Baksana, çok kötü ağlıyor. Onu o adamla bırakamayız. Ben kardeşimi almadan hiç bir yere gitmem, olmaz. Anne ne olur kardeşimi al!"

"Kardeşine bir şey olmaz. Ona bir şey yapamaz, inan bana. Şimdi sadece koşmayı düşün ve koş ne olur!"

Nefes nefese koşuyoruz, dönüp arkaya bakıyorum ama adamı göremiyorum. Ayaklarım çıplak ve üstümde sadece geceliğim var. İnce, beyaz bir gecelik; üstünde pembe küçük çiçekler...

Annemin çığlıkları iyice yükseldi. Bu kez arkama dönüp baktığımda, elinde bıçakla o adamın bize doğru koştuğunu görüyorum! Elindeki bıçak kocaman ve gecenin içinde öyle parlıyor ki!

"Koş yavrum, koş! Bu adam delirdi hepten, koş kızım öldürecek bu adam bizi. İmdat! Yardım edin ne olur! Koş hadi daha hızlı koş!"

Annem bu sözlerden başka bir şey demiyor. Oysa ben koşamıyorum, ayaklarım yerden kesik, annemin elinde havada uçuyorum, bazen parmak ucum yere değse de tam basamıyorum! Annem beni öyle güçlü çekiyor ki... O adam bizi yakalayamasın diye inanılmaz hızlı koşuyoruz. Nefes nefese annemle bir olmuş karışıyoruz sanki evrene.

Kafamı kaldırıp anneme bakıyorum ve birden gördüğüm bu muhteşem ışıkla içinde olduğum karanlık yok oldu. Geceyi hiçbir zaman bu kadar aydınlık görmedim. Tam üstümüzde sanki yolumuzu aydınlatan gökyüzünün feneri, bu gece bize rehberlik ediyor. Bugün odada ona bakıp saatlerce hayal kurduğum o çok sevdiğim kocaman kardan kürem; işte tam karşımda, tüm görkemiyle ve gücüyle duruyor. Işığı yüzüme yansıyor, onu hissediyorum, içimi ısıtıyor ve görüyorum; hafiften gülümsüyor bana. Hiç endişe ve korku yok, her şey çok sakin yüzünde. Onun sakinliği benim de bütün korkularımı yok ediyor. İçimin titremesi de yok oldu. Soğuk havada hızlıca yüzüme çarpan rüzgâr artık dokunup geçiyor yanaklarımdan. Geçerken hafiften keskinleşen esinti üşütmüyor artık beni, tam tersine bana huzur veriyor.

Annemin elinde sanki özgürlüğe kanat açmış uçan bir kuş gibiyim. Etrafımdaki her şeyi duyuyorum ve hissediyorum, hem de hepsini. Evrenin içindeki bu güç hissedilecek kadar gerçek şu an. O adamdan ve hatta daha birçok şeyden daha güçlü. Artık korkmuyorum! Neden mi? Çünkü evreni içimde hissedince her

## Sendeki Ben

şey güven veriyor bana. Sanki annemin ayaklarının altından kayarcasına akan toprak, içinde yaşam bulan karıncalar, havadaki o mis kokuyu yayan rüzgâr ve bahara hazırlanan ağaçlar. Gökyüzünde parlayan yıldızlar ve benim kar topum, yani evrendeki her şey ne diyor biliyor musunuz bana? "Korkma altın saçlı kız, biz bu gece sizi koruyacağız. Annene ve sana bu gece hiçbir şey olmayacak." Hepsini duyuyorum, bütün bunlar gerçek ve hiç korkmuyorum. O adamın elindeki kocaman bıçaktan bile korkmuyorum. Artık biliyorum ki bu zamana kadar hiç fark etmediğim birçok güzel enerji bizimle.

Büyülenmiş gibiyim, her şey çok güzel. Küçücük elim, annemin elinin içinde ve dışarıdaki soğuk havaya rağmen annemin güven veren sıcaklığını da hissediyorum. Sımsıkı elimi tutan anneme bakıyor, benim hissettiklerimi onun yüzünde arıyorum. Ama o hiçbir şeyi görmüyor. Yüzünde sadece korkuyu ve koşarken çektiği acıları görüyorum. Oysa ben artık onun da korkmasını istemiyorum. Biliyorum, bu gece bize bir şey olmayacak. Anneannemlerin evine kaçıp kurtulacağız. Çünkü bu gece dolunay var. Eğer bu gece dolunay olmasaydı, bu karanlık tarlada, bu ıssız yollarda ne yapardık! Nasıl kaçardık, nasıl bu kadar hızlı koşabilirdik? Dolunay olmadığında gece buralar çok karanlık oluyor, bunu biliyorum. Bazen geç saatte anneannemlerden dönerken bu yollardan geçiyoruz. Diğer günlerde insanı koyu karanlığın içinde bırakıp ürküten bu sokaklar, şimdi çok aydınlık ve güven dolu.

Annemin çığlıklarıyla birden kendime geliyorum. Ben yine unuttum yaşanan anı, etrafımda olup biten ve duyup hissettiğim bunca güzelliğe dalıp... Annemin dizlerinin bağı çözülmek üzere ve daha da güçlü, avazı çıkana kadar bağırıyor. Nefes nefese, gözyaşları ve çığlıkları birbirine karışmış. Çok çaresiz ama

## Leyla Bilginel

çaresizliğine teslim olmak istemiyor. Var gücüyle medet umuyor çığlıklarından. Sadece bağırıyor, "Kurtarın bizi! İmdat, yardım edin! Allah'ını seven kurtarsın, ne olur yardım edin!" Ama nedense bu çığlıkları duyan kimse yok gibi, etrafta bir tek insan görünmüyor...

Anneannemlere yaklaştık, işte bahçe duvarı ve biraz yukarıda evin kapısı. Sarı evin, mavi demir kapısını görüyorum. Ayın ışığında açıklı koyulu, farklı tonlarda maviler parlıyor gözümde, sanki gökyüzündeki bütün maviler yere inmiş ve gece gündüze dönmüş gibi. Birden o mavilik açıldı. İçeriden süzülen sarı ışık kurtuluşumuzu fısıldayarak bize doğru süzülürken büyük dayım dışarı fırladı ve hemen arkasında dedem var. Annemin çığlıklarını duydular sanırım. Aslında annemin çığlıklarını duyan sadece onlar değildi. Tüm mahalle, kediler, köpekler, uykuda olan kuşlar bile uyandı. Birçok evin ışıkları bile yandı ama işte yine etrafta kimse yok ve biz annemin ailesine ulaşmalıyız.

Annemin en ufak tökezlenmesi ya da durması o adamın bizi yakalaması demek. Hemen arkamızda deli gibi bağırıyor, içindeki öfkeyi kusup küfrediyor. Arkama dönüp bakmıyorum ama onu hissediyorum çok yaklaştı bize. Rüzgâr nefesindeki o kötü kokuyu getiriyor burnuma. Elini atsa ensemden yakalayacak beni, o kadar yakın hissediyordum! Peki, ne olur beni yakalarsa? Annem asla izin vermez bunun olmasına, beni bırakmaz onun ellerine. Kaçmayı bırakır, beni onun elinden almak için geri döner. Ve o zaman da adam beni bırakıp anneme korkunç şeyler yapar. Hayır, bu olmamalı, Allah'ım ne olur annemi koru ve beni annemsiz bırakma. Onsuz yaşayamam, annemsiz yapamam. Annemi koru Allah'ım, annemi koru ne olur dolunay, annemi koruyun ağaçlar, köpekler, kediler, kuşlar... Ne olur

## Sendeki Ben

yalvarıyorum size! Evrene can veren Allah'ım ve can bulan tüm yaşam enerjileri koruyun bizi!

İşte anneannemlerin bahçesi, şu merdivenleri bir çıkarsak kurtulacağız. Bu da ne? Anneannemlerin köpeği Tarzan bu. Bizi kurtarmaya geldi. İşte bak geldi! Duydu beni. Ne zaman bizi görse önce koşup annemin ayaklarına gelip yuvarlanan, sonra da benim ellimi, yüzümü yalayıp oyun oynayan Tarzan. Bu kez sanki bizi hiç görmemiş gibi yanımızdan hızla geçip gitti. Bizi kurtarmak istercesine o adamın üstüne üstüne atlıyor ve havlıyor. Adamı yere düşürdü, o da elindeki bıçağı salladı ve tekme attı Tarzan'a. Kafam arkada Tarzan'ın iyi olup olmadığını görmeye çalışıyorum.

"Hayır! Tarzan! Anne Tarzan'ı öldürmesin, ona bir şey olmasın ne olur!"

Eyvah, ayağım taşa çarptı. "Anne parmağımı taşa çarptım!" Annem beni duymadı ve ben düşünce o da tökezledi. Ben bir basamak aşağıda kaldım ve elim annemin elinden sıyrıldı. Tekrar annemin bana uzattığı elini tutmadan önce son bir kez daha bakmak istiyorum Tarzan'a. Bu basamaktan çıktığım an arkama baksam da artık Tarzan'ı görmeyeceğim. Tarzan'a çok sert bir tekme attı. Zavallı köpek garip sesler çıkararak yere yuvarlandı. Bir şey olmasın ne olur sana güzel köpek! Aman Allah'ım adam tekrar ayaklandı.

"Hadi anne tut elimden ve koş, geliyor koş!"

Artık tükenmiş gibiyiz. Gözlerim yaşla dolu, anneme elimi uzattım. Annem elimi yakaladı ve tekrar sımsıkı tuttu. Gözlerim net görmüyor. Gözlerime dolan yaşlardan dolayı mı yoksa karşıdan gelen renklerin ışığından mı anlamadım! Kapının mavisi ve içeriden süzülen sarı ışık hızlıca bize doğru geliyor. Gözlerimden

## Leyla Bilginel

akan yaşlar, yanaklarımdan aşağı süzülerek sarı ve maviye karışıyor. Bu renkler hem birbirinin içinde hem de gözümün önünde dönüyorlar. Nefesimi hissediyorum, sıcak ve vücudumdaki kanın akışını hissediyorum damarlarımda. Göğsümün içinde deli gibi çarpan kalbim âdeta annemin kalbiyle birlikte atıyor ve ciğerlerimiz birlikte soluyor korku dolu geceyi. Kader ortağı olduğum annemin kalbinin sesini duyuyorum ve yaşadığı korkuyu hissediyorum. Bu an sanki son anımız, ama hayır umutlarım ve hayallerim burada bizimle!

Mavi ve sarı renk gözyaşlarımla birlikte tüm vücudumdan akarak kahverengi toprağa doğru süzülüyor. Birden toprak yemyeşil oldu, sanki annemin söylediği gibi bahar geldi. Yerde yeşile dönen sarı ve mavi yok oldu. Bu sarmaşıklar çok güzel ve çok hızlı büyüyor. Her şey o kadar hızlı dönüyor ki hâlâ net göremiyorum, başım dönüyor. Yerdeki yemyeşil sarmaşıklar annemin ayaklarını sonra da benim ayaklarımı aldı içine. Bu olup bitenleri annem de görüyor mu? Anneme bakıyorum, annemi göremiyorum. Şu an gökyüzünden sanki başımızın üstüne altın tozu serpiliyor. Her yer ışıl ışıl dönüyor. Tıpkı annemin anlattığı sihirli ormandaki peri kızı gibi hissediyorum kendimi. Küçücük ayaklarım kayboldu yeşilin içinde. Aşağıya baktığımda yeri de göremiyorum ama hissediyorum biz havadayız. İçeriden kapıyı açıp çıkan dayım ne olduğunu anlamaya çalışana kadar biz o güzel sarmaşıklar sayesinde bahçeden kapıya kadar gelebildik. Sonra birdenbire her şey yok oldu. Sarı ışık süzülerek çıktığı evin içine, mavi ise kapının üstüne hızlıca geri döndü! Elini atsa yakalayacak kadar yakın olan o adam artık bize bir şey yapamazdı. Dayım bizi hızlıca içeri aldı ve kapıyı kapadı. O adam artık kapının arkasında. Deli gibi küfürler edip tehditler savursa da, o güzelim mavi kapıya tekmeler vurup bağırsa da, bütün camı pencereyi aşağı indirse de, biz artık güvendeyiz! Annem ailesinin yanında ve artık o bize bir şey yapamaz. Onlar annemi korur, tıpkı bu gece dolunayın, Tarzan'ın ve yeşil sarmaşığın bizi koruduğu gibi.

Zavallı dedem kapısını penceresini kırıp döken, korkunç küfürler eden o adama hiçbir şey yapamıyor. Dayılarım henüz çok genç oldukları için onlara bir şey olmasın diye dışarıya göndermiyor. Büyük dayım dayanamıyor, "Bırak beni baba bırak, şuna haddini bildireyim!" dese de dedem onu bırakmıyor. Anneannem çaresiz ağlıyor ve annemin yüzündeki yaralara dayanamıyor. "Bu nasıl bir insan! Evladımı ne hâle getirmiş, ellerin kırılır inşallah. Gitmek yok, artık o adama dönmek yok!" Ama dedem hemen cevap veriyor anneanneme, "Gitmeyecek de ne yapacak? Peşine düşüp kaçmasaydı, bugün bu rezillikleri yaşamıyor olacaktık. Sabah olunca ayılıp işine gider, akşam gelir götürür sizi evinize. İki çocukla nereye sığacak?" Dedem anneme karşı hep kızgın ve öfkeli, bir türlü affedemiyor. Dedem dönüp yatak odasına giderken anneannem, annemin yaralarını temizliyor. "Ben bırakmam seni yavrum, bırakmam o adamın ellerine. Bu gece ya kaçamayıp o adamın elinde kalsaydınız ne yapardık Allah muhafaza? Doğrardı sizi o manyak adam. Ah güzel torunum... Gel yavrum yanıma, gel güzel kızım, çok korktun değil mi?"

"Ben iyiyim anneanne ama Tarzan'ı merak ediyorum."

"Ona bir şey olmaz, sen hiç üzülme. Şu adam gitsin, sabah bakarız köpeğimize."

"Hepten ses kesildi anneanne, sanırım gitti."

"Şimdi çok karanlık, sabah bakarız. Hadi gel artık, seni uyutayım yavrum."

"Ama olmaz, uyuyamam hem kardeşime ne oldu onu merak ediyorum anneanne. Ne olur, alalım kardeşimi."

"Ah telaştan Serkan'ı unuttuk, o yavrucak nerede? Hadi kaldırayım dedesini de, gidip alalım yavruyu. Bize bir şey diyemez."

"Çatlamıştır çocuğum ağlamaktan anne, alamadım orada kalakaldı yavrum. Ev sahibi inmiş almıştır inşallah. Hadi gidip alalım oğlumu anne, ne olur!"

"Dur sen, bu hâlde nereye geliyorsun? Biz babanla şimdi gider alırız çocuğu."

Daha anneannem ve dedem kapıya varmadan kapının zili hepimizi korkuttu. Kapıya gelen kimdi bilmiyorduk ama hepimiz olduğumuz yerden sıçradık. Dedem hemen fırladı, "Durun siz içeride, ben bakayım gelen kimmiş." Salonun kapısını kapadı dedem ama hepimiz merak ve korku içinde titriyoruz. Ancak dedem kısa bir zaman sonra kardeşim kucağında içeri giriyor ve hepimizin bir anda yüzü aydınlanıyor, yüreği ferahlıyor. Ev sahibi Yavuz Amca kardeşimi bize getirmişti. Battaniyesine sarılı kardeşim ağlamaktan yorulmuş ve uyumuştu. Dedemin kollarında oğlunu gören annem oturduğu yerden fırladı ve ağlayarak sarıldı bebeğine. Oğlunu bağrına bastıkça içindeki ve bedenindeki tüm acıyı gözyaşlarıyla dışarı akıttı. Sonra anneannem ve teyzem bize yer yatağı hazırladılar ve annem, kardeşim, ben, birbirimize sarılıp uyuduk kafamızda bir sürü soruyla. Sabah ne olacaktı? Ne yapacaktık? Babam bizi almaya gelecek miydi? Ya Tarzan! O nasıldı? Bir yerine bir şey olmuş muydu? Cevaplarını bilmediğim daha bir sürü soruyla anneme sokuldum.

Nasıl ve ne kadar uyuyabildiğimi bilmiyorum ama sabah herkesten önce uyandım. Sessizce salondan çıkıp dış kapıyı açtım. Bahçede Tarzan'ı görüp görmeyeceğimin merakıyla fırladım dışarıya. Güzel köpek erik ağacının altında yatıyordu. Tarzan diye seslenmemle hemen kaldırdı kafasını ve baktı bana. O da gecenin yorgunluğunu taşıyordu üstünde ama iyi olduğunu görmek yüreğimi rahatlatmıştı. Ayağa kalkıp yanıma gelirken bu defa fena içim acıdı, çünkü ne yazık ki Tarzan topallıyordu. Bacağının üstüne tam basamıyordu. Bütün gece onca olup biten şeylerden sonra hiç ağlamayan ben, Tarzan'a sarılıp içimdeki bütün korkuyu akıttım hıçkırıklarımla.

Tam üç gün oldu ve her yeri ağrıyan annem o geceden beri yattığı yerden hiç kalkamadı. O adamın attığı tekmeler yüzünden neredeyse vücudunun her yeri mosmor olmuştu. Bütün geceler yatağında ağlayıp, inlerken annemi duymak yüreğimi parçalıyor. Çok canım acıyor çok.

Ve babam beş gün hiç gelmedi anneannemlere. Altıncı günün akşamı babamı bahçe kapısında görünce eve koştum. Dedem her zamanki yerinde balkonun başında oturmuş sigarasını içiyordu. Ve biz hiç içeriden çıkmadık. Babamın yanına gitmek istesem de annem bırakmadı beni. Gizlice salonun penceresinden izliyorduk onları. Önce dedeme yakın bir yere ilişip oturdu, sonra kafası yerde bir şeyler söyledi ve ayağa kalkıp elini öptü. Dedem çok istemeden "Üfff..." diye içini çekip soğukça içeri seslendi:

"Hadi kızım, al çocuklarını evine git!"

Annemin aslında hiç duymak istediği bir cümle değildi bu. Ama çaresiz bir şekilde oğlunu sardı battaniyesine ve benim de elimden tutup çıktı dışarıya. Anneannem ve teyzem ağlamaklı bakışlarla kalakaldılar arkamızda. Ve babam, hiç yüzümüze bakmadan önümüze düşüp indi merdivenlerden, annem ve ben de arkasından sessizce yürüdük. O gece sokakta, bu yollarda bıraktığımız korkuları da yanımıza alarak evimize doğru yola çıktık..."

\*

"Bu aynada gördüklerim gerçek mi? İzlerken o çocuğun yerine ben soluk soluğa kaldım, sanki koşan o çocuk bendim."

*"Yaşananlar aslında ne kadar korkutucu değil mi?"*

"Aslında mı? Bir çocuğun yaşayabileceği en ağır travma bu ve bir annenin. O adam ya yakalasaydı onları? Neler olurdu acaba... Düşünmek bile istemiyorum."

*"Beş yaşında bir çocuğun yaşamaması gereken bir geceydi bu, ama hayatla ilgili ne çok şeyi öğreniyor insan böyle korkunç olaylarla... Bu kadar küçük yaşta hayatın bu gerçeğini yaşamak çok fazla ağırdı; bir çocuğun kaldırabileceği durum değildi bu. Pek çok kişiye göre de öyle elbette. Hatta uzmanlara sorsak, hayat boyu atlatılması çok zor bir travmadır eli bıçaklı bir adam tarafından gecenin bir yarısı kovalanmak. Ve bu kovalayan bir de çocuğun babasıysa olay daha da travmatik bir hâl alıyor."*

"İnsan kanından, canından olan bir evladı bu derece incitmesini bırak, yabancı birini bile incitmemeli. Küçücük bir kalp ve henüz bir melek, sevgiyle kanatlarını açıp kelebekler gibi koşması gerek. Babası tarafından kovalanmak değil."

*"Ne yazık ki kabul edilemeyecek kadar acı bir gerçek. O adam diye tanımladığı kişi evet, aslında babası. Bu daha da korkutucu bir durum. İnsanın öz babası neden böyle bir şey yapar ki çocuğuna? Hadi gel, bu gecenin başına dönelim. Bakalım aynadan, o zaman diliminde neler oldu da böyle bir gece yaşandı. Dinlemek ister misin? Ayrıca iyi misin, devam edelim mi?"*

"Evet, evet! Sadece bir an... Neyse hadi devam edelim, iyice meraklandım. Ne oldu da bu derece insanlığından çıkıp babalığını bile unuttu bu adam."

## Sendeki Ben

"İşte orada altın saçlı kız, görüyor musun? Odanın penceresinden dışarı bakıyor ve yine dalmış bir şeyler düşünüyor. Hayalleri bebeklikten başlamış olmalı bu çocuğun. O kadar çok seviyor ki düşlerde yaşamayı."

"O yaşta, kimsenin ulaşamadığı, sadece kendine ait bir dünyayı hayalleriyle var ettiği için çok seviyor düşleri."

"Ne güzel tanımladın. Neyse biz kapatalım ağzımızı, o konuşsun artık ve anlatsın bize bütün gerçeği. İşte yine aynanın gerçeklerindeyiz. Sadece susup izleyelim altın saçlı kızın umutlarını, hayallerini, çocukça dünyasında olup bitenleri."

\*

Güzel bir gece, dışarısı çok soğuk ama karlar eridi. Annem, "Bahar geliyor, yakında çiçekler açar." dedi. Bu gece de gökyüzü açık, hiç bulut yok, çok aydınlık. Annemin yatak odasının penceresinden dışarı bakıyorum. Çünkü en geniş açıyla bu odadan görüyorum gökyüzünü ve o muhteşem ışığı. Her yeri aydınlatan gecenin lambası sanki yusyuvarlak bir kar küresi. Baharın gelmesi beni en çok da bu yüzden mutlu ediyor. Bulutlar olmayacak gökyüzünde, onu daha sık göreceğim, bana hep güç veren o güzelliği! Sanırım onunla aramdaki bağ doğduğum gece var olmuş. Ben bir dolunay gecesi doğmuşum...

Geçen hafta tam beş yaşına girdim. Doğum günü partimde annem doğduğum günün hikâyesini anlattı. Anneannemin yaptığı o güzel doğum günü pastasının üstünde yanan mumları "Allah'ım sevdiklerimi koru, ne olur onlara bir şey olmasın. Onlar benim nefesim." diyerek dileğimi tutup söndürdüm. Sonra herkes beni kucaklayıp öptü ve aldıkları hediyeleri verdi. Ama o gecenin en güzel hediyesi anneminkiydi.

Herkes beni öpüp kucakladıktan sonra annem yanıma geldi ve elimden tutup bana, "Gözlerini kapatırsan ben de sana hediyemi vereceğim." dedi. Çok heyecanlanmıştım, hemen kapadım gözlerimi ve annemin götürdüğü yere doğru gittim. Gözlerimi açtığımda içerideki odada pencerenin önündeydik. Gördüğüm resim muhteşemdi. Özenle çizilmiş bir tablo gibi ışıldıyordu gecenin renkleri. Akşamüstü yağmaya başlayan kar neredeyse diz boyu olmuştu ama artık kar yağışı durmuş, gökyüzü açılmıştı. Ve dolunay, tüm güzelliğiyle bütün parıltısını, üzerinde hiç ayak izi olmayan kar tarlasının üstüne yansıtıyordu. Işık küresi tüm zarafetiyle gecenin koyu mavisini açıyor ve gökyüzünün sonsuzluğundan süzülerek yeryüzündeki beyaz aşkıyla buluşuyordu. Arada esen rüzgârın yerden kaldırdığı uçuşan kar taneleri süzülen ışıkla âdeta dans ediyordu. Dolunay ve kar; muhteşem ikili işte sahnedeydi.

Gözlerimi gördüğüm güzellikten ayırmadan, "Anne, şu an dışarıda olmak ve bu güzelliğin içinde seninle delice koşarak dolunayın ışığı ve karla dans etmek isterdim. Çok güzel bir görüntü sundun bana ve çok mutlu etti beni." dedim. Ben hediyemi aldığımı düşünürken annem bu defa, "Daha bitmedi, hadi gel oturalım. Bu gece sana anlatmak istediğim çok özel bir hikâyem var. Senin doğduğun gecenin hikâyesi..." dedi. Pencerenin önündeki yeşil koltuğa oturduk. Başımı annemin göğsüne yasladım. O bildik, huzur veren tatlı anne kokusuyla geçmiş zamana doğru yolculuğa çıktık.

Üç yüz altmış beş günün en uzun gecesi olan 21 Aralık'ta doğmuşum. Her sabah saat altıda uyanan annem o sabah da erkenden uyanmış. Bütün gün karnı burnunda bir sürü iş yapmış ve ta ki akşam olup herkes uykuya çekilene kadar hiç oturup bir kez olsun dinlenememiş. O gün bir de kaza geçirmiş. Ahırda samanları toplarlarken, eline düşen tırpan parmağını yaralamış.

## Sendeki Ben

Kocaman bir kesik olmuş ve hâlâ o yaranın izi annemin sağ başparmağının altında durur. Bir taraftan bütün günün yorgunluğu, bir taraftan da elinin zonklamasıyla uyumaya çalışan annem, ilk anda doğum sancısının geldiğini anlamamış. Geçici bir sancı yaşıyor zannetmiş. Ben o sırada merakla annemin anlattığı her anı kafamda canlandırıyor ve sanki orada, onunla birlikte, o zamandaymışım gibi yaşıyordum. Annem arada heyecanlanarak yanağıma bir öpücük kondurup devam ediyordu anlatmaya:

"Elim o kadar sancıyor ve acıyordu ki, doğum sancımı hemen anlayamadım. Arada bir karnıma giren sancılarla parmağımın sancısı birbirine karışmış hâlde, yorgunluktan yarı baygın öylece uyumuşum. Sonra birden peş peşe gelen güçlü sancılar beni uyandırdı. Karnımın her yeri sancılar içindeydi ve belime doğru çıkıyordu. Hemen büyük eltime seslendim. 'Yenge uyan! Ben hiç iyi değilim, çok sancım var.' Yengem odaya yarı uykulu bir hâlde geldiğinde ben dizlerimin üstüne çökmüştüm.

Üç çocuk doğuran yengem beni öyle görünce hemen kaynanama seslenip, 'Doğum sancıları artmış, doğuracak bu! Anne kalkın!' dedi. Yan odada uyuyan en küçük amcanı da uyandırdı ve 'Hadi kalk kalk, fırla koş git, hemen ebeyi al getir!' deyip aceleyle gönderdi. Amcan ebeyi alıp gelene kadar ben dizlerimin üstünde yengemin de yardımıyla seni dünyaya getirdim.

Tuhaf ama çok kilolu bir bebek olmana rağmen seni o kadar kolay doğurdum ki, şaşırıp kaldım. Hiç canımı yakmadın. Buna ebe bile şaşırdı biliyor musun? Ve sonra seni verdiler kucağıma. Gaz lambasının loş ışığında yüzünü tam göremediğim için camdan yansıyan dolunayın ışığına tuttum seni. Tıpkı bu gecede olduğu gibi tüm görkemiyle aydınlatıyordu dolunay yüzünü. Hatta gökyüzünden sana doğru yaklaşmış, âdeta dokunuyormuş gibi hissettim. Tombul, sadece ensesinde sarı sarı birkaç saç teli olan, kafasında ise hiç saç olmayan bir bebektin. Kocaman gözlerin, minicik ağzın burnun vardı. Beyaz bir kar yumağı gibi ayın şavkında kollarımın arasında parlıyordun.

Gördüğüm güzelliğin ve saflığın karşısında öylece kalakaldım. Burnuma gelen kokunsa her nefes aldığımda hiç bilmediğim bir duyguyu ama sonrasında öğreneceğim karşılıksız sevgi denilen kavramı tüm bedenime işledi. Daha derin soluyarak, ciğerlerime doldurdukça doldurmak istediğim kokunun yarattığı duygu, o gece bana yeniden can verdi. Senden önce dört tane daha bebeğim oldu ama onlar yaşamadı. Gitmeyip benimle kalman için dokuz ay boyunca her gece yalvardım. 'Allah'ım bu bebeğimi bana bağışla, alma ne olur yavrumu! Yaşasın ve benimle olsun. Ondan başka hiçbir şeyim yok.' Dualara çok inanıyorum ve dualarla var edilen evren bu kez seni bana bağışladı."

"Peki, neden Allah bebeklerini alıyordu anne?" diye sordum.

"Aslında Allah almıyordu. Dikkatsizlik ve insanların acımasızlığı yüzünden bebeklerim Allah'ın yanına gidiyordu" dedi.

"Peki, neydi o dikkatsizlikler bilmek istiyorum. Neden gitti kardeşlerim?" diye merakla sorsam da annem henüz bunları bilmek için çok küçük olduğumu, biraz daha büyünce anlatacağını söyledi. Doğan bebekleri ne yazık ki şanssızlıklar yüzünden gitmişti, anladığım buydu. Sonra annem, elleriyle yanaklarımı avuçladı ve gözlerimin içine tüm sevgisiyle bakarak:

"Ama sen, yaşanan onca kötü olaylara rağmen gitmedin bebeğim. Her şeye hem de her şeye inat annenle kaldın. Yaşadığım kâbus dolu o günlerde tek gücüm ve dayanağım sen oldun. Sen olmasan belki de bugün hayatta bile değildim. Benim için o kadar büyük bir güçtün ki bunu anlatmak çok zor." diyerek beni sımsıkı kucakladı.

## Sendeki Ben

Annemin uzun kirpiklerinin arasından ışıl ışıl parlayan kocaman kara gözlerinin içine bakıp kocaman gülümseyerek, "Hep seninle kalacağıma söz veriyorum anne." dedim.

İşte o gece hayatımın ilk sözünü anneme verdim. Sonra dolunayın güzelliğine tamamen dalıp hayaller kurmaya başladım. Aynı zamanda da annemi hayatı boyunca nasıl mutlu edebileceğimi düşündüm. Onun bütün hayallerini nasıl gerçekleştirebileceğimin planlarını yaptım, dualarını ettim.

İşte ben böyle bir gecede doğmuşum ve her doğum günümde dolunay olur ve muhakkak kar yağar. Bu yıl da öyle oldu. Anneannemin sayesinde yapılan bu beş yaş doğum günümü hiç unutmayacaktım. İlk doğum günümü de yapan yine anneannem olmuş. Bu yıl da yine çok güzel şeyler hazırlamıştı. Hepimiz yedik, içtik o gece ve şarkılar, türküler söyleyip, hâlây çektik, oyunlar oynadık.

Eyvah! Ben yine pencerenin önünde hayallere dalmış bunları düşünürken, yemeğin hazırlandığını unuttum. Annem mutfaktan sesleniyor.

"Hadi masaya gelin, yemek hazır balıklar soğumasın."

Ve en sevdiğim yemeğin kokusu. Balık kızarttı annem hem de hamsi. Bugün pazardan alışveriş yaptık, tam bir ziyafet var. Pazar sonrası hazırlanan akşam yemeklerini çok seviyorum. Çünkü her şey tazedir ve bir sürü lezzetli yeşillik olur masada. O gün bir de pazardan muhakkak alınan taze hamsi kızartılır. Aa, tabii ki bir de kestane bizim sobanın en iyi arkadaşı!

Oturduk masaya ama herkes yine her zaman olduğu gibi çok sessiz. Babam çok sakin ve yine hiç konuşmuyor. Annem ise babamdan çekiniyor, ağzını açıp tek kelime dahi etmiyor. Oysa ne çok isterdim yemek masasında annem ve babamla sohbet edebilmeyi, içimdeki her şeyi konuşabilmeyi, sevildiğimi ve hayatım için geleceğim için desteklendiğimi duymayı. Zavallı canım annem yüreğinde şu an konuşamayıp tuttuğu güzel cümlelerini özgürce gözlerimin içine bakarak konuşabilseydi. Oysa o, bırakın yüreğindeki tüm saklanmış cümleleri dizmeyi, sıradan bir cümleyi dahi konuşamaz.

Babam azarlar gibi bakıp, "Kadın kısmı çok konuşmaz." dediği için annem pek konuşmaz onun yanında. Bu, kocasına saygılı olduğunun bir göstergesiymiş. Benim bir gün kocam olmayacak, bu hiç güzel bir şey değil çünkü. Büyüklerin yanında çocukların dikkatli konuşması gerektiğini anlıyorum ama buna anlam veremiyorum. İnsan neden kocasının yanında rahat olamaz, neden konuşamaz? Neyse, ben bir çocuğum değil mi, en iyisi bunları düşünmeyi bırakıp yemeğimin tadını çıkarayım bari.

Ben daha yemeğime yeni başladım ama her zaman olduğu gibi babam masadan kalktı bile. Kendisi öyle çok yemek yiyen biri değildir. Ayaküstü atıştırmayı sever. Girer mutfağa hemen şipşak bir şeyler hazırlar ve onu da ayaküstü yer. Az ve sık yemek yiyen biri o.

"Yine daldın hayallere, hey! Sana söylüyorum, hiç beni duymuyorsun küçük hanım."

"Ne dediğini duymadım anne."

"Sana bir sürprizim var diyorum, şimdi duydun mu?"

"Gerçekten mi? Nasıl bir sürpriz bu? Hadi söyle lütfen!"

"Şişşt, sakin ol! Masayı toparlayıp bulaşıkları yıkadıktan sonra göstereceğim, tamam mı?"

"Peki, tamam anlaştık o zaman. Hadi kalk! Hemen yıkayalım bulaşıkları. Ben bitirdim bile yemeğimi."

## Sendeki Ben

Aslında bulaşık yıkamayı hiç sevmiyorum ama bazen annemin işi çabuk bitsin de yanıma gelsin diye ona yardım ediyorum. Annem yıkar; ben de bol suyla durularım ve çabucak biter. Ama bu kez hiç o kadar çabuk bitecek gibi değil.

"Bu ne kadar çok bulaşık anne! Nasıl bitecek?"

"Sen içeri kardeşinin yanına git. Ben şimdi çabucak yıkar gelirim. Bunlar senin boyunu aşar bu gece."

Gülüştük annemle, biraz da hoşuma gitti tabii bu durum. Annem anladı bunu ve popoma küçük bir şaplak vurdu ben salona kaçarken. Babam somyanın üstüne uzanmış kardeşimle oynuyor. Onun minik parmaklarını yüzünde gezdirip, 'Oğlum benim, kara oğlum' dedikçe, o da bir şeyler söylüyor ve babamın ellerini yüzüne kapatıp açıyor.

"Ben de oynamak istiyorum. Açılın ben geldim!"

"Gel bakalım koca kız, sen annene yardım etmiyor musun? Ne o, kaçtın mı bulaşıklardan?"

"Hayır kaçmadım! Bulaşıklar bu gece benden büyükmüş, annem öyle dedi. Baba hadi uçak yap ve kardeşimi havalara uçur."

Babamın kocaman ayakları var. Neredeyse kardeşim kadar olan ayaklarının üstüne onu alıp havaya kaldırıyor. Bazen beni de kaldırıyor ve bu çok hoşuma gidiyor. Çok seviyorum ayaklarımın yerden kesilip havada olma duygusunu. Kendimi farklı hissediyorum. Sanki gökyüzünde süzülüyor gibi uçuyorum. Aslında şimdi de kardeşimden çok beni havaya kaldırıp uçurmasını istiyorum.

"Baba hadi uçak yap uçur beni!" deseydim, "Sen artık kocaman kız oldun." diyecekti. Önce kardeşimi uçurunca ve ben de etraflarında zıplayıp dans edince babam, "Hadi gel, gel bakalım! Biraz da seni uçurayım ve kardeşin etrafımızda zıplayıp koştursun." der.

"Hadi gel, gel bakalım seni uçurayım biraz da."

Tabii ben hemen fırladım. Tam bir çırpıda ayaklarının üstüne zıplayıp çıkıyordum ki, birden iş saati aklına geldi. Hemen saatine baktı:

"Şimdi çıkmam gerek kızım, işe gitmeliyim. Yarın bol bol uçururuz kardeşini tamam mı? Tamam mı kara oğlum benim?» deyip yanağını öptü kardeşimin.

Babam sanırım benden daha çok kardeşimi seviyor. Bunu çok kez onları izlerken hissediyorum. Fakat bu beni hiç üzmüyor. Hiç kıskanmıyorum kardeşimi. Annem arada bir söyler, "Bu dünyada çok az vardır kardeşini hiç kıskanmadan büyüyen bir çocuk." Neden kıskanayım ki tam tersine mutlu oluyorum. Kardeşimi çok seven birinin olmasını bilmek çok güzel bence. Hem annemin sevgisi o kadar çok ki babamın eksik sevgisini tamamlıyor. Yine dalmışım, babamın kardeşime sarılıp onu kocaman kocaman öpüşüne.

"Hadi bakalım, ben çıkıyorum. Kardeşine iyi bak, artık sen ablasın unutma!"

Babam cümlelerini bitirmeden annem mutfaktan fırlayıp, içeriden babamın paltosunu aldı ve holün içinden de ayakkabılarını getirip önüne koydu.

"Hadi rast gelsin, güle güle!"

Ve babam çıkıp gitti. İşte yine annem ve ben baş başa kaldık. Bu anlar beni çok mutlu ediyor. Bütün işler bitiyor, ev sakinleşiyor, kardeşim de birazdan uyur ve ben annemle bir bütün oluyorum böyle zamanlarda. Annem daha ben bir şey demeden:

"Tamam, biliyorum ama şimdi değil. Çok az kaldı, bitmek üzere mutfakta işim. Sen kardeşine bak, ben hemen geliyorum."

Çok merak ediyorum nedir annemin sürprizi? Merak ve heyecandan içim içimi yiyorken beklemek ne zor bir şeymiş. Kar-

## Sendeki Ben

deşim de her zaman uykusu gelince yaptığı gibi yine suratını yatağa kapatıp poposunu havaya dikmiş öylece duruyor somyada. Annem işlerini bitirene kadar genellikle ben kardeşimi uyuturum. Onu yastığının üstüne koyup salladığımda ve "eeeee eeeee" diye ses çıkarınca hemen uyuyor. Annem öğretti, ileride de benim bebeğim olunca böyle uyutacağım. Ona annemin söylediği ninnileri de söyleyeceğim. Mutfak kapısında durmuş annemde bizi izliyor.

"Bak kardeşimi uyuttum anne, artık daha kolay uyuyor."

"Aferin benim kızıma, boyu küçük ama marifet çok maşallah. Sen şimdi yanıma gel bakalım. Hazır mısın sürprizime?"

"Hazır olmaz olur muyum, çatladım meraktan anne." Annemin elinde koyu gri renkte bir pazar poşeti var.

"Bu çantanın içinde ne var biliyor musun?"

Gözlerimi dikmiş anneme bakarak 'bilmiyorum' manasında başımı salladım.

"Al bak bakalım o zaman, anlayacak mısın bunlar nedir?"

Annemin elinden hemen kaptım poşeti. Dışarıdan baktığımda çirkin gördüğüm bu gri naylon poşetin içindekiler yüreğimi aydınlattı. Gözlerime inanamıyorum, çok ama çok sevdiğim bütün renkler şu an yüzüme yansıyor. İçinde renk renk bir sürü el örgüsü ipi... Renksiz, mat gri, çirkin gördüğüm poşetin içinde sanki gizli bir hazine var. Nefes nefese anneme:

"Bunlar harikalar! Çok güzel, yumuşacık... Baksana şuna anne, ne güzel bir yeşil, ya bu sarı! Aman Allah'ım... Bak bu turuncu daha da güzel. Yok yok hepsi çok güzel, seçemiyorum. Bunlarla bana kazak mı öreceksin?"

"Hayır, daha şirin bir şey. Seni daha da mutlu edecek bir şey."

"Ne peki, ne, hadi söyle anne!"

"Kocaman ponponu olan rengârenk güzel bir şapka öreceğim kızıma."

"Hey, cici ipler duydunuz mu? Sizden çok güzel bir şapka yapacağız!"

"Şişşt, sessiz ol deli kız! Biraz daha bağırırsan kardeşin uyanacak ve şapkanı örmeye başlamak yarına kalacak. Sanırım bunu istemezsin."

Annem, her gece hikâyeler anlatır bana. Çok seviyorum onun hikâyelerini. Bu gece hem yeni bir hikâyenin hem de şapkamın heyecanı içindeyim. Yanıma gelip divana oturan annemin dizinin dibine sessizce oturdum. O kadar yakından kafamı kaldırıp anneme bakınca birkaç gün önce o adamın vurduğu yumruk yüzünden şişen ve moraran gözünün etrafındaki kırmızı, mor ve mavilerin yok olduğunu, daha çok sarı rengin kaldığını görüyorum.

"Şapkamın ponponu sarı olsa olur mu anne?"

"Neden sarı olsun papatyam, gözlerin gibi yeşil yapalım. Daha güzel olur hem sen sarıdan çok turuncuyu seversin ya, turuncu da yapabiliriz ne dersin?"

"Sarı olsun annem, belki o zaman gözündeki bu sarılar da hemen geçer ponponun içine girip ve bir daha gözünün üstüne gelmezler!"

Annem gözümün içine bakıyor, gözleri hafiften doldu ama hemen kafasını çevirdi. Hissediyorum içini acıttım, onu üzdüm! Neden bazen susamıyorum? İçimden gelen her şeyi söylüyorum.

"Annem, canım annem, iyi ki benim annem olmuşsun. Çok seviyorum seni."

"Gel yanıma ve annene şöyle kocaman bir sarıl. Ben de seni çok seviyorum güzel kızım. Hadi gel artık başlayalım şu şap-

## Sendeki Ben

kaya. Saat çok geç olmadan uyumalısın değil mi? Hem bir de hikâyeden önce ipleri yumak yapmalıyız. Yoksa rahat öremeyiz. Sen şimdi ellerini yumruk yap ve yan yana koy. Aferin. Şimdi ben ipi yumak yapacağım."

"İlk kez yapıyorum bunu ama çok eğlenceli. Anne ellerime bak, iplerin arasında dans ediyorlar."

"Oynama ama o kadar, şimdi dolaşacak birbirine açamayacağız ipi."

"Tamam, durdum işte. Hiçbir şey yapmadan böyle durmak da çok zor ama..."

Susup sessizce iplerin önümde zikzaklar çizerek dans etmelerini izlemek de çok eğlenceli. Ve işte bitti, artık ipler de hazır ve başlayabiliriz hem şapkama hem masalıma. Oh! Çok seviyorum işte bu anı. Annemin dizine başımı koyup masalımı dinleyeceğim şimdi.

"Yine dizlerinde huzurluyum annem. Ve çok şanslı bir çocuğum. Beni seven, koruyan bir annem var. Çok şükür Allah'ım, çok şükür." Bazen böyle dua edince yüreğim rahatlıyor ve içim huzur buluyor. Annem yine güzel bir masala başladı bile.

"Bir varmış, bir yokmuş. Evvel zaman içinde, kalbur zaman içinde... Develer tellal iken, pireler berber iken... Ben ninemin beşiğini tıngır mıngır sallar iken... Büyük, kocaman bir ormanda küçük bir kız yaşarmış."

Her masalın sonuna doğru uykum gelirdi. Bu kez daha masal başlar başlamaz uykum geldi. Gözlerimi açık tutamıyorum.

"Hadi kızım, saat hayli geç oldu. Masalımız yarına kalsın."

"Gerçekten çok uykum var anne."

"Al şu geceliğini giy, ben de yatağını hazırlayayım."

Yatağım, salondaki sobanın hemen yanındaki somya. Benim odam soğuk olduğu için kışın burada uyuyorum. Bir tek annemin yatak odasının kapısını açıyoruz, orası da ısınıyor ama diğer odanın ve mutfağın kapısını kapatıyoruz.

"İyi geceler bebeğim."

Son hatırladığım şey, annemin yanağımdaki sıcacık öpücüğü. Sonra birden içimdeki o tarifsiz heyecanla uyandım:

"Sabah mı oldu annem?"

"Henüz gece, sabah olmadı. Hadi yat bebeğim, sanırım kardeşin uyandırdı seni, öyle çığlık atıyor ki! Zaten bebekliğinden beri sanki tren düdüğü gibi maşallah. Ama şimdi susar, hadi uyu sen."

"Anne şapkamı görmek istiyorum, ne kadar ördün?"

"Ben bitirdim bile şapkanı bak!"

Annem gece yarısına kadar uyumamış ve şapkamı bitirmiş! Hemen zıplayıp elindeki şapkayı kaptım. Bütün renkler çok güzel görünüyor. Hepsi düzenli bir şekilde karşımda duruyor, tıpkı hayal ettiğim gibi bir şapka olmuş!

"Anne bu çok güzel, rengârenk bir şapka! Ama olamaz, bunun ponponu yok! Neden?"

"Tamam. Sakin ol, zaten çok uzun bir iş değil, çok basit, sen bile tek başına yapabilirsin. İplerin uçlarını birbirine getirip birleştireceğiz, sonra elimize dolayacağız ve makasla keseceğiz, işte bu kadar basit!"

Annem tıpkı anlattığı gibi iplerin uçlarını birbirine birleştirip eline doladı. Yumaklar yerde başladı dans etmeye. Çok güzel görünüyorlar yerde, birbirlerine değmeden dönüp duruyorlar. Ben de onlarla beraber dans ediyorum, çok eğlenceli. Üstlerinden atlayıp zıplıyorum ve birden durdular. Annem elini uzattı.

## Sendeki Ben

"Evet, bitti. Şimdi kesme zamanı, hadi al makası ve tam buradan kes."

Annemin dediği yerden kestim ve bütün iplerin uçları yayıldı, her bir renk sanki, "Ben buradayım ve en güzel benim!" diye dans etmeye başladı. Artık bitmişti şapkam ve ortaya çıkan ponponu tam elime aldığımda, dışarıdan gelen sesler bizi korkuttu. Dış kapının önünde biri var. Homurtulu bir adam sesi bu. Annem hemen ayağa fırladı! Biri dış kapının önünde durup kapının kilidini çeviriyor. Annem çok telaşlı ve korku dolu! Sanırım kapının önündeki bu kişi o adam. Babamın içinden çıkan o adam geldi yine. Kapı açıldı. Ve adamla birlikte, sıcak evimizin içini soğutan o keskin koku odaya yayıldı.

Onun çirkin, iğrenç ve kötülük dolu gücünü yine hissediyorum evimizin her yerinde. Çok korkuyorum ve sadece korkan ben değilim. Annem de çok korkuyor, hem de çok. Korku tüm evimizin içini sardı yine. Sadece annemin biraz önce somyaya yeniden yatırdığı her şeyden habersiz kardeşim huzurla uyuyor! Ama ne yazık ki onun huzuru da uzun sürmeyecek, biliyorum. Birazdan olacaklar onu da tatlı uykusundan uyandırıp çığlıklar içinde ağlatacak. Küçücük kardeşim, yırtınarak ağlasa da annem onu kucağına alıp susturamayacak. Bu adam izin vermeyecek. Sadece anneme vuracak, vuracak ve bir kez daha vuracak. Ta ki gözü şişip kocaman olunca, ağzı burnu kan içinde kalıp artık hâlsiz düşünceye kadar. Sonra annem ağzı burnu kan içinde bebeğini alıp onu susturmaya ve beni sakinleştirmeye çalışacak. İşte o an çok şaşırıyorum anneme, o kadar dayak yiyip canı acırken bile kardeşimi ve beni düşünüyor. Bunu nasıl yapıyor, bu mudur annelik? Ben de bir gün anne olunca kendimden çok, yavrumu düşüneceğim. Ben de böyle bir anne olmak istiyorum.

Adam ayakta duramayacak kadar kötü durumda. Sendeleyip duvara çarptı ve şimdi bunun için de annemi suçlayacak. Deli bu adam, duvara çarpan kendisi ama o duvara küfredip duvarı suçluyor. Neyse bu kez suçlu olan duvar en azından, annem değil. Ama o kadar çok bağırıyor ve küfrediyor ki! Şimdi yine ev sahibi gelip kızacak bize.

Üst katımızda oturuyor ev sahibimiz Yavuz Amca. Son geldiğinde çok kızdı ve bizi evden atacağını söyledi. "Ayıptır ya yeter artık, bu kadına ve bu çocuklara yaptığın. Her gece senin küfürlerin ve bağırtılarına uyanıyoruz. Bugüne kadar seni bu evden kovmadıysam bil ki şu zavallı kadının ve çocuklarının hatırına... Ama bir kez daha duymak görmek istemiyorum bu rezilliği, kendine gel, kış günü atmayayım sizi sokağa!" Keşke demez olsaydı bunu Yavuz Amca. O bunları söyleyip gitti ama bu adam da hemen arkasından annemi çok kötü dövdü. "Nedir bu? Adamın seninle alakası ne? Söyle! Neden senin için atmıyormuş bizi evden?" diyerek anneme o kadar çok vurdu ki, her yeri daha da çok şişti ve kanadı. Zavallı annem ev sahibi geri dönüp gelirse bizi evden atar diye hiç sesini çıkarmadı. O gün dövülürken hıçkırıkları göğüs kafesinde esir kaldı. Ve annem yine ev sahibi gelecek diye korkup yavaşça hatta yalvararak sakin olmasını söylüyor. Ama birazdan bunu söylediği için de dövülecek biliyorum.

"Sus bağırma ne olur, ev sahibi uyanıp inmesin aşağıya! Rezil etme bizi mahalleye ne olur sus!"

"Başlatma mahallesine de ev sahibine de! Bunlardan mı korkacağım? Yoksa senin sözünle mi yaşayacağım? Söyle bana cevap ver!"

Yine avuçladı annemin saçlarını... Ah annem konuşma, sus ne olur sus, konuşma! Biz sokakta da yaşarız, yeter ki seni dövmesin bu adam, sus! Ama sesim çıkmıyor, bunları içimden söyleyebiliyorum sadece. Çünkü korkuyorum, ya dönüp konuşu-

## Sendeki Ben

yorum diye bana da vurursa… Ama aslında içimden haykırmak geliyor, "Yapma yeter artık! Git evimizden, seni istemiyoruz; sen kötüsün, canavarsın ve cani ruhlusun!" Böyle bağırmak istiyorum onun yüzüne doğru. Babam gelir şimdi hadi git, babam gelirse seni öyle bir döver ki görürsün dayak yemenin ne olduğunu!' söylemek istiyorum. Boğazım düğümleniyor, sanki nefes alamıyorum. Sadece anneme bakıyorum, o adamın yüzüne bakamıyorum bile. O kadar çirkin ki; ağzı gözü kaymış, dudaklarının kenarında köpükler var. Gözlerinin içi kıpkırmızı ve çok kötü kokuyor. Annemin saçları elinde… Annem kafasını aşağı eğince bana bakıyor ve sanki gözlerimin içinden içimdekileri görüyor.

"Tamam, sustum, yalvarırım vurma, hiçbir şey demiyorum. Sen ne dersen odur tabii ki!"

Annemin bu sözleri üstüne bıraktı avuçladığı saçlarını ve sadece yüzüne bakıyor öylece dikilip. Bazen böyle bırakıyor ve tam annem onun ellerini tutmayı bırakacakken birden gözüne vurmaya başlıyor. Bu kez de aynısı olur diye annem tedirgin. Adam bir adım geriye çekilip ayakkabılarını çıkarmaya çalışıyor. Annem korktuğumu hissettiği için elini uzatıp beni yanına çekti. Annemin bacaklarına sarılınca elimdeki ponpon yere düştü. Ama umurumda değil artık. Oradaki renkler bile şu an beni mutlu edemez. Sadece anneme sarılmak istiyorum. Kapadım yüzümü bacaklarına, sessizce ağlıyorum. Annem, "Erken geldin bu gece, aç mısın bir şeyler hazırlayayım mı?" dedi. Demez olsaydı ama dedi işte… Ağzını açtığı her an suç bu adam için ve dayak atmak için bir sebep…

"Niye? Erken gelmem hoşuna gitmedi mi, hayırdır?"

Aman Allah'ım! İşte yine başlıyor. Şimdi olacakları biliyorum ve şu an tek düşündüğüm annemin dayak yememesi. Belki anneme sokulursam ona vurmaz. Annemi çaktırmadan aşağı çekmeye çalışıyorum. Çömelip dizlerinin üstüne oturup beni kucaklarsa belki vuramaz anneme.

"Hadi anne gel yanıma, sarıl bana lütfen!"

Ama annem elleriyle omuzlarımdan tutup beni kendine çekiyor sadece ve o sırada, aman Allah'ım beni görcü ve bana bakıyor.

"Bu kız niye uyanık? Niye uyumamış bu saate kadar? Saat kaç, farkında mısın?"

"Yeni uyandı, bebek ağlayınca kalktı çocuk. Şimdi yatırırım, hadi geç otur. Kurban olurum, ne olur korkutma çocuğu. Ben sana yemek hazırlayayım."

Neden uyandım, şimdi bu yüzden annem dayak yiyecek? Hem de benim yüzümden, bu kez kesin dövecek annemi.

"Hadi gel kızım, sen de yat yatağına. Ne olur bağırma sen de, bebeği şimdi yatırdım onu da uyandıracaksın."

"Senden mi öğreneceğim, sen mi öğreteceksin bana yemek yemeyi, uyumayı, yatmayı, kalkmayı? Her şeyi sen mi öğreteceksin? İstersen gel başıma çık! İster misin, hadi gel!"

"Bağırma çocuk korkuyor, günah. Elini ayağını öpeyim, ne olur! Bir şey dediğim yok, tamam ne dersen o. Sadece çocuklar korkuyor işte!"

Kardeşim uyandı bile ve başladı ağlamaya.

"Bak! Kalktı bebek, tamam Allah aşkına, dur ben alayım bebeği de sussun."

Hayır, izin vermeyecek biliyorum. Bırakma beni annem, gitme kardeşimin yanına. Dizlerinin üstüne çök ve bana sarıl. O zaman bazı yumruklar sana değmez bana gelir ve böylece seni korurum anne. Bu gece somyanın altına kaçıp saklanmayacağım. Bu gece seni koruyacağım, ne olursa olsun koruyacağım.

## Sendeki Ben

Bırakmam seni annem. Sımsıkı tutuyorum annemin bacaklarını. Derken kardeşimi almak için adım atan annemi, daha adımını atmadan yakaladı. Saçlarını avuçladı ve o yumruklar yine annemin kafasına indi.

"Hadi anne lütfen çök ve bana sarıl!"

Ben daha sözümü bitiremeden ikimiz de savrulduk. O adam annemi omuzlarından tuttuğu gibi duvara çarptı. Ben yere yuvarlandım ve tam onun ayaklarının altındayım. Anneme savurduğu tekme başıma çarptı. O kadar büyük ki ayakları başım döndü ve canım çok yanıyor. Kapandım yere, aman Allah'ım annemi yine aldı eline ve artık hiçbir şey kurtaramaz onu. Annemin burnu kanıyor ve sanırım dudağı patladı. Olduğum yerden sadece olanları izliyorum. Dev gibi adamın kocaman ellerinin arasından az da olsa annemi görüyorum. Her yeri kan içinde ve acı dolu. Annem yere düştü ve karşımda kafasını kaldırıp bana bakamıyor. Yüzünü ellerinin arasına alıp yere kapattı ve tostoparlak oldu tıpkı şapkamın ipleri gibi görünüyor. Adamsa tepesinde çıldırmış gibi bağırıyor.

"Bağırtma o zaman beni, sinirlerimi hoplatma! Adam ol, kocana nasıl davranacağını öğrenemedin!"

Adamın, annemi yaralayan o çirkin sözleri evimizin içinde yankılanmaya başladı. Hep aynı oluyor, birden sinirlenip bağırıyor ve sanki karşısında bir erkek varmış gibi kıyasıya vuruyor. Annem gözü morarmasın, millete rezil olmayalım diye gözünü yüzünü korumaya çalışıyor. Bazen yediği tekmeler ve yumruklar canını yakınca, o adamı tutmak için ellerini kaldırdığı an yumruk gözüne geliyor. Bazen de ansızın vuruyor, sanki özellikle gözü morarsın istiyor. Ve bir kez daha yerde yatan anneme o koca ayağıyla bir tekme daha attı. Zavallı annemse sadece artık yalvarıyor.

"Nedir senin derdin? Ne istiyorsun benden?"

Annem yalvardıkça adam daha çok sinirleniyor. Bir an önce anneme gidip sarılmak istiyorum ve sürünerek onun yanına gidiyorum.

"Sus anne ne olur sus, hiç konuşma!"

Annemin yere kapadığı yüzünün hemen yanında çektiği acıları hissediyorum.

"Anne çok korkuyorum ne olur sus. Hadi gel, somyanın altına birlikte girip saklanalım. Hadi gel ne olur! İkimiz de sığarız oraya inan bana."

Annem kafasını elinin arasından kaldırıp bana bakıyor. Gözlerindeki acıyı görüyorum. Bir çocuğun annesinin gözlerinde derin, çok derin acıları görmesi dayanılmaz bir duygu. Lütfen kimse çocuğuna bunu yaşatmasın! Hakkı yok kimsenin buna. Ve benim çocuk yüreğime öyle doluyor ki bu derin acı; buna dayanamıyorum! Bu adam durmalı artık!

"Dur! Dur yapma, ne olur! Vurma anneme, vurma artık yeter. Sen çok kötü bir adamsın. Çok kötü, yeter dur artık!"

"Böyle mi oldu şimdi? Analı kızlı daha şimdiden diliniz bu kadar uzun, öyle mi? Ben şimdi sana bunları öğreten o ananın dilini kesmesini bilirim!"

"Ben ne yaptım anne? Ne oluyor? Çok korkuyorum."

Her şey çok hızlı akıyor. O kadar hızlı ki çok şeyi duymuyor ve görmüyorum şu an. Tek hissettiğim korku tüm çocukluğumu almış ve benliğimi ele geçirmiş durumda. Kıpırdayamıyorum, hiçbir şey söyleyemez bir hâldeyim. Biraz önce o lafları sesli söyleyip söylemediğimden bile emin değilim. Şu an olan biten her şey çok karışık annem elimi kaptığı gibi fırladık yerden ve sokak kapısından dışarı çıktık. Ayaklarımız çıplak ve taşlı toprak yolda deli gibi koşuyoruz. Annem çıldırmış durumda ve avazı çıktığı kadar bağırıyor:

"Koş kızım koş, çok hızlı koş!"

*

"Bu mu senin gözleri dolan, vicdan sahibi diyerek tanımladığın baba? Bu neydi şimdi? Burada hiçbir şey yapamadan onları izlemek berbat bir duygu."

"*Ne yazık öyle ve inan benim için de bunları izlemek çok zor. Tabii senin baktığın taraftan bakarsam. Bu gördüklerimiz, geçmişte yaşanmış bir hikâye. İstesek de bir şey yapamayız. Yaşanmış ve geçmişte kalmış. Bugün bir hikâye olmuş anlatılıyor.*"

"Bu nasıl bir hikâye ben anlamadım. O adam bu kadar mı kalpsiz? Çocuklarını, o zavallı kadını nasıl hiç umursamaz? Bir insan nasıl bu kadar kötü olabilir!"

"*Sence çok mu kötü biri o adam?*"

"Evet! Bu sorulmaz bile. Ama dur, sen şimdi bir çocuk gözüyle bakınca böyle diyeceksin ve başlayacaksın anlatmaya. Öyle değil mi?"

"*Hikâyenin bu kısmını anlatmadan önce sana küçük bir hatırlatma yapmıştım. Sanırım unuttun.*"

"O kadar çok şey duyuyorum ki senden inan her şey karıştı kafamda. Bu olanları izlemek ve…"

"*Elbette bazen karışacak kafan ama ne olur karışan sadece kafan olsun. Duyguların karışmasın. Öncelikle bu masalın içinde dolaştıkça şunu unutma ki bu bir hikâye ve değiştirilemez gerçeklerin geçmişten yansıması.*"

"Hiçbir müdahale yapamayacaksak, hiçbir şeye tekrar dokunup değiştiremeyeceksek neden anlatıyorsun bunları bana?"

"*Dur bir dakika! Sen başından beri bunu mu bekliyordun? Yani geçmişte yaşanan bir şeylere müdahale edip olacakları değiştirmeyi mi?*"

"Belki... En azından farklı şeyler hayal etmek gibi..."

"*Hayır! Şunu bil; olanlar oldu, geçmiş geçmişte kaldı. Ama geçmişte yaşananlardan çok şey öğrenebilir ve geleceği değiştirebilirsin. Tabii bunu böyle düz bakarak yapamazsın.*"

"Nasıl peki?"

"*İçindeki çocuğa güvenir ve onunla tekrar bir olursan, yani beni görebildiğin an olacakları değiştirebilirsin.*"

"Seni görmek mi?"

"*Evet, o zaman sadece sesimi duymayıp beni görebilirsin de. İşte o zaman her şey netlik kazanır. Varman gereken noktaya varabiliriz. Küçücük beni; yani beş yaşındaki seni görebildiğin an tekrar bir bütün olacaksın ruhunla.*"

"Çok şaşkınım, garip bir duygu bu. Şu an kendimi o kadar sakin hissediyorum ki... Ve devam etmek istiyorum. Seni, yani beni görmek ve tekrar çocuk olan bana dokunmak istiyorum. Lütfen yapalım bunu."

"*Altın saçlı kızın geçmişi bize çok şey gösterecek. Yeter ki onun gözünden bakabil. Bunca olumsuzlukla dolu bir geceden nasıl bir mucizeyle kurtulduğunu görmen gibi. Beyninde yarattığı masalımsı kurtuluş hikâyesi uydurma değil, gerçek. O çocuk yüreğiyle inandı var edenin gücüne ve tüm benliğiyle yardım istedi. O sarı ev, mavi kapı, sarmaşıklar ve Tarzan onun hayalleri değil gerçekleriydi. Evren o gece onunlaydı.*"

"Evet, bunu biz de gördük. Evrenin onun kulağına fısıldadığı gibi oldu her şey. Aslında ne kadar da garip, çünkü bunlar gerçek hayat dediğimiz o dünyada olamaz. Bu masal ve o yüz..."

"*Hayır, o yüzden değil. Her masalın bir gerçek tarafı vardır ve sana başta dediğim gibi, hikâyeyi içindeki olumsuzluklarla değil umuduyla dinle. Olumlu olan kısımları görebil. Görebil ki bana ulaşabilesin ve biz tamamen bir olabilelim tekrar.*"

"O gecenin içindeki gibi. Hep bir umut vardı yüreğinde. Kurtulma umudu... Buna gerçekten inandı ve teslim oldu. Korkularından sıyrıldı ve sadece karşıdan geleceklere sığındı. Gecenin sessizliği annesinin çığlıklarına karışmış, metalin parıltısı elinde parlayan babası değil, o adamdı. Çünkü o kadar kolay olamazdı bir insanın babasını kötü var edebilmesi."

"*İşte, şimdi oldu. Empati yapıyorsun. Görebiliyorsun küçük kızın gözünden. Kolaydır herkes için ahkâm kesip yorumda bulunmak. Eleştirmek en basitidir. Olayların farklı yüzlerini görüp bilmeden, nedenlerin derinine inmeden sadece konuşmak... Yetişkinlerin vazgeçilmezi. Hatta çoğu zaman etrafındaki çocukları da bu zehrin içine düşürürler. İşte böylece dünya daha da çabuk kötü olmaya doğru hızlanmış olur. Ne kadar erken kaybederse bir ruh içindeki çocuğu, işte o zaman daha fazla hâkimdir kötülük hayata!*"

"Çok doğru. Aslında siz çocuklarsınız dünyayı güzelleştiren. O kadar farklı ki dünyanız... Tıpkı altın saçlı kızın bu var ettikleri gibi. Belki de gerçekten insanlar önce melek olarak doğuyor. Sonra..."

"*Şimdi bu kadar derin düşünmesek. Bunları sonra konuşsak.*"

"Elbette ama kafama takılan şu altın saçlı kızın babası... Gerçekte bu kadar kötü değil mi? Buna mı inanmak istiyor? Buna inanarak kötüyü iyi yapacağını mı düşünüyor? Kötü kötüdür diyeceğim, tamam vazgeçtim. Biz yetişkinler işte... Sustum... Evet, yine hemen yargı, öyle değil mi? Bu böyleyse böyle, böyleyse şöyle. Sürekli şartlanmalar var yanlış aktarımlarla beynimizin içi dönüp duruyor."

"Hayır, bu değil tabii ki. Sadece o babasının kötü kalpli olmadığını biliyor. Adamın bazen acı çektiğini hissettiği zamanlar onun yüreğine dokunuyor. Evet, o senin inanmadığın gözü dolan, vicdanı olan adamın gerçekten var olduğunu görüyor altın saçlı kız."

"O zaman babası o geceden sonra yaptığının farkına vardı ve..."

"Hayır, yine bilemedin. Ama tekrar başlama. Lütfen söyleyeceklerimi dinle, yüreğinle dinle. Sadece duyma. O adam bu hâlinden hiç vazgeçmedi. Hayatı boyunca aynı olayları tekrar ve tekrar yaşamasına rağmen böyle düşünmeye devam etti."

"Başka geceler de mi var?"

"Evet var. Fakat o gece yaşananları hiç ama hiç unutmadı. Sonrasında benzer birçok gece yaşasa da o gecenin hikâyesi hep bir başkaydı. Birçok acının, üzüntünün, mücadelenin yanı sıra hayatında güzellikler ve sürprizler de olmuyor değildi. Ve işte parlıyor ayna. Onun için hayatının en güzel sürprizi ve sonrası yaşanan bir gece daha..."

\*

Yeni evimize taşınalı çok zaman geçmemişti. Bir akşamüstüydü, annem birden sancılandı ve babam henüz işten gelmemişti. Annem "Hadi! Koş kızım, koş dedenlere haber ver ve anneme söyle benim sancılarım başladı." dedi. Hemen koşarak fırladım sokağa, nefes nefese anneannemlere doğru hiç durmadan koştum ve annemin sancıları olduğunu haber verdim. Hemen gelip annemi hastaneye götürdüler. Heyecanla annem ve kardeşimin eve gelmesini bekledim.

Ve tam iki gün sonra sıcak bir temmuz sabahı evimize yeni bir bebek geldi; gün ışığının sarısına inat kömür gibi kara kocaman

## Sendeki Ben

gözleri vardı. Neredeyse görünmeyecek kadar küçücük burnu ve kiraz dudakları olan, tombul bir bebek vardı annemin kucağında. Hayatımda hiç oyuncak bebeğim olmadı ama kardeşim tıpkı oyuncak bebeklere benziyordu. Onu görür görmez çok sevdim. Sanki eksik olan bir tarafımın tamamlandığını hissettim.

Kardeşimi kucağıma verdiklerinde içim daha da sevgiyle doldu. Tüm benliğim hiç bilmediğim bir duyguyla kaplandı. Küçük kardeşimi sanki annesiymiş gibi koruma hissi sardı içimi. Küçücük parmakları ellerimin içinde yumuşacık, yanakları kocaman ve tombuldu. Bu kardeşim de diğer kardeşim gibi esmer ve simsiyah saçları vardı. Ben sarışın bir çocuk, onlarsa esmer...

Üçümüzü yan yana koyup karşıdan baksalar birbirini tamamlayan farklı renklerle çizilmiş bir resim gibiyiz. Biri bir yanımda, diğeri öbür yanımda. Artık daha güçlü hissediyordum kendimi. Ve ona içimden gelenleri söylemek istiyorum. Hayallerime yeni renkler getiren güzel bebeğin kulağına eğilip sessizce, "Hoş geldin hayatıma! Hoş geldin evimize güzel kardeşim!" dedim. Yeni evimizde artık üç kardeştik. O günden sonra iki canımla birlikte büyüyüp, hayatın her noktasında beraber var olacaktık. Korku dolu gecelere rağmen yeni evimiz kahramanım, bu bebek de evimizin neşesi olmuştu.

\*

"Konuşmadan duramam şimdi. Ay bu ne güzel bir bebek ve hiç bir şeyle takas edilemeyecek bir sevgi kardeş sevgisi, evlat sevgisi gibi. Yani pek bir fark yok aslında. Elbette ki, bir insanın hayatının en güzel sürprizi bu olur değil mi?"

"*Kardeş! Ne derin bir bağdır. İnsanı daha bir güçlü kılar hayata karşı. Çünkü kanından, canından bir parça daha vardır ve bilir-*

sin dünyanın neresinde olursa olsun onun var olduğunu. Derinden hissedilen ve özlem duyulan bir sevgi bağıdır kardeş."

"Yalnız tamam bu bir masal onu biliyoruz ama yine de anlamadığım şey ev nasıl kahraman olur ki? Ev sanırım, uğurlu ve şanslı olduğu için ve ona yeni bir kardeş getirdiği için. Öyle değil mi?"

"O kısmı da var. İnsanın hayatına şans getiren unsurlar, evrenin ona gönderdiği iyilikler de var tabii ama bu kez ev başka bir güce sahipti onun gözünde. Öyleyse devam edip bakalım ev nasıl kahraman oluyor küçük bir çocuğun dünyasında."

\*

"Anne! Çok üşüyorum! Çok üşüyorum anne!"

"Ah kıyamam kızım benim çok üşümüş ayakların yavrum. Dur, dur şimdi ısıtacak annen seni."

Üstündeki hırkayı çıkarıp beni iyice bir sarıp sarmalayan annemin kollarının arasında tostoparlak oldum. Aslında annemin de içi titriyor. Ama üşüdüğünden değil yüreği acıdığından. Kulağım kalbinin üstünde, içeriden gelen sesleri duyuyorum. Gözyaşlarını ben görmeyeyim diye sanki içine doğru ağlıyor annem ama ben yine de görüyorum. İşte böyle zamanlarda kendimi çok ama çok çaresiz hissediyorum.

"Ağlama anne ne olur. İçim acıyor akan gözyaşlarına! O kadar az ki seni gülerken gördüğüm zamanlar. Ama söz annem, bir büyüyeyim, o zaman sen hiç ama hiç ağlamayacaksın."

"Evet güzel kızım, bir gün büyüyecek, genç bir kız olacaksın ve artık ben seni sağlıklı, mutlu, başarılı bir insan olarak gördüğümde sonsuza kadar mutlu olacağım. Sen yeter ki nasıl mutlu olacaksan öyle var ol bu evrende. Benim mutlu olmam için bu yeterli bebeğim, inan buna."

## Sendeki Ben

"İnanıyorum, çünkü sen benim annemsin. Hep doğruları söylersin. Ve ben büyüyünce senin mutlu olman için her şeyi yaparsam çok ama çok mutlu olur musun anne?"

"Olurum elbette ki! Sen ve kardeşlerin sağlıklı olun yeter."

"Olsun ama ben senin gerçekten çok derinden, en içinden mutlu olmanı ve hep gülmeni istiyorum. Bunun için de söz veriyorum annem, elimden gelen her şeyi yapacağım."

"Şimdi susalım, sessiz olmamız gerek unutma."

"Tamam ama sessiz olunca o sesleri duyuyorum ve o zaman korkuyorum."

"Ne sesi?"

"Dinle bak, duyuyor musun?"

"Duyuyorum evet. Korkma sakın, buradaki hayvanların sesleri onlar. Kömürlerin arasında küçük fareler dolaşıyor sanırım. Sen rahat ol, hiçbir şey yapmazlar bize. Emin ol fareler de bizden korkup saklanıyor. Hem yanında ben varım, bak sımsıkı kollarımdasın."

İyice sokuldum anneme korksam da sesimi çıkarmayacaktım. Yoksa o adam duyar ve bizi bulurdu. Aslında hepimiz bir saklambaç oyununun içindeydik ve bunun farkındaydım. Biz o adamdan, fareler ise bizden saklanıyordu. Burası çok karanlık.

\*

"Evet, burası çok karanlık. Nefes alamıyorum. Neredesin? Çıkar beni buradan."

"Şişşt, sakin ol! Buradayım işte!"

"Neden ses vermiyorsun? Neden konuşmuyorsun benimle o zaman!"

*"Ses veriyorum ama duymuyorsun. Ne yapabilirim bu durumda? Sen yukarıda beyninde kaldığın ve içine kulak vermediğin, bakmadığın zaman, ben seslensem de sana ulaşamıyorum. Neden anlamıyorsun..."*

"Şimdi dinlemek istemiyorum bunları. Çıkar beni buradan, yeter ki çıkar, duydun mu? Sevmedim burayı. Dinlemek istemiyorum bu kısmı."

"*Neden?*"

"Karanlık! Çok karanlık ve ayrıca ağır bir sessizlik var. Adam gelirse şimdi dayanamam. O çocuğun içindeki korkuyu ve acıyı hissediyorum, anlıyor musun? Bunu yaşamak istemiyorum."

*"Böyle yapma. Tam da istediğimiz o çocuk olup, bunları hissederken nasıl içinden çıkmak istersin? İşte bak onun tarafındasın. Onun gözüyle, duygularıyla bakabiliyorsun ve sen nasıl bunu değiştirmek istersin? Lütfen artık farkında ol. Söylediklerimi sadece duyma, dinle. Dinle, lütfen!"*

"Dinliyorum. Ne dersen dinliyorum ama anlamıyor musun? Buradan çıkmak istiyorum, duydun mu?"

*"Korkun ne? Karanlık mı? Ne dedik, korkularla yüzleşmek gerek, kaçmakla olmaz. Bana böyle ulaşamazsın. Sen şu anda ne yaptığının farkında bile değilsin. En büyük korkunun karanlık olduğunu biliyorum. Hiçliği var eden o sessizliğin içinde yaşadığın huzursuzluk, asıl seni korkutan. Bundan sıyrılıp kurtulmak için önce o karanlık yokluğun içinde esir olacak ve sonra özgürlüğüne kavuşacaksın."*

"Evet, bunu bir an önce yaşamak istiyorum."

*"Öyleyse dinle beni ve bu hissettiğin duygularla devam et. O küçük kız olabilmeyi başar lütfen. Onun yerine geçtiğin an, gör nasıl rahatlayacak yüreğin. Eğer çıkmasaydın az önce, biraz sabredip*

## Sendeki Ben

*bekleseydin, zaten bu olacaktı. Her olumsuzluk içinde bir olumlu taraf besler. Bunu unutma lütfen. Sus ve dinle. Onun karanlığında aydınlığı bul..."*

"Peki! Devam edelim..."

\*

Burası karanlık ve çok soğuk; asla tek başıma burada kalamam. Ama annem yanımda olunca nedense hiçbir şeyden korkmuyorum. O, her zaman bana cesaret veriyor ve yüreğim kocaman bir dev oluyor, her şeyin üstesinden gelecek kadar kocaman oluyorum. Biliyorum ki annem beni her şeyden korur. Keşke ben de annemi koruyabilsem o adamdan, yani aslında babamdan.

Yine annemi dövmek istedi. Birkaç tane vurdu ama o kadar sarhoş ki anneme vururken yere düştü. O düşünce annem de beni elimden tuttu ve yine dışarı kaçtık. Aslında babam bana hiç vurmuyor. Yine de annem ne zaman o adamdan kaçsa hemen beni de yanına alıyor. Sanırım annem de yanında ben olunca hiçbir şeyden korkmuyor. Bazen hep şunu söylüyor, "İyi ki sen oldun yavrum. Sen yanımda olunca kendimi bu koca dünyada yalnız hissetmiyorum. Sen olmadan önce tek başımaydım ve çok yalnızdım. Sen benim canıma can oldun."

Zaman aktıkça o karanlıkta, yüreğim inceden inceye bir sürü korkuyu çoğaltıyor. O adamdan, karanlıktan, hırsızdan, başka kötü adamların bizi bulmasından, farelerden ve üşümekten korkuyorum ama anneme bunları hiç belli etmiyorum. Ona sıkıca sarılıp her şeyin biteceği anı bekliyorum.

Ama sesler daha da çoğaldı ve bu kez dışarıdan geliyor. Bu sesler de ne? Kömürlüğün kapısının önünde biri var. O adamın sesi, aman Allah'ım geldi işte. Ya bulursa bizi ne yaparız sonra? Kapana sıkışmış bir hayvan gibi döver bu karanlıkta annemi. O kadar sarhoş ki ancak kalkabildi ayağa sanırım. Annem kapıyı iyice kapadı çünkü kapıyı açık görürse içeri bakmak aklına gelir ve bizi bulur. Diliyorum ki hiç bakmaz buraya ve kapıyı açmaz. Dışarıda öylece bağırıyor ve o kadar kötü sözler söylüyor ki hiçbirini duymak istemiyorum. Annemin koynuna başımı iyice gömdüm. Ama işe yaramıyor, tüm söylediklerini yine de duyuyorum. Duydukça da korkularım tekrar beni esir alıyor. Tek hissettiğim; korku, korku, korku... Çok fazla korku var şu an burada ve yüreğim yerinden çıkacak gibi artık. Benim ağlamamı hissedince annem hemen ağzımı eliyle kapıyor.

"Sus, sakın ses çıkarma ne olur yavrum. Çok sessiz ol. Yoksa bizi bulur, lütfen sus ağlama!"

Göğsüne yüzümü kapadım ve kafamı "tamam" dercesine salladım. Korkudan içim titriyor, annem bunu hissediyor. Beni daha da sarıp sarmalıyor kollarının arasında. O zaman hissediyorum, o da titriyor hem de kalbiyle titriyor. Bu korkunun soğukluğu... Korkunun içimize sızıp bizi ele geçirmesi... Korkunun acımasızlığı... Korkmayı hiç sevmiyorum. Korkuya teslim olduğumuz zamanlar hep şöyle düşünüyorum: Büyüdüğümde hiç korkmayacağım ve bir gün çocuğum olduğunda ne olursa olsun, onu korkudan uzak tutacağım. Şimdi bu karanlıktan çıkıp kaçsak ve çok uzaklara, korkunun gelip bizi bulamayacağı kadar uzaklara gidebilsek keşke...

Bir gün anneme:

"Çok uzaklara gidelim, bu adamın bizi hiç bulamayacağı kadar uzaklara." dedim.

Annem ise:

## Sendeki Ben

"Bizi bulamayacağı hiçbir yer yok. İstediği zaman bulur." dedi.

"Çok ama çok uzaklara gitsek de mi bizi bulur?"

"O zaman kardeşlerin nasıl yaşar biz olmadan?"

"Onları da alırız yanımıza, hep beraber gideriz buralardan; huzursuzluğun, acının, gözyaşının olmadığı bir yere. Ne olur bırakıp gitsek, ne olur anneciğim?"

Ne çok isterdim annemin, "Tamam gidelim hadi, kardeşlerini alıp gidelim!" demesini. Oysa annem gözlerimin içine bakıp umutsuzca bunun mümkün olmadığını söyledi.

"Uzaklarda evimiz olmadan, yiyecek ekmeğimiz, giyecek elbisemiz olmadan yaşayamayız bebeğim. Her şeyimiz bu evde, tüm hayatımız bu adamın yanında."

O gün bunları sıraladığında annem, anladım ki hiçbir zaman hayal ettiğim o uzaklar olmayacaktı. Umutsuzluğa düşen annemin gözlerine bakıp:

"Bir gün huzurun olduğu geleceği sana ben getireceğim annem. Biz gitmeyeceğiz ama o uzaklarda hayal ettiğim her şey bize gelecek." dedim.

Annem çok inanmasa da:

"Evet, benim küçük kızım alıp getirecek o uzakları." dedi. Bunu sadece beni avutmak için söyledi. Annem inanmadı ama ben bütün yüreğimle öyle inanıyordum ki, bir gün o gün gelecekti. Annemin göğsüne kafamı bastırmış bunları düşünürken birden o adamın sesini artık duymadığımı fark ettim.

"Anne sesler kesildi. Gitti mi sence?"

"Hayır kızım, hâlâ kapının önünde. Sadece bağırıp küfür etmeyi kesti. Eyvah! Yine oraya kaçtık diye gidip babamın kapısına dayanmaz inşallah."

Bu evimiz büyük ve dedemlere çok yakın. Bir sokak yakınımızda olmalarına rağmen oraya kaçmıyoruz artık, bu kömürlüğe saklanıyoruz. Çünkü böyle zamanlarda ondan kaçtığımızda, ilk oraya gidip bakıyor. Sonra bizimle birlikte onlar da çekiyor bu sıkıntıları. O yüzden şimdi yine onlara gitmiş olabilir. Oraya gittiğinde de çıldırmış gibi bağırıp, kötü sözler ederek kapılarına vuruyor. Kapıyı açmazlarsa camı pencereyi indiriyor. Artık polis de çağırmıyorlar. Çünkü dedem, "Rezil oluyoruz her gece konuya komşuya. Polislerin gelmesi bir işe de yaramıyor." diyor.

Polisler gelip o adamı alıp götürüyorlar ama sabah olunca da bırakıyorlar. Bu yüzden polisi aramaktan utanan dedem, çaresizce kapıyı açıyor. Babam eve girer girmez küçük dayımı hemen bakkala gönderir. Dayım itiraz edemeden koca bir şişe daha rakı alıp gelir. Hiç bıkıp usanmadan sabaha kadar yıllar evvelindeki olaylardan tutun da, dün yaşadığı bir olaya kadar her şeyi konuşuyor. Sabaha kadar o zavallı insanları esir alıyor. Bazen insanların sessizce yanından çekilip, uyumaya gittiğini dahi anlamıyor. Yerde oturmuş, gözlerini halıya dikmiş bir şekilde, kendi kendine sürekli bir şeyler söylüyor.

Çok şükür bu gece gitmedi, kendi kendine bir şeyler konuşarak yukarı doğru ayaklarını sürüterek çıkıyor. Tahtalarla kapatılmış kömürlük penceresinin kenarındaki küçük delikten gizlice bakıp onun gittiğini gören annem derin bir nefes aldı.

"Çok sarhoş bu gece, yürüyemeyecek kadar çok içti. Bu yüzden birazdan sızar ve bizi bulmak için bir daha dışarı çıkmaz. Gördün mü, bu gece de biz kazandık güzel kızım!"

Mutlu oldu annem, hem de çok ama işte sadece o an için. Zaten işte annemin mutlulukları böyle şeylerden ibaretti. Ailesi korkutulup rahatsız edilmediğinde, dövülmeden bir gece daha

## Sendeki Ben

geçirebildiğinde ve bu korkunç saklambaç oyununu kazandığımız zamanlarda...

"O zaman buradan çıkabilir miyiz anne? Çok üşüdüm ve sıcak yatağımı istiyorum. Çok uykum var, çok yoruldum." Evet, gerçekten de çok yorgundum. Ama hâlâ özgür değildik ve bizi bırakmaya niyeti yoktu. Annem her şeyi iyice kontrol edip emin olacaktı, öyle çıkabilecektik buradan.

"Şimdi olmaz, hemen olmaz. Biraz daha kalalım. İyice emin olalım eve çıkıp uyuduğundan. Sonra söz veriyorum seni koynuma alıp uyutacağım. Benimle uyuyacaksın bu gece."

Bunu duyunca çok sevindim. Bayılıyorum annemle uyumalara. Onunla koyun koyuna uyuduğum geceler çok huzurlu oluyorum. Hiç uyumadığım kadar derin uyuyorum ve çok güzel rüyalar görüyorum. Korkularım gelip beynimin içine giremiyor o zaman. Annemin gizli gücü bir kalkan oluyor ve hepsini benden uzak tutuyor.

Şu anda da içerisi çok karanlık ama annemi hissediyorum, nefesi ılık bir meltem gibi yüzüme çarpıyor. O zaman anlıyorum ki annemin yüzü hemen başımın üstünden bana bakıyor. Karanlığa rağmen artık annemi görebiliyorum. Karanlık, ne tuhaf bir algı... İlk başta çok ürkütücü geliyor fakat sonra birden bakıyorsun ki, karanlığın içinde bile görmeye başlamışsın.

Ya gözleri görmeyenler nasıl yaşıyor karanlıkta? Belki onlar da benim gibi yapıyordur. Annemin yüzünü hayal ediyorum, nefesini hissediyorum ve ellerinin dokunuşunu... Sonra onları canlandırıyorum kafamda ve annemi görüyorum karşımda. Karanlığın içindeki aydınlığım oluyor annem. Böylece karanlık gücünü yitiriyor, hayaller ve umutlar gelip onu tümden yok ediyor. Ne kadar güçlü içimizdeki düşünceler ve hayaller, ebedî karanlığında bile insana ışık olabilecek kadar hem de... Yine de dua ediyorum Allah'a, onlara, o sonsuz karanlıkla yaşayanlara yardımcı olsun diye. Ve şükürler olsun bu durumumuza demek istiyorum. Saklambaç oynadığımız zamanlarda gelen karanlığa bile şükrediyorum. Hasan Dedemin söyledikleri aklıma geliyor:

"Her zaman bulunduğun duruma şükret. Ne yaşarsan yaşa unutma ki daha kötüsünü yaşayanlar var. Önce onlar için dua et ve sana verilenler için şükret."

Henüz on yaşında olsam da bunları biliyorum. Hasan Dedem bana her şeyi öğretti. Verdiği bu altınları hiçbir zaman kaybetmeyeceğim...

\*

"Hasan Dede mi?"

"Evet, altın saçlı kızın hayat rehberi. Hatırlıyor musun? Sana hikâyede kahramanlar çok demiştim. Onun için tek kahraman yok. Çünkü Yaradan'ın ona gönderdiği her şeyi kahraman kılabiliyor düşüncelerinde. Böylece hayatı bir tek yönde değil birçok farklı yönlerle devam edebileceğine inanıyor. Ve işte en büyük kahramanı ve yol göstericisi Seyit Nizamoğlu ocağından Hasan Dede."

"Hasan Dede! Hasan Seyit Nizamoğlu..."

"Maddiyatı genç yaşta hayatından silmiş bir zat. Hayatın maneviyatına gönül vermiş, bir Hak aşığı. Dünyanın tüm güzelliklerini gören ve bunları insanlara aktaran bir dede..."

"Adını söylerken... Hasan Dede... Hiç bu kadar derin hissetmedim bu duyguyu sanki. Güven! Evet, güven sardı içimi adını söyledikçe. Sanki tüm benliğim huzur buldu."

"Ve huzur! İşte sağlam bir ikili daha. Güven varsa insanın hayatında işte o zaman huzursuzluğa yer yoktur. Huzursuzluğu var *eden güvensizliktir. En derin huzursuzlukta insanın kendine güveni olmadığı zamandır. Demin yaşadığın gibi, eğer kendine güvenip korkunla yüzleşmek yerine ondan kaçsaydın, yaşayacağın huzursuzluğunda ötesinde bir son olacaktı."*

"Evet! Ben birden... Ne bileyim, sanki o karanlığa geri dönmüş gibi hissettim. Ve korkumun içinde kalmaktansa oradan çıkmak istedim. Ama unuttum, asıl karanlığımın içinden çıkışımın, o küçük kızın dedikleriyle olacağını. Kendime güvenmedim, yapabileceğime inanmadım. Korkularım sardı içimi ve huzursuzluk beni paniğe soktu."

*"Ama yaptın! Ve işte şimdi huzur içinde annesinin kollarında uyuyor. Hissettiği ve hayal ettiği güven duygusu onunla."*

"Gerçekten de, baktığın zaman yüzünde görebiliyorsun huzuru. Ne kadar yorgun düşse de bedeni ana koynunda bir başka keyifli ruhu. Bu arada ben de görmek istiyorum!"

*"Neyi?"*

"Hasan Dede'nin altın saçlı kızın hayatına girdiği o ilk anı ve o sırada yaşadığı her şeyi bilmek istiyorum. Var mı hikâyede bunlar, bilmiyorum ama çok merak ettim."

*"Elbette ki var! Olmaz olur mu? Sence o altın dedikleri ne olabilir? Bunu merak etmedin mi? İşte hikâyenin devamı buydu zaten. Küçük kıza çok değerli altınları verdiği o güne gidiyoruz şimdi de. İşte aynadan güzel bir yaz akşamı yansıyor hayata..."*

\*

Güzel bir yaz akşamı; gündüzün sıcağı, güneşin kızıllığında veda ederken gün, tüm yaşanmışlıkları içine alarak gecenin sessizliğinde serinlemeye hazırlanıyor. Bizim ev de tıpkı biten gün gibi yavaşça ama yine de bir parça telaşla geceye yetişmeye çalışıyor. Bense yeni aldığımız elbisemle heyecanla zıplayarak dolaşıyorum olanların arasında. Ben zıpladıkça elbisemin üstündeki küçük, kırmızı çiçekler de bir o yana bir bu yana savrulup dans ediyor benimle. Çok seviyorum çiçekleri ve bu elbisemi de.

Bugün bir ilki yaşamanın mutluluğu daha da heyecanlandırıyor beni. Pirimiz Hasan Seyit Nizamoğlu bize gelecek. Kendisi ayrıca bu gece yapılacak cemin dedesi. Evimizde daha önce hiç cem yapılmamıştı. Bu ilk kez olacak. Sadece daha önce Saray Abla'nın evinde yapılan bir ceme götürmüştü annem. O zaman orada yaşadıklarım çok hoşuma gitmişti. Babam böyle şeylere pek inanmaz ve sevmezdi. "Dedeler sahtekâr insanları kandırıyorlar." derdi.

Böyle düşündüğü için o gün annem yalvar yakar babamdan gitmek için izin istedi. Babamın dizlerine kapanıp ağlayıp yakardı. Babam annemin ilk kez istediği bir şeye evet dedi. Ve "Hadi hazırlanın çıkalım, gidip bir bakalım nasıl bir dedeymiş bu." deyince annemin gözleri kocaman açıldı. Babam olur da fikrinden cayar diye hemen üstüne bir şeyler alıp bizi de hazırlayıp fırladı kapıdan.

Ve geçen ay annem tekrar babamın dizlerine çökmüş bu kez de Saray Abla ve mahalledeki birçok komşu kadınla beraber Hacı Bektaşi Veli'nin anma törenlerine gitmek izin istiyordu. Ama yalvarıp yakarsa da nafile, izin alamadı ve annem bu duruma çok üzüldü. Zaten böyle bir şeyin olması mümkün değildi. Tek başına anneannemlere gitmesine izin vermeyen babam o kadar uzağa hiç göndermezdi. Hatta Saray Abla geldi ve çok ısrar etti ama babam ona da küfür edip kovdu evden. Sonra sabah uyandığımda annemin gideceğini öğrenince çok şaşırdım. Teyzem gelmişti eve ve iki gün annem olmayacağı için bize o bakacaktı.

## Sendeki Ben

Aslında teyzem de benim kadar şaşkındı olup bitenlere. Annem teyzeme gece çok enteresan bir şey olduğunu anlattı. Babam gece yarısı birden bağırarak uyanmış ve çırpınarak kendini yere atmış. Kendi kendine konuşarak ve bacaklarına vurarak ağlıyormuş. Rüyasında yaşlıca bir dedenin ona bir şey söylediğini, daha sonra da çift başlı bir yılana dönüp bacaklarına dolandığını anlatmış. Gördüğü rüyanın etkisiyle de anneme izin vermiş. İnanılır gibi değil, dünyanın sonu gelmiş olmalı. Hatta o akşam babam annemi Saray Ablalarla birlikte otogarda yolcu etti. Bir gün bunu görebileceğimi düşünmek bile imkânsızdı benim için ama olanlar gerçekti. Babama o rüyasından sonra bir şeyler olmuş ve anneme gitmesi için izin vermişti.

Annem üç gün sonra eve döndüğünde bize öyle şeyler anlatmıştı ki etkilenmemek mümkün değildi. Törende annem birden fenalaşmış ve yarı baygın hâlde alıp bir eve götürmüşler ama odaya girip yatağa uzanmasıyla yerinden fırlaması bir olmuş. Hızlıca salona koşup yerde bağdaş kurmuş oturan Hasan Dede'nin ellerine kapanmış. Hasan Dede annemin yüzünü tutup alnından öpmüş ve "Ey deli abdal, ne o? Selam vermeden içeri girmek olur mu? Bizi görmeden, niyaz almadan içerilere gitmek de ne ola?" demiş. İşte o gün annemin içine düşen bu Hak aşkı başka bir sevdaya dönüşmüş yüreğinde.

Bugün de evimize geliyor işte o Hasan Dede. Annemin yaşadıkları ve Hasan Dede'nin hakkında duyduklarım, beni hem meraklandırdı hem de çok heyecanlandırdı. Bu gece neler yaşanacak ve babam gelince neler olacak, bilmiyorum ve çok sabırsızlanıyorum. Bir an önce gelse dede... O kadar çok insan var ki şu an evimizde. Bahçede dayımlar ve komşular ocaklar yakıp kazanları kurdular. Kocaman bir koç bağlı duruyor bahçede ve dualarla kurban edilecek. Bir sürü insanın karnı doyacakmış bu akşam burada, annem öyle dedi.

Ona bütün bunlar neden oluyor, diye sorduğumda; bu kez Saray Ablaların evinde gördüğüm o cemden çok daha büyük bir cem olacağını ve sabaha kadar süreceğini söyledi. Tabii ben hemen:

"Anne ben de kalmak istiyorum. Lütfen izin ver, uyku saatinde yatmak istemiyorum. Sabaha kadar görmek, yaşamak istiyorum her şeyi. Ne olur anne!"

Amacım uyumayıp her şeyi görmek için izin koparmaktı ve ne güzel ki annem gözlerinin içi parlayarak:

"Bu gece kurt, kuş, hiçbir canlı uyumayacak bebeğim, sen de uyumayabilirsin. Ama bize yardım et, bu gece çok işimiz var. Hadi koş bakalım mutfağa ve yapacak bir iş bul kendine." dedi.

Ve sevinçten olduğum yerde zıplayıp durdum. Artık kim tutar beni, bu gece en çok ben çalışacağım. Hemen fırladım mutfağa ve yengem daha beni görür görmez, içinde bir sürü lokumla, bisküvi olan büyük bir tepsiyi elime tutuşturdu. Onları içerideki odaya koymamı söyledi. Mutfaktan tam salona giriyordum ki Hasan Dede de dışarıdan içeri girmekteydi.

Salondaki bütün eşyalar toparlanıp diğer odalara konmuştu. Sadece dede otursun diye kanepeyi salonun başucuna koymuşlardı. O ise önce olduğu yerde durup kanepeye baktı. Sonra dönüp o yumuşak ve güven veren sakin sesiyle:

"Kanepeyi alın buradan. Bu gece ben taliplerimle aynı seviyeden hayatı ve evreni görmek, konuşup söyleşmek istiyorum. Öyle tepelerden olmaz bu işler, değil mi güzel gözlü kızım? Gel bakayım yanıma, bırak şuraya elindeki tepsiyi. Senin adın ne? Okula gidiyor musun? Talipler gelene kadar seninle sohbet edelim, ister misin?"

## Sendeki Ben

Dede böyle söyleyince ben kalakaldım. Heyecandan insanın dili tutulur derlerdi de anlamazdım. Demek ki böyle bir şeymiş. Sanki ağzımı açsam konuşamayacak gibiyim. Yine de hemen bir çırpıda, "Sekiz yaşındayım, okula gitmeyi çok seviyorum." deyiverdim. Gerçekten şu an heyecandan kalbim yerinden çıkıp kuş misali gibi uçacak. Elimdeki tepsiyi hemen gösterdiği yere bıraktım. Biz konuşurken o sırada kanepe hemen alındı, yere minderler konuldu ve Hasan Dede.

"Hadi gel, otur şöyle yanıma." derken minderlerin üstüne eliyle vurdu ve devam etti:

"Bu gece ne yapılacak burada biliyor musun?"

"Evet, cem yapacağız."

"Bu gece annen, baban, sen ve kardeşlerin hep birlikte gönül bağı kuracağız. Sizler artık benim taliplerimsiniz. Bundan sonraki yolculuğumuz beraber olacak."

"O zaman artık gerçek dedem mi olacaksın?"

Ben böyle söyleyince o da gözlerimin içine sevgi dolu bakarak gülümsedi ve saçımı okşayarak devam etti:

"Peki, cem nedir? Neden yapılır? Niye bu kadar kişi burada toplanıyoruz, bunları anlatmamı ister misin?"

O kadar etkilendim ki, onun bu güzel enerjisinden, gözlerinin içindeki şefkat içimi ısıttı. Sadece başımı sallayabildim "evet" anlamında.

"Sen Alevi kültürüyle büyümüş bir ailenin kızısın, ben de Alevi dedesi."

"Alevi ne demek?"

"Alevilik aydınlık demektir kızım. Yaradan'ın can verdiği bedene değer verip, özünü kaybetmeden var olmaktır. Yani kısacası insan olabilmektir. Aslında tüm insanlar birdir, hiçbir farklılık yoktur. Sadece hayat felsefeleri ve dünya görüşleri birbirinden ayrıdır ve bu aslında bir ayrım değil, inanış farklılığıdır. Şimdi çok küçüksün biraz daha büyüyünce kendin bulacaksın sorularının cevabını, inan bana."

Biraz susup sonra kısık bir sesle konuştum:

"Bence dünyada sadece iki ayrı insan var, iyi ve kötü olan... Tıpkı iyi olan babam ve kötü olan o adam gibi."

"O adam da kim kızım? Kötü olan o adam?"

"Babam bazen başka bir adam oluyor. Sakin, sessiz, yumuşak huylu babam gidip onun yerine çok konuşan, küfür eden, bağırıp annemi döven o adam geliyor. Babam bunu bilse, yani farkında olsa başka bir adamın geldiğinin, gerçekten anneme vurmasına izin vermez, değil mi dedem?"

"Sakın bunu unutma küçüğüm, bazen iyi olan insanlar istemeden kötü olabiliyor. Yalnız şunu da bil ki; biz bunu istemediğimiz takdirde, kötü insanlar da var olamaz hayatımızda. Sen istemediğin sürece kötüler yok olur etrafında. Çünkü biz insanlarda çok büyük bir güç var. Nedir aslında o güç biliyor musun?"

Ağzımı açıp tek kelime etmeden ve gözlerimi hiç kırpmadan dinliyorum onu. Dedem hafiften başını sağa doğru eğip yüzüme baktı. Sol elini sırtıma koyup ve diğer elini kalbimin üstüne koyarak kısık sesle konuştu.

"İşte! En büyük güç tam da buradadır, içeride çok derinlerde bir yerde ve eğer ona kulak verirsen onu duyarsın da."

Kalbimin atışını duyuyorum, dedemin elinin hemen altında. Hissediyorum gücünü, parmaklarına çarpıyor. Ben sakinim, kalbimse bir o kadar coşkulu. Dede gözlerini kapadı ve yumuşacık bir sesle konuşmaya devam etti:

## Sendeki Ben

"İşte tam burada, elimin altında atan bu yüreğin içindeki sevgidir bütün güç. Şunu asla unutma küçüğüm; ne zaman yitirirsen bu çocuk kalbinle biriktirdiğin sevgiyi, işte o zaman iyilik yok olur, kötülük kazanır. Sevgi, içimizde çocukken filizlenir ve günden güne serpilip bizimle birlikte büyür, büyür, büyür... Kocaman gövdesi ve dalları olan bir ağaç olur. Kalbimiz iyiliğe doğru gider ve evrenden aldığı bütün güzelliklere canıgönülden hizmet eder. Ya da küçükken filizlenemeyip çürüyen sevgi, yüreğimizi karartır ve böylece ruhumuz mutsuzlaşır. İnsanın ruhu karardıkça, iyi olan her şeyini de olumsuzluğun içinde kaybeder. Dahası, farkında olmadan kötülüğe hizmet eder. İnsanlar olumsuzlaştıkça ortaya çıkan bu kara enerji, kötülüğü besler ve daha da güçlendirir. Bazılarımızsa ne yazık ki bilerek hizmet eder kötülüğe."

Elini kalbimin üstünden alıp başımın tam tepesine koydu. Diğer eli hâlâ sırtımda ve huzur veren sesiyle devam ediyor.

"Ceylan gözlüm, unutma ki sen istemediğin sürece kötüler yok olur hayatından. Bunu her zaman hatırla."

"Gerçekten mi?"

Bunu duymak çok hoşuma gitti ve içimi büyük bir umut sardı. Gerçekten bu benim elimde olan bir şey miydi?

"O zaman ben yok ederim bütün kötüleri, hiç yaklaşamazlar bile yanıma. Artık hiç korkmuyorum dedem, sen varsın. Belki o adam da artık gelmez bir daha bu eve."

"Gelse de sen hep sakin ol, hiç korkma; unutma ki sevgi her şeyin anahtarıdır. Bir gün her şey güzel olacak, buna yüreğinle inan ve sürekli iste Yaradan'dan. O zaman korkuların da yok olup yerini umut alacak. Tüm hayatını iyilik ve güzellik saracak. Her zaman gülen bir insan olacaksın ve hayatında hep iyi insanlar olacak. Tıpkı bu gece olduğu gibi… Buraya da bu gece iyi insanlar gelecek. Yüreğimizdeki Allah aşkı saracak tüm evreni."

"Gerçekten mi? Bunu nasıl biliyorsun dedem? İnsanların içini göremeyiz ki!"

"Şimdi söyleyeceklerimi iyi dinle! Eğer hayatın içinde var olduğun sürece özünü dinler, evreni çağırır, onunla bağını koparmazsan ve ne zaman Yaradan'a sığınıp da yüreğinle bir şey istersen, evren sana aracı kılınır ve istediklerini sana verir. Bu gece de eğer hepimiz özümüzle burada iyiliği çağırıp dualar edersek, zaten kötü kalpli olan kimse buna dayanamaz, buradan kaçar gider. Bu gece herkes geldiğinde kalplere dokunup onların enerjisini yoklayacağım. Kimin yüreğinde kötülük ya da mutsuzluk hissedersem, kaçmasını beklemeden ben o kişiyi göndereceğim."

"Gerçekten mi? O zaman dedem ben de görmek ve öğrenmek istiyorum bunu nasıl yaptığını. Böylece hiç kötü insan olmaz etrafımda. Ne olur dedem, bana da öğret!"

Sürekli, "Gerçek mi? Gerçekten mi?" demekten başka bir şey söyleyemeyecek kadar şaşkındım. Duyduklarımın etkisi bana geceyi daha da değerli kıldı. Dedem yüzünde gülümsemeyle çenemin altından tutup yüzünü yüzüme yaklaştırdı ve gözlerimin içine dikkatlice bakarak.

"Sana bunları nasıl yapacağını öğreteceğim ve sen de bunu görebileceksin zamanla. Yaşın büyüdükçe bilgelik de büyüyecek yüreğinde, hiçbir şeyden korkma."

Dedem korkularımı fark etmiş ve onları yüreğime dokunarak yok etmişti. Duyduklarımın etkisiyle içim huzur buldu ve Hasan Dede sanki bütün yaşadıklarımı önceden biliyormuş gibi bana anlayışlı gözlerle bakıp hoş sohbetine devam etti:

## Sendeki Ben

"Ayrıca küçük kızım; Aleviler, Müslüman bir toplumdur. Hz. Ali, Peygamber Efendimizin soyundan gelen ilk Müslümanlardandır. Alevi olmak kolay değildir; kendiyle, özüyle, eliyle, diliyle, nefsiyle barışık ve bir olabilendir. Alevilik, aydın düşüncelerle dünyaya ışık tutan ve bilgelikle evreni aydınlatan bir felsefedir. Her Alevi olduğunu söyleyen de hakiki Alevi değildir. Aslında Allah'ın olmamızı istediği insan olabilmenin tanımıdır Alevilik."

"Peki böyle olmak için mutlaka Alevi olmak mı gerekiyor?"

"Hayır tabii ki akıllı kızım benim. Bu dünyada unutma ki Yaradan kimseyi kimseden ayrı tutmaz, hiçbir canlıyı farklı görmez. Bu dünyada gerçek olan iki şey vardır; senin de biraz önce söylediğin gibi iyi insan ve kötü insan... Bil ki sen karar veriyorsun Allah'a mı yoksa şeytana mı hizmet edeceğine."

"Şeytan nedir dedem?"

Merakla gözlerimi kocaman açıp ona bakmam dedemi tekrar güldürdü:

"Şeytan kötülüğün var ettiği enerjinin adıdır. Bu enerjiden uzak durduğun sürece insan kalır ve iyilikle tamamlanırsın. Sakın yüzeydeki bedende hayatı ararken ruhunun en diplerindeki seni unutma. Özündeki seni, yani has insanı! Hayat seni yaşamın içinde büyüttükçe içindeki çocuğu, şimdiki seni hep dinle. Hayatın içindeki kör sisteme esir olma. Bırak özgürce var olsun ruhun, düşmesin olumsuzluğun içine ve teslim olmasın kötülüğün sesine. Hiçbir şeyin uğruna özündeki seni, yani işte o has ve saf insanı yok etme. Bu gece hayatın içindeki renkleri daha net görecek ve öğreneceksin. Tüm dünyadaki canlılar eşittir bileceksin. Din, dil, renk, mezhep, cinsiyet ayrımı yoktur ve asla olmamalıdır da. Özünde insan olan herkes birdir. Bu gece de tüm canlar burada birleşecek ve tek can hâlinde Allah'ın adını anacak. O'na inanan hiç kimse duygularına kapılıp maddiyatın içinde maneviyatını unutmayacak. Bütün sözlerimi bu güzel kafana yerleştir ve sakın unutma, tamam mı? Şimdi sana bir avuç altın vereceğim. Aç elini, elimin üstüne koy."

Elleri yumuşak, sıcak ve sevgi dolu. Daha önce annemden başka hiç kimsede bunu hissetmedim. İçim ısındı, huzur geldi yüreğime, avucumu yukarı doğru çevirdi ve sağ elinin avucunu açıp elimi tuttu ve diğer elini ceketinin cebine soktu. Elini yumruk yapmış bir şekilde cebinden çıkardı. Merakla gözlerimi eline dikmiş dikkatlice bakıyorum. İçimde bilmediğim farklı bir duyguyla izliyorum dedeyi.

"İçinde altın mı var gerçekten, saçlarım gibi sarı altın?"

"Evet, saçların gibi sapsarı, ışıl ışıl parlayan bir sürü altın var. Onları avucuna koyacağım ve avucundan sızıp yavaşça yüreğine doğru akacak."

Tekrar heyecanlanıyorum:

"Bu çok güzel, o zaman yüreğim de altın olacak" diye âdeta haykırıyorum.

"Evet, aynen öyle küçüğüm. Hatta bütün bedenin altınla dolacak. Seninle her konuştuğumuzda sana böyle bir avuç altın vereceğim, anlaştık mı?"

"Tamam, anlaştık ve hazırım dedem!"

Yumruk yaptığı elini avucumun üstüne koyup ve sanki bir şey döküyormuş gibi alttan minicik açarak avucumun içine bir şeyler koydu. Ama ben hiçbir şey göremiyorum ve merakla elimin içine bakarken dedem konuşmaya devam ediyor:

"Koyduğum altınları elinde değil, yüreğinde arayacaksın. Ne zaman ihtiyacın olursa oradan alacaksın.

## Sendeki Ben

Bunlar senin için her şeyden değerli, unutma. Bir gün gelip genç bir kız olacaksın ve sonra bir kadın. Daha sonra bir bebeğin doğacak ve anne olacaksın. Her zaman Rabb'in sana verdiği kadınlığını kıymetli kıl, ahlâkını erdeminle tamamla, öfkeni sakinliğinle sindir, ben oldum deme hiçbir zaman. Unutma, oldum dediğin an birden yok olur tüm inandıkların.

Yediğin lokmaya şükret, her sabah uyanıp aldığın nefesin kıymetini bil. Bir gün herhangi bir şey için "Benim niye yok?" dediğinde, hemen "Bende olan pek çok şey de başkalarında yok." de ve elindekini paylaş hayatın boyunca. İçtiğin ya da yıkandığın suya her zaman dualar et ve öyle iç, öyle yıkan. Allah'tan gelen her şey şifadır, dualar edildiği sürece...

Dalından yaprağına, taşından toprağına kadar var edilen her şey şifalıdır bu dünyada. Darda olduğun her zaman sığın Rabb'ine ve göndersin şifasını evrene; evrenden de yüreğine...

Unutma, yer gök dualarla var edilmiştir. Doğayla bağını hiç koparma. Ne zaman ki gözleri yıldız gibi parlayan karşındaki bu çocuğu unutup dinlemezsin, işte o an kopar tüm bağın evrenle.

Sen hep sen ol ve her zaman dinle ruhunu. Sana ne diyor, kulak ver her daim ona. Ne zaman, ne yapmak istediğine karar veremez veya verdiğin karardan emin olmak istersen, hemen sor içindeki küçük kıza. O sana her zaman söyleyecektir doğru olan cevabı. İnan buna!

Ne, neden, niçin diye çok sorgulama; kafanda kurup büyüterek, korkup küçültme ruhunu hiçbir şeyle. Her şey zor göründüğü kadar kolaydır da. Unutma! Yaradan sana öyle bir güç vermiş ki her sorunun içinde bir de çözümü vardır, bunu bilirsin. Yeter ki kafanın içindeki gücün farkında ol ve yüreğinde hiç şüpheyi barındırma. Özünle inanarak tüm benliğinle bir olup dinle içindeki seni. Her daim bir bağ oluştur ruhun ve bedeninle. Rabb'inden isteyerek dualarınla evrene seslen ondan geleni sana aktarsınlar.

Yaradan eğer bir şey yapmak isterse, inandığın her neyse onunla aktaracaktır sana, bundan hep emin ol.

Özünden çağırıp istediğin her şey, her zaman bil ki kalbinde. Dokun şimdi yüreğine ve atışı tüm benliğini sarsın. Onu tüm hücrelerinde hisset. Sadece Allah'ı düşün ve her şeyin nasıl olması gerektiğini gör."

Nefesimi tutmuş bir hâlde, gözlerim kapalı dinliyorum. Dedemin sakin ve yumuşak sesinin büyüsündeyim. Şu an etrafımda her şey durdu ve sadece atan yüreğimin sesini duyuyorum. Sağ elimi çevirip kalbimin üstüne koydu. Daha önce hiç böyle attığını fark etmemiştim. Kalbim, elimi tuttuğum yerde değil, her yerimde atıyor. Daha çok heyecanlandım, bütün vücudum değişmiş gibi hissediyorum. Sanki birden bedenim yok oldu ve ruhum havada uçacak kadar hafif. Dedemse konuşmaya devam ediyor:

"Tüm duygularının ayrımını yap. Kötülük ve olumsuzluk getiren duygulardan uzak tut yüreğini.

Kıskançlık duygusundan, kin ve öfkeden koru kendini. Kötülüğün en çok beslendiği duygulardır bunlar.

Hepsini sana yavaş yavaş anlatacağım. Ve şu an yaşadığın, hissettiğin her şeyi yıllar sonra bile sakın unutma!"

Sağ elini alnıma koydu ve diğer eliyle kafamın arkasından tuttu. Gözlerim hâlâ kapalı ve hiç açmak istemiyorum. Şu an yaşadığım duygu öyle güzel ki! Dedemin eli alnımda dua ediyor ve sanki her bir dua ellerinden içime akıyor. Sana, evrene ve her şeyi yaratana sözüm olsun! Gerçekten de hayatım boyunca bu anı unutmayacağım dedem.

## Sendeki Ben

Yavaşça ellerini çekti ve alnımdan öptü. Gözlerimi açtım ve ben de onun avucunun içini öptüm. Öylece kalakaldım olduğum yerde. Ona baktıkça yüzündeki nur ve huzur içimi rahatlatıyor, gözlerinde gerçek sevgiyi hissediyorum. Ne enteresan, bu adam benim için hiçbir şeyken şimdi dedem olmuş ve bana insan olmayı öğretiyordu.

"Ben seni çok sevdim dedem, hem de çok."

"Sevginle var ol güzel kızım. Her daim ceddim kılavuzun olsun. Hadi bakalım, şimdi hizmetine devam et. Bu gece çok çalış, tamam mı küçüğüm? Bu gece Hakk'a hizmet edeceksin, kabul eylesin yavrum hizmetini."

İlk kez birisi bana "küçüğüm" diyor. Bu kelime de çok hoşuma gitti. Dedemin küçüğüyüm. Sanki büyülü bir kelime... Her söylediğinde içimi güven ve sevgi sarıyor.

"Tamam dedem, çok çalışacağım." diyerek tam kalkmak üzereydim ki babam belirdi kapının ağzında. Bütün vücudum ürperdi babamı görünce. Bu olanlardan haberi var mıydı babamın, bilmiyorum. Acaba şimdi ne olacak? Nasıl bir tepki gösterecek? Babam öylece duruyor kapının kenarında. Tam içeri girecekken birden dedem başını aşağı eğdi ve gözlerini kapattı:

"Ah be ah ki gün olmuş devran dönmüş talip de sınava çeker olmuş dedesini. Ey deli yürek, daha fazla tutma o elindeki canı; salıver gitsin bahçeye, yoksa ölecek zavallı. Bil ki çekirge bir zıplar iki zıplar üçüncüsünde..."

Dedem sözünü tamamlamadan babam elinde tuttuğu kocaman çekirgeyi hemen fırlattı ve sürünerek dedemin ellerine kapandı:

"Affet dedem. Ne haddimeydi? Ne cahilce bir şeytana uymaydı? Yoksa biz kimiz ki sizleri sınarız. Bağışla beni!" diye ağlamaya başladı.

Yaşanan bu kısacık olay şu an salonda olan herkesin tüylerini diken diken yaptı, yüreklere coşku ve gözlere yaş doldurdu. Dedem güzel sözlerle babamın sırtına üç kez vurup:

"Ya Allah, ya Muhammed, ya Ali yâr ve yardımcımız olsun oğul." dedi ve babamın sırtını sıvazladı. İkimiz beraber olduğumuz yerden geriye doğru dizlerimizin üstüne kalktık. Babam dış kapıya doğru gitti ve ben de hızlıca mutfağa girdim. Annemler hazırlıkları tamamlıyor. Heyecanla olup biten her şeyi hızlıca anlattım anneme ve bana sarılıp ağladı.

"Tüylerim diken diken oldu yavrum. Demek baban elinde bir çekirgeyle geldi ve aklınca dedeyi sınıyor. Bu gece daha kim bilir ne kerametler göreceğiz, hadi bir an önce kalan işleri de bitirelim kızım, cem saatine az kaldı."

Yavaş yavaş geliyor herkes ve ben hâlâ çok heyecanlıyım. Koca salon dolmaya başladı. Gelenler önce dedemin elinden öpüp ona niyaz ediyor sonra saygılı bir biçimde dizlerinin üstünde boş bir yere kıvrılıyor. Birde misafirler evlerinden bir şeyler hazırlayıp getirmiş ve bunları dedemin önüne tepsiye koyuyorlar.

Evet, herkes geldi; dışarısı, içerisi tamamen doldu. O kadar çok insan var ki herkes hizmet ediyor ve dedem her şeyi dualıyor. Bende heyecanla insanları izliyorum; ellerinde tabaklar, yemek yiyip sohbet ediyorlar. Herkesin yüzü gülüyor. Mutlular ve bir taraftan da yaşanacak gece için çok heyecanlılar. Artık bitsin şu yemek işi, bir an önce başlasak keşke.

Evet, sonunda sanırım doydu herkes. Yemekler de yendi, sohbetler de edildi. Arada bir dedemin yanına çocuklar geliyor ve bazı insanlar da sohbet ediyorlar baş başa. Ben istemiyorum bunu; o sadece benim dedem, başkasıyla öyle olmasın!

Bir ses duyuyorum kulağıma fısıldıyor:

## *Sendeki Ben*

"Sakın kıskançlığı içine sokma. Sana zarar verir, içini tüketir. Elindeki her şeyi yok eder, sevgini zedeler."

Beynimin içinde yankılanan bu cümleler... Aman Allah'ım bunları duyuyorum; içimdeki ben... Koşarak dedeme gidip anlatmak istiyorum ve daha ben döner dönmez görüyorum bana bakıyor. Kapının yanında kalakaldım. Sanki biliyor içimdeki tartışmayla neler yaşadığımı, hatta kelimesi kelimesine duymuş gibi bakıyor. İçimden duyduğum sesi o da duymuş mudur? Ama sadece bana gülümsüyor ve şimdi tekrar kafasını çevirip sohbetine devam ediyor evet der gibi.

Bir daha demin düşündüğüm o kıskançlık duygusunu hissetmeyeceğime dair söz veriyorum içimdeki sese ve dedeme. Oysa ne güzel bir gece bu! Dedem herkese iyilik dağıtıyor, güzel duygular veriyor ve ben bu durumu neden kıskandım ki? Kıskanmak, kıskançlık ve bu yakıcı duygunun insana yaptırdıkları... İşte kötü olmak bu bence. Ben kötü olmak istemiyorum ve kimseyi kıskanmıyorum. Bu gece kendimle ilk yüzleşmemi yaşadım. Özümdeki hakiki insan olabilmenin gerçeğini gördüm ve yaşadığım deneyimin heyecanında kaybolup gitmişim. Birden herkesin içeri çağrıldığını duydum.

Herkes oturdu yere dizlerinin üstüne. Dedem, ufak tefek bir adam olmasına rağmen oturduğu yerden kocaman görünüyor gözüme. Ve herkese öyle sevgi dolu bakıyor ki, insanlar da saygılı bir telaşla kendine yer bulup oturuyor. İçerisi çok kalabalık. Kadın erkek yan yana, diz dize sıralandı ve dedem başladı konuşmaya.

"Hoş geldiniz canlar! Önce Hak duası vereceğiz Allah'ın huzurunda. Candan, gönülden buraya paylaşmak için getirdiğiniz her lokmanın duasını edeceğiz. Bu gece cemde görev alacaklar gelsin Hak huzuruna."

Herkesin heyecanı bütün salonu sardı, bunu açıkça hissediyorum. Ve görev dağılımı için yavaş yavaş herkes dedemin önüne dizildi. Cemde görev alacak kişilere dualarını edip, görev dağılımını yaptı. Dedem duasını bitirdi ve içeride inanılmaz bir sessizlik var. Kimseden ses çıkmıyor. Onlar yavaşça yerlerine geçerken dedem kafasını önüne eğdi ve sadece yere bakıyor. Gözleri kapalı acaba ne düşünüyor? Ne görüyor ve şu an ne olacak diye meraklanıyorum. Birden kafasını kaldırıp sol tarafında hemen biraz önünde oturan adama baktı ve sonra aniden kafasını arkada oturan başka birine çevirdi.

"Neden kavgalısınız? Bilmez misiniz Hak uğruna bu secdeye eğilen hiç kimse, küs dargın gelemez buraya. Cemde dargınlıklar yoktur. Küslük, kin tutmak olmaz. Hadi canlar, ya çıkın dışarıda helalleşin ve bu küslüğü bitirin ya da burayı terk edin!"

"Haklısın dedem, kusura bakmayın uzun zaman önce olan bir dargınlıktı. Biz bile unuttuk barışmayı."

Dedem devam ediyor ve bir çifti gösterip onlara da:

"Dün gece o gereksiz kavga evinizin huzurunu kaçırmış. Bir daha yapma evlat, değmez. Cennet annelerin ayağının altında, diye boşuna söylememişler. Kadınlarımızdır evlatlarımızı erdemiyle büyüten. Sen bu gün kıymet bilip eşine sevgiyle hayatı mutluluğunda yaşatmaz, onu incitirsen ne Hak razı gelir ne evlat. Kadınlar bir gül yoncası gibidir sevdikçe ve kıymet gördükçe açılır. Eşinin kalbini kırmışsın, ya gönlünü al ya da çık buradan can."

Adam eşinin alnından, kadın da gözleri dolu dolu onun avuç içinden öpüp barıştılar. Solandaki herkes, en çok da ben olup biten her şeyi şaşkınlık içinde izliyoruz. Dedem insanların içini okuyordu, tıpkı biraz önce bana anlattığı gibi. Sonra kafasını kaldırıp bütün salona göz atınca iki kişi daha o bir şey söylemeden dışarı çıktı. Onlar da barışıp diğer iki canla beraber içeri girdi. Dedem sazını aldı eline ve cem başlıyor.

"Ey canlar önce tüm yürekler bir olalım ve duamızı edelim!

Bismi şah Allah Allah!

Geldiğiniz yoldan, durduğunuz dardan,

Çağırdığınız pirden şefaat göresiniz.

Darlarınız, divanlarınız kabul ola,

Muratlarınız hasıl ola, dergâhı izzetine yazılmış ola.

Darına durduk ya Allah, ya Allah, ya Allah!

Divanına durduk ya Muhammed, ya Muhammed ya Muhammed!

Keremine sığındık ya Ali, ya Ali, ya Ali!

İnayet eyleyin ya on iki imamlar!

Yol gösterin ya on dört masum-u paklar!

Yardım edin ya on yedi kemerbestler!

Ceminize alın ya kırklar!

Bağışlanmak senin yüzün suyu hürmetine olsun,

Ya pirim Hacı Bektaşi Veli!

Ya Rabbim senin yüzü suyu hürmetine dualarımızı dergâhı izzetinden kabul eyle...

Duası bizden kabulü Allah'tan ola!

Gerçeğe Hü!"

Çok sevdim söylediği duaz-ı imamı. Bütün sözlerinde Allah'ın adı geçiyor ve dua eder gibi söylüyor. Dedemin söylediği gibi hemen yanında, dizinin dibinde oturuyorum. Saatlerdir yaşadıklarımız o kadar güzel, öyle yüce ki! Bunu anlatabilmek mümkün değil. Dedem söyledikçe duaz-ı imamı; Allah'ı, Peygamberimizi, Ali'yi, tüm eren evliyayı saydıkça, dile getirdikçe herkes ağlıyor. Herkesin gözünde sel olmuş yaşı ve herkesin ağzından çıkan tek bir ses, bir tek kelime var: Allah, Allah, Allah! Ve dedemin her söylediğinin arkasından yükselen bu ses, Allah'ın adı tüm benliğimden içeri giriyor. Bütün vücudum titriyor. Ve inanıyorum ki bir tek benim değil, herkesin öyle. Ne kadar şanslıyım böyle bir güzelliğin içinde Allah sevgisiyle büyüyeceğim.

İnsanlara bakıyorum. Hepsi bir şeye niyet etmiş ve her duanın sonunda Allah dedikçe onun için gözyaşı döküyor. Dilerim hepimizin duası kabul olur bu gece. Saatler geçti, dedem biraz sakinleşti çünkü sazın tellerine her vurduğunda ve her ağzından çıkan cümle odaya savruldukça kendinden geçiyor. O kadar Hak uğruna teslim olmuş bir bedenle var oluyor ki, sadece ruhundaki inanç, güzel duygular ve dualar çıkarıyor dışarıya.

Yavaş yavaş herkes kendine geldi biraz önce yaşanan ruhani boyuttan çıkıp gerçek hayata döndü. Saat kaç bilmiyorum ama epeyce geç oldu ve benim hâlâ hiç uykum yok. Daha fazlasını görmek, duymak, yaşamak istiyorum. Dedemin sohbeti ayrı bir hazine, okuduğu duaz-ı imam bambaşka bir hazineydi. Ve anlıyorum ki dedem bütün gece orada olan herkesin başından aşağı altın tozu serpiyor.

İnsanlar kendi aralarında sohbet ediyor ve bazı kişiler de dedemin yanına oturmuş konuşuyor. Herkese sevgi dolu yaklaşıyor ve onlara umut dolu sözlerle güzellikler sunuyor. Dedem çay içtiği bardağından son bir yudum daha alıp önündeki tepsiye bıraktı. Ve sazını aldı eline, sanıyorum tekrar başlıyor cem. Oh çok şükür bitti sohbetler ve dedem biraz da olsa soluklandı ve işte tekrar başlıyor.

## Sendeki Ben

Herkes yine bir tertip, bir düzen oturdu yere. Dedem aldı sazını eline ve başladı o güzel dualara. Ben duaların özel bir gücü olduğuna inanıyorum. Ne zaman ağlayıp tüm yüreğimle ellerimi açıp Allah'ıma dua etsem içim rahatlıyor ve mutlu oluyorum. İçimden gelen her şeyi söylüyorum. Bence dua etmek tüm evrenle konuşup Yaradan'ın var ettiği her şeye minnet sunmak...

Sevgi! Dedemin de dediği gibi bu evrenin en büyük gücü. Düşünün bunca insanı; tüm dünya insanları sevgisini gönderse evrene, ortaya ne kadar büyük bir pozitif güç çıkar. Ve böylece bütün kötülükler yok olur, barınamazlar dünyada. İyiliğin ve sevginin gücünü evrende var etmezsek kötülüğün güçlenmesine yardım etmiş olmaz mıyız? Kimse kimseyi sevmez ya da yüreğindeki sevgiyi dışarıya çıkarmazsa sevginin gücü azalır ve tüm evren mutsuz olur bence.

Ben yine daldım kendi dünyama ve dedem başlamış bile yeniden ceme. Öyle güzel çalıyor sazını ve söylüyor ki duaz-ı imamı ve yine yükseldi evin içindeki Allah Allah sesleri. Bir olmuş tüm insanlar, dizlerinin üstünde el açmış yalvarırcasına dua ediyorlar. Herkes ağlıyor, herkes bir ağız tek yürek olmuş:

"Ya Allah! Ya Muhammed! Ya Ali! Sen yetiş, kötüye verme fırsat! İyiliğin yolunu aç, çocuklarımızı koru kötülerin şerrinden Ya Rabbim!"

Bir daha böyle bir şey yaşar mıyım, bilmem. Ama daha sekiz yaşında bunları görmek, şu olup biteni yaşamak büyük bir şans. İşte sevgi, işte insanlık, işte birlik ve beraberlik. Ve işte bir bütün olan sevginin, Allah'a sığınmanın muhteşem gücü. Ağlıyorum çünkü tutamıyorum kendimi. Neye ağladığımı bilmeden akıyor gözyaşlarım. "Ya Allah! Ya Muhammed! Ya Ali!" dendikçe tüylerim ürperiyor ve yüreğim kanat çırpıyor. Ey Rabbim sen yüreklerimizden kaybolma, ne olur! Her daim bugün gibi hissedelim sevgini! Evrendeki bu birlik ve sana yakarış biterse bir gün, bu gördüğüm güç yok olursa, kötülük sarar her yeri. Lütfen bize güç ver ve buna izin vermeyelim!"

Dedeme birden bir şey oldu. Aniden attı sazını bir yana ve inanılmaz bir hızla başladı kafasını sallamaya. O kadar hızlı ki neredeyse artık yüzünü göremiyorum. Her savruluşu sanki bedenini yavaş yavaş küçültüyor. Ufacık kaldı dedem ama sözleri yükseldikçe coşuyor kalbi ve büyüyor etrafındaki enerji. Hissediyorum vücudundan gelen gücü, sanki tüm evren o küçülmüş bedenin içinde ve her an fışkıracak gökyüzüne. Birden durdu dedem, başı önüne eğik bir şekilde ve başladı konuşmaya:

"Allah! Allah! Allah! Allah! Ya Rabbi! Ya Rabbi! Sen büyüksün, sen var edensin! Taşından toprağına, suyundan havasına, var olan her şeye can verensin. Sen koru bu gece tüm masum-u pakları! Aşağıda, yeşil bahçe içinde bir evde, şu an genç bir kızın dili tutuldu. Ne yazık ki annesinin hışmına uğradı. Korkmasın, iki aya kalmaz düzelecek. Yukarıdaki durakta şu an iki dolmuş çarpıştı. Ey Rabbim, sen koru o canları bu gece, bu kadar insanın yüzü suyu hürmetine! Yakma hiçbir ananın ciğerini, ayırma hiç kimseyi sevdiğinden bu gece!"

Hepimiz gözümüzde yaş, ağzımızda dua kalakalmış bakıyorduk dedeme. İçimizde inanılmaz bir merak ve yaşanılanların şoku... Gerçekten şu an dedemin bu saydıkları oldu mu? Sabah olunca duyacak mıyız hepsini? O yeşil ev; Asyaların evi ve gerçekten bu olduysa çok üzülürüm. Ama dedem iki aya her şeyin düzeleceğini söyledi. Allah'ım ne olur sen de yardım et bu gece darda olan ve acı çeken herkese!

Dedem sakinleşti. Çok yorgun düştü bedeni, görebiliyorum bunu. Biraz önce o kadar teslim olmuştu ki Hakk'a ve evrene. Benliğinden ayrılıp sanki çıkıp gitmişti ruhu ve çevrede olup

## Sendeki Ben

biten her şeyi görmüş, dualarımızı onlara siper etmişti. Bütün herkes sakinleşti, derin bir nefes aldı ve neydi bu şimdi, der gibi birbirlerine bakıp dedemin kerametini sindirmeye çalışıyordu. Hepimizin ilk kez gördüğü bu zikir anı, gerçekten bizlere bir kez daha şunu söyletti: İliğinden kemiğine, etinden canına bir olur, Yaradan'a sığınırsan evren seninle tamamlanıyor ve inanılmaz bir güç çıkıyor ortaya.

Annem ve babam gelip dedemin elini öptü. Başları önlerinde eğik, yürekleri coşmuş ağlıyorlardı. Annem, "Ah dedem, canım dedem, söyleyip çağırdıkların aşkına bu gece bir kez daha bize bir olmayı öğrettin. Hayatlarımızın gerçek amacını hatırlattın. Yüreğinle var olasın, şad olasın dedem." Babamsa, "Allah razı olsun dedem. Ekmeğime bereket kattın, tüm canlarla rızkımızı dualayıp bir ettin. Haneme Yaradan'ın şefaatini getirdin dualarınla. Allah senden razı olsun! Birimizi bin ettin." dedi.

Dedem bir elini annemin sırtına, diğer elini babamın sırtına koydu:

"Ya Allah, ya Muhammed, ya Ali! Sen bu dergâhı içindeki tüm canlarla bir eyle, mutluluklarını, huzurlarını bozma. Evlatlarının yüreğine iyilik, ihsan eyle! Bu evde ki masumların ve var olan tüm çocukların yüreğine sevgini ve kerametini her daim yolla! Dualarımız ve cemimiz kabul ola!" dedi.

İşte cem bitmişti ve neredeyse sabah oluyordu.

Herkes yavaş yavaş dedeme niyaz ederek evlerine gitti. Bense dedemin dibinde oturuyorum hâlâ ve yanından hiç ayrılmak istemiyorum. Ama annemin bana gelişine bakılırsa beni uyumaya gönderecek:

"Hadi kalk artık ve uyu küçük hanım. Biraz dinlensin yüreğin, bedenin. Hem daha çok göreceksin onu. Değil mi dedesi?

## Leyla Bilginel

Bundan sonra da daha günlerce dizinin dibinde oturup konuşursun."

Dedem başımı okşayıp, "Elbette onunla uzun, çok uzun bir yolumuz var. Ben ona anlatacağım; o da beni can kulağıyla dinleyecek. Ve bir gün gelecek, ona verdiklerimi gün yüzüne çıkaracak."

"Evet anne, biz dedemle önceden uzun uzun konuştuk bile. Her gün okuldan gelince bana bir avuç altın verecek, ben de bir gün o altın tozunu evrene serpeceğim ve her yer ışıl ışıl olacak. Değil mi dedem? Işığımız her yerde parlayacak? Hiçbir yere karanlık hâkim olmayacak."

"Olmayacak küçüğüm, yeter ki yüreğindeki Hak aşkını ve bu evrene olan sevgini kaybetme. Hadi şimdi git, güzel güzel uyu. İyi geceler küçük meleğim."

*

"Bu yaşananlar inanılmazdı. Tüm vücudumu ilk kez bu kadar yoğun hissettim. Tekrar bedenimde var oldum, sanki her şey gerçek gibiydi. Nefes aldığımı ve mutlu olduğumu hissediyorum."

*"İşte inanç bu kadar güçlü. Allah'a tüm benliğinle inanıp bir olma hâli. Yaşadığın duygunun tam tanımı bu. Allah'ın varlığını görüp, duyup, hissedip, dokunduğunda ve var ettiği her şeyden medet umduğun anda bir insanın yaşadıkları yani. Bir çocuğun dünyasında bu bir gün gelip anlatılacak kadar derinliği olan bir gerçek ama ne yazık ki siz yetişkin insanlarda bu pek de etkili bir durum var etmiyor. Sadece anlık ve günlük duygu geçişleri o kadar. Sonrası yine bildik tanıdık duyarsız insan hâlleri devam ediyor."*

"Neden? Nasıl olur? Nasıl değişmez? Orada neler yaşandı gördüm. Onca insan hep birlikte bir olup Allah'a sığındı ve kötülüğü, iyiliği gördü. İnsan olmanın ne demek olduğunu bir-

## Sendeki Ben

likte hissedip var etti. Neydi o zaman bu yaşananlar? Onlar için koca bir yalan mıydı?"

"Hayır, tabii ki yalan değildi. Evrene yayılan her enerji gider yerini bulur. Sevgiyse sevgi. Nefretse nefret. O yüzden burada olan muhteşem enerji elbette ki evrene bir hizmette bulundu. Hep birlikte var edilen olumlu enerji ve birlikte edilen dualar... Belki de her bir söz büyüdü ve Hasan Dede'nin aracılığıyla o gece olabilecek daha da kötü olayların önüne geçti. Böyle düşün olamaz mı?"

"Bu olmalı da zaten. Kelimelerin gücü sardı hepimizi. Orada yaşadığım buydu. Ama sen diyorsun ki..."

"Ben insanların bu geceden pek bir şey çıkarmadığını söylemiyorum. Sadece büyükler çok çabuk unutuyor ve hayatın içindeki yalanlarına geri dönüyorlar. Yakalanan maneviyat o geceki düzeyde kalmıyor. Maddiyat gelip sarıyor tekrar ruhlarını ve maneviyatını çok derinlere itiyor. Böylece o gece fark ettikleri gerçekleri unutmak da işlerine geliyor."

"Yani yine yalan dünyaya geri dönüyoruz. Birden her şey yok oluyor. Yalanlar söyleniyor, kalpler kırılıyor, insanlar birbirini umursamıyor. Tek olay istediklerini almak. Ve hep en iyisinin, daha iyisinin peşinde koşmak. Hiç doymadan sürekli aç bir hayvan gibi. Saldırgan bir istek. Sonunda hayatın geneli tamamen tüketmek üstüne kurulmuş sahte bir sahneye dönüşüyor. Herkes üstüne düşeni yapıp en öndeki yerini almak istiyor. Bunun için lazım olan güçse, para! Paranın var ettiği o güç de yıkıcı bir duyguyu getiriyor hayatımıza. Beynimizi ele geçiren bu duygu ise birdenbire en baskın yanımız oluveriyor."

"*Söz ettiğin bu duygu hırs!*"

"Evet hırs! Söylerken bile beni gerdiğini hissediyorum. Fazlası insana öyle şeyler yaptırabilir ki, aklına hayaline bile gelmez."

"O kadar keskin bakma, biraz hırslı olmak gerekir bence. Yani ego gibi düşün. Hiç olmazsa isteklerinin yolu açılmaz. Çok olursa da yoluna ne çıkarsa yok edersin, yıkıp geçersin. Arada olması gereken bir duygu. Yine denge gerekli anlayacağın. Denge olmazsa olmuyor. Bu sadece duygularla alakalı değil. Hayatın genelinde dengeyi yakalamak gerekir."

"Biraz serpmek mi lazım hayatın içine yani? Egonu şımartmayacak, hırsını coşturmayacak kadar, öyle mi?"

"Evet, tıpkı altın saçlı kız gibi. Hayatını yok edecek kadar hırslı görünse de aslında onun yaptığı mücadele. Elbette ki hırs onun da içinde var. Ama hırsı gözünü karartmıyor ve hayallerini tetikleyecek kadar var ediyor benliğinde. Mantığını ve aklını her zaman daha önde tutmayı seçiyor. Aldığı kararlar hırsın devamı gibi görünse de gerçek bu değil aslında. Tamamen önüne çıkan seçimler için kendince en doğru olasılığı bulma yolu."

"Hey, sanırım seni bu kez yakaladım. Altın saçlı kızın hayata ilk adımı. Şimdi onu mu anlatacaksın."

"Beni daha da net duyuyorsun artık, çünkü dinliyorsun. Bu çok güzel ve böyle devam edersek yakında beni görebileceksin."

"Bunu çok istiyorum."

"O zaman devam edelim ve altın saçlı kızın en büyük hayaline gidelim. Ve ne olursa olsun hiçbir şeyin engelleyemediği bu hayalin, gerçek olması için verdiği mücadeleyi izleyelim. İçindeki dinmek bilmeyen, sanki dünyanın sonuymuş gibi acı içinde kıvrandığı çaresizliğinde, yine dualar ederek bir mucize beklediği o andayız ve tekrar aynadan yansıyanlar.

Bak işte orada görüyor musun? Tıpkı seni bulduğum hâlde nasılsan, altın saçlı kız da şu an aynı durumda. Karanlığın sessizliğine doğru bir yolculukta. Ya ölüm ya da yaşam hakkını kullanmak üzere..."

## Sendeki Ben

"Yaşam hakkı mı? Daha çocuk o, elbette yaşamalı ve hayata sımsıkı tutunmalı. Yaşam hakkını kim alabilir elinden?"

*"Kendisi..."*

"Ne! Bu da ne demek şimdi? Ben yine hiçbir şey anlamadım..."

*"Biraz karışık bir durum. İstersen gel, başından sonuna hikâyeyi kendi içindeki gerçekleriyle görelim. Solmuş teniyle Azrail'i bekleyen bir çocuk yatıyor yatakta. Yüreğinde amansız bir korku var ama yine de belki bir mucize daha olur umuduyla bekliyor sessizliğinde."*

"Benim yüreğim dayanmaz bu yavrunun hâline. Baksana şu yüzüne. Nasıl da sararıp solmuş benzi ve ne kadar saf, bir melek gibi uyuyor."

*"Olmaz! Sonuna kadar dinleyeceksin. Unutma, bu masalın sonu götürecek bizi aydınlığa."*

"Yüreğin dayanmasa da kaçmak yok, öyle ya da böyle gerçeğin içine gir diyorsun. Peki!"

*"Şişşt! Şimdi sessizlik zamanı!"*

\*

Gözlerim kapalı, öylece yatıyorum. Kaç gündür bu hâldeyim bilmiyorum. Şu an tek isteğim yutkunmak. Evet, sadece yutkunmak istiyorum ama yapamıyorum. Kendimi çok yorgun hissediyorum. Nefes alıp almadığımın dahi farkında değilim. Elimi kaldırmak istiyorum ama kaldıramıyorum. Sanki başım ve vücudum birbirinden ayrılmış gibi. Bedenimi hissetmiyorum. Kafamın içiyse binbir çeşit soruyla dolu. Beynimdeki düşünceler ince bir sızıntı gibi içimde dolanıp duruyor. Sanki beynimi karıncalar istila etmiş ve koca bir ordu hâlinde dolaşıyorlar kafamın içinde. Garip bir his bu, sanki bir süre sonra beynim tamamen uykuya dalacak ve artık onları hissetmeyeceğim.

Karıncalanma dedikleri duygu bu olsa gerek. Evet, evet! Beynimin içi karıncalanıyor! Net bir şekilde hissettiğim ve tanımlayabileceğim tek durum bu. Beynimde dönüp duran soru ise yüreğimi yakıyor: Her şey bitti mi? Buraya kadar mıydı hayatım? Tüm mücadelem, gelecekle ilgili istediklerim, hayallerim, umutlarım, hepsi bitti mi? Ama henüz on iki yaşındayım, daha büyümedim bile. Hâlâ altın saçlı küçük bir kızım. Daha çok şey yok mu benim yaşayacağım? Ya da yaşamak istediğim şeyler hiç gerçek olmayacak mı? Yani onca hayalimden hiçbiri gerçekleşemeden, günlerdir içinde bulunduğum bu karanlıkta yok olup gidecek, benimle birlikte ölecekler mi? Hani istemek çok önemliydi? Hani çok isteyince her şey olurdu? Ben gerçekten çok istedim, hem de çok. Bu küçük yüreğim başaracağıma çok inandı. Hiç durmadan beynimde resmettim tüm hayallerimi. Elimden gelen her şeyi yaptım ama olmadı, yetmedi işte, yapamadım. Sadece on iki yaşında bir çocuğum ben. Her zorluğu başaracağım dedim ve inandım. Başka ne yapabilir, nasıl mücadele edebilirdim?

Bir başka yolu vardıysa da ben onu bulamadım ve bu siyah girdabın içinde dönüyorum şimdi. Daha ne kadar dibe doğru ineceğim Allah'ım? Ne zaman çıkacak o ışık ve ben huzura kavuşacağım? Artık bitsin istiyorum, tamamen sussun istiyorum her şey. Al artık bu yitik bedenimi, tamamen al yanına! Ne olur Allah'ım affet beni! Bağışla!

Bunlar gözyaşlarım mı? Bilmiyorum ama ılık ılık içime, yüreğimin derinlerine doğru bir şeyler akıyor. Akacak gözyaşım kaldı mı yoksa içim kan mı ağlıyor? Yapamadığım için, hayallerimi bu karanlığa teslim ettiğim için yüreğim sancıyor ve her

## Sendeki Ben

acı bir parçamı da yanına alıyor. İçim tükenmiş, bitmiş ve yok olmak üzereyim. Anladım ki bana hayat veren hayallerimmiş. Onlar alınınca elimden bomboş kaldım, renklerim soldu.

"On iki yaşında bir çocuk, yüreğinde bunca acıyı nasıl var eder, bu duruma nasıl gelir?" diyenleri duyar gibiyim. Evet, ben sadece on iki yaşında bir sürü hayalleri olan küçük bir kızım. Olmadı, yapamadım. Yaradan beni affetsin ki artık sessizce ölümü bekliyorum. Bu benim tek kurtuluşum, başka bir umut kalmadı benim için. Yaşarken ölmek istemiyorum, huzura kavuşup gökyüzünde melek gibi uçmak istiyorum. Bu hem kulağıma hoş geliyor hem de yüreğim rahatlıyor. Yaşarken ölmüş bir sürü insan var, hem de çok fazla. Ben de onlardan biri olmak istemiyorum.

Affet beni annem! Sana verdiğim sözleri tutamadığım için, birlikte kurduğumuz hayalleri gerçekleştiremediğim için... Seni o acımasız adamdan kurtaramadığım için... Affet beni annem, lütfen affet! Söz vermek ve onu yerine getirmek çok önemli biliyorum. Bunu bana Hasan Dedem öğretmişti, hiç unutmam o konuşmamızı. O gün evimizin salon penceresinden süzülen güneşin akşam sefasına çekilişini izlerken yine dizinin dibinde oturmuş, ağzından çıkan her cümleyi tüm benliğimle yutarcasına dinliyordum. O konuşurken ağzımı hiç açmıyor, tek kelime etmiyordum. Ve ilk tanıştığımız o cem günü söylediği gibi, bana her gün bir sürü altın tozu veriyordu. Hepsi çok değerliydi, bu yüzden hepsini emip ruhumun derinlerinde şekillenmesini istiyordum. Ve o gün de bana yine çok değerli bir öğüt vermişti:

"Bir insanın erdem sahibi olduğunu nasıl anlarız, bunu biliyor musun? Hiç düşündün mü? Daha küçük bir kızsın, bunun cevabını bilmemen normal. Ama şimdi öğreneceksin. Ağzımız, dilimiz, dudaklarımız ne için vardır? Yemek yemek, su içmek ve konuşmak için. Evet, bunları biliyorsun çünkü bunlar hayatımız için en gerekli şeyler. Ancak bir de daha önemli sebebi vardır bu organların. İnsanın erdem sahibi olduğunu da gösterir ağzımız ve dudaklarımız. Nasıl diyeceksin biliyorum ama sabırlı ol, öğreneceksin. Unutma sabır, benliğin aherık taşıdır ve bizim için çok değerlidir. Sen sen ol küçüğüm, ağzından çıkan sözlere her zaman dikkat et. Konuşmak için konuşma! Özellikle boş yere söz verme kimseye ve bil ki verilen her söz bir umuttur. Bir umutsa bir yaşam fidanıdır ve sen asla bu fidanın kurumasına sebep olma. Birine söz verdiğinde unutma ki o ağızdan çıkmışsa olacak demektir. Birine söz verip, yerine getirmemesi o insanın zayıflığıdır. Bunu yapan kişi erdem sahibi, haysiyetli bir insan değildir.

Lüzumsuzca boş sözler etme. Ne kendi ruhunu yor, ne de başkasının... Kelimeler sihirlidir ve bu yüzden her birini doğru yerde kullan, gereksiz yere tüketme. Yoksa bütün büyü bozulur ve önemi ortadan kalkar. Artık hiçbir anlamı olmayan, büyüsü bozulmuş olan kelimeler ise boş lakırtıya dönüşür. Bir insan ağzından çıkan sözler kadardır. Bu dediğimi o güzel hayallerle dolu minik kafanda bir yerlere yaz."

Hiç unutmadım bu söylediklerini dedem, hiç unutmadım inan ki! Ama olmadı yapamadım, anneme verdiğim sözleri tutamadım. Annemi, kardeşlerimi koruyamadım. Onları hiçbir zaman yalnız bırakmayacağıma ve hep koruyacağıma dair söz verdim. Bir an önce büyüyüp annemi o adamın eziyetlerinden kurtarıp, hayal edip yapamadığı her şeyi onun için yapacağıma söz verdim. Sözümü tutamadım, annemin bütün umutlarını öldürdüm. Ama çok yorgunum dedem, çok. Onca kocaman insanla uğraşmak çok yorucu ve artık kabul ediyorum ki gücüm yetmiyor onlara. Ben küçük bir çocuğum, hem de yüreği hayattan tamamen soğumak üzere olan küçük bir çocuk...

## Sendeki Ben

Yaradan'ın verdiği canı var ettiği bu bedene sahip çıkamadım, bunun farkındayım. Çok istedim, çok çalıştım, çok uğraştım ve sürekli hayal kurdum. Bütün evrene bağırarak haykırdım. Yaradan'dan hep güç istedim, sığındığım her şeyi çağırdım, var olan bütün güzelliklere dua edip yakardım. Yüreğimdeki bütün hayalleri tek tek alıp gökyüzündeki yıldızların ucuna taktım. Bu evrenin sırrına ve yaşanan mucizelerine akıllar ermez, zekâlar yetmez. Şahit oldum o mucizelere ve yaşadım. Eğer inandıklarım gerçekse, işte bunları görmem için tam zamanı. Bana bir mucize daha gönder beş yaşında yaşadığım o gece gibi. O gecede olanlar neyse, işte şimdi de aynısı oluyor Allah'ım. Bu kez derinden soğuyor yüreğim daha atarken. Yine bir mucize beni bu karanlıktan çekip çıkarabilir. Tekrar tüm renklerin içine katıp, beni hayata döndürebilir.

Bir çocuğun tüm hayatını, bir adamın yok edebilme gücüne bağlı olduğunu kabul edemiyorum. En acı veren şeyse, inandığım her şeyi bırakıp bu gerçeğe teslim olmak. Birinin tüm hayatımı şekillendirebilmesi mi gerçek olan? Bu ne demek? Kader mi? Kader bu mudur? Birinin hoyratlıkla senin hayatının içindeki tüm renkleri alıp karanlığa salması, ruhunu bir çiçek gibi susuz bırakıp soldurması mıdır? Her yok oluş bir bitiş değildir. Bazen bittiğini sanıp da çaresizliğe teslim olmak, boş ve yavan bir hayatın içinde kaybolmaktır. Öyleyse değer mi, yok oluşa giderken var olmak için çılgınca çalışmaya? Bu böyleyse ben kaderi kabul etmiyorum ve kendi kaderimi kendim yazıyorum. Kalemi o adamın elinden alıp var gücümle kırıyorum. Bedenimin, beynimin ve Yaradan'ın bana verdiği diğer her şeyin bir anlamı yoksa ne manası var yaşamanın?

Kader denilen şey aylar önce evimin kapısını çaldı ve birkaç kelimeyle hayatıma son noktayı koydu.

Büyük amcam ve yanında en küçük amcam o gün bize geldiler. Her zaman olduğu gibi kurulan bir rakı masası var ortada. Annem ve ben de bütün akşam ne isteseler yapıyor, hizmette kusur etmiyoruz. Tek isteğimiz kavga çıkmadan canımız yanmadan o geceyi atlatmak. Çünkü hep aynı şeyler oluyor, artık ezberlemiş gibiyim bu sahneleri...

Önce büyük bir rakı şişesi açılır ama çok sürmez hemen biter. Sonra amcam kardeşimi, o küçücük çocuğu karanlıkta korka korka gitmesine aldırmadan bakkala gönderir. Bakkaldan gelen kardeşimin elinden şişeyi alır ve hemen arkasından tüm acımasızlığıyla kardeşimin kulağını tutar. Kulağının kenarını tırnağının arasına alıp, "Bakalım ne kadar güçlü bir erkek olacaksın? Ne kadar dayanabileceksin?" der ve tırnaklarının arasında onu iki büklüm kıvrandırır. Zavallı kardeşim dişlerinin arasına alır acısını, orada sıkar. Çünkü sesi çıkarsa bu işkencenin daha uzun süreceğini bilir. Eğer sesi çıkmaz dayanırsa, "Aferin, sen artık büyümüşsün. Çok dayanıklı bir adam olacaksın." der ve bırakır kardeşimi. Hep babamın gözünün içine bakarım, canı acımıyor mu acaba kardeşim öyle acı çekerken diye. Ama o hiç oralı olmaz. Annem dayanamayıp kardeşimi almaya çalışırsa amcam küfür eder ve "Çekil be kadın! Nedir yani, altı üstü kulağının kenarı." diye bağırıp onu kovar.

Gecenin ortalarında rakının etkisi hepten sarınca ortamı, konu bana döner. Okul zamanıysa çantam istenir; içindeki tüm kitap ve defterlerim yırtılır, kalemlerim kırılır ve onlarca küfür edilir okuluma. Sonra o gece alınan kararla benim yine okula gitmem yasaklanır. Bazen sabah olunca unutur babam gece olanları. Ben de tekrar yırtılan kitaplarımı yapıştırıp sessizce okula giderim. Ama dönüşlerimde çok korkarım acaba evde neler olacak diye.

## Sendeki Ben

Öğretmenlerim bilir evde yaşadıklarımı. Çalışkan bir öğrenci olmam ve okulda edindiğim birçok başarımdan dolayı bu yaşadıklarıma çok üzülürler. Benim kesinlikle okumam gerektiğini ve pes etmeyip mücadele etmemin şart olduğunu söylerler. Geçen yıl ortaokul son sınıfa geçtiğim zaman da aynı durumu yaşadım.

Bir yaz gecesi, okulum tatildeyken hayatıma ve kaderime karar verildi yine. Artık okula gönderilmeyecek, yeni dönemde okumayı bırakacaktım, alınan karar buydu. Aynen de öyle oldu, okul için hiçbir hazırlığım yapılmadı ve babamın bu kararı değiştirmeye hiç niyeti yoktu. Evde hiç konuşulmuyordu bu konu çünkü annem bana kötü bir şey olacak diye korkuyordu. Her konuşmak istediğimde yalvarıyor ve beni susturuyordu. Bu durumu çaresizlik içinde kabul etmemi söylüyordu. Biliyorum, yüreği kan ağlıyordu aslında. Benden çok o acı çekiyordu. Bense acı içinde çaresizliğimi kabul etmeyip dualar ediyordum:

"Allah'ım beni unutma, ne olur. Gönder dualarımın karşılığını, izin ver bu güzel evrene. Bana bir çare göndersin."

İçim korkularla sancılanıyor olsa da, nedense bu kadar umutsuz değildim o günlerde. Her an bir şey olacak ve yine okula gidecekmişim gibi hissediyor, anneme de böyle konuşuyordum:

"Gör bak anne, mucize gibi bir şey olacak ve ben yine okula gideceğim. Buna inanıyor ve hissediyorum."

Bir öğlen vakti evin kapısı çalındı. Kapıyı açan annemdi ve ben içeride, mutfaktaydım o sırada. Bulaşıkları yıkayıp etrafı temizliyordum. Koridordan gelen sesleri tanıdım ve hemen fırladım mutfaktan. Kapının önünde gördüğüm kişiler öğretmenlerimdi. Hepsi durmuş bana bakıyordu. Şaşkınlığımdan öylece kalakaldım, ta ki annem bana seslenene kadar.

İşte, kurtarıcılarım kapının önünde duruyordu. Koşup ellerini öptüm ve salona davet ettim. Matematik öğretmenim Zekiye Hanım, Türkçe öğretmenim Özcan Bey ve müdür yardımcımız Mustafa Bey... Üçü de karşımda bana bakıyordu. Öyle heyecanlanmıştım ki inanın bana, kelimelerle tarifini yapamam. Sanki kilometrelerce koşmuş gibi nefes nefese göğüs kafesim inip kalkıyordu. Heyecanımı fark eden Özcan Öğretmen, "Sakin ol kızım, sakin ol. İki hafta oldu okul açılalı ve sen yoksun sınıfında. Duyduk ki baban göndermeyecekmiş. Buraya da bunun için, seni okula götürmek için geldik. Baban kaçta gelir eve bilemem ama bekleyip onunla konuşacağız. Eğer bizi dinlemezse de bir dahaki sefere mahkeme kararıyla yanımızda bir polisle geleceğiz." dedi.

İnanamıyordum duyduklarıma, ben tekrar okula gidecektim. Hemen annemin gözlerinin içine baktım; onun da yüreği benimki gibiydi. Biraz sohbet ettik, onlar çaylarını içtiler ve benim okumam için gerekeni yapacaklarını anlatıp durdular. Yüreğim kanatlanmıştı yine, "Hadi bırak beni! Uçmak istiyorum!" der gibi atıyordu.

Çok mutluydum ama ufak da olsa bir korku hâlâ göğsümün ortasında bana vesvese yapıyordu. Ya babam gelir ve öğretmenlerime küfür edip kovarsa ne yapardım? Çok utanırdım çok. Ne olur Allah'ım, böyle bir şey olmasına izin verme! Ben bunları düşünürken sesi geldi kapının önünden. "Babam geldi!" diyerek yerimden fırladım. Hemen koşup elindeki poşetleri aldım. Babam merakla, "Kim var içeride? Ne sesleri bunlar, hayırdır?" diye gözlerimin içine bakıp sorunca, ben çok tedirgin bir hâlde ve sessizce, "Öğretmenlerim..." diyebilmiştim. Hiç uzatmadan koridordan salona geçti. "Hoş gelmişsiniz, hayırdır? Beni bekliyorsunuz sanırım." dedi. Öğretmenlerim ayağa kalkıp tokalaş-

## Sendeki Ben

mak için ellerini uzattılar ve tek tek kendilerini tanıttılar.

Heyecandan ölmek üzereydim ama ne yazık ki bu yaşadığım çaresizliğin bir yıl sonra daha büyüğünü yaşayacağımdan habersizdim. Sadece o an "Evet, bu yıl da okula gidebilir." cevabını almaktı tek düşüncem. Babam sessizce öğretmenlerimi dinledi. İçki içmediği için o adam ortalıkta yoktu. Sakin ve konuşmayı sevmeyen babam, onlar konuşurken karşılarında hiçbir şey demedi ve sonra "Tamam, yarın okula gönderiyorum." dedi.

İlk anda inanamadım duyduğumun gerçek olduğuna. Zaten kim babamı içki içmeden, yani o adam olmadan önce görse efendi bir adam olarak tanımlardı. Çıkarken öğretmenlerim de fısıltıyla bana, "Biz daha zor olacak sanıyorduk, oysa ne kadar beyefendi bir adam çıktı. Umarım sözünde durur. Durmazsa da hiç üzülme, biz gereken her şeyi yapmaya devam edeceğiz. Sen mutlaka okula geleceksin, tamam mı?" dediler. Onlar gittikten sonra babam, "Bir de yasa kanun çıkmış. Neyse hadi git yarın okuluna. Bir de o kadar methettiler ki seni, sanki okuyunca dünyayı kurtaracaksın." dedi. Sonra da konuyu kapatmak üzere, "Hadi açım, yemek hazırlayın da yiyelim." diye ekledi.

İşte bu kadardı. On beş gündür yaşadığım kâbus on dakika içinde bitmişti. Oysa fazla değil, tam bir yıl sonra bütün renklerimin yok olup karanlığa esir düşeceğimden habersiz, ayaklarım yere basmadan, uçarcasına masayı hazırlamıştım. Ertesi gün de okula gitmeye başlamış ve yine o yıl da takdir alarak ortaokulu bitirmiştim. Ancak bu sene yeni bir okula kaydımın yapılması gerekiyordu, çünkü liseye başlayacaktım.

Neler olacağının kaygılı bilinmezliğinde yatıp kalkarak, tüm korkular benliğimi sarmış bir durumda yazı geçirdim. Ama babama hiçbir şey diyemedim ve bir tek soru bile soramadım. Yine bir akşam amcalarım toplanıp bize geldiler. Büyük amcam gözlerimin içine öyle sert bakıyordu ki sanki bana, "Artık bittin." der gibiydi. Her zamanki gibi masayı hazırladık ve başladılar yine içip konuşmaya. Bu kez direkt konu bana geldi ve beni yanlarına çağırdılar. İçeri geçtiğimde masanın karşısında ayakta durdum. Beş adam ellerinde rakı kadehiyle bana bakıyordu ve ben de onları dinliyordum. Birkaç cümleden sonra sesler beynimde yankılanıp durmaya başladı. Sanki filmlerdeki sahneler gibi bir ses üç kez tekrar ediyor ve yavaş yavaş içime akıyor, beni esaretimin habercisi gibi sarıyordu. Gözlerimi dikmiş amcama bakıyordum.

"Artık büyüdün. Belli ki seneye hepten koca bir kız olacaksın. Boyun da uzadı maşallah, serpildin, genç bir kız oldun. Neredeyse evlenecek yaşa geliyorsun. Baban korkup geçen sene gönderdi seni okula ama artık devletin de bir söz hakkı yok, öğretmenlerinin de. Çok zeki ve akıllı olman bir şeyi değiştirmez. Tıpkı benim ve diğer amcalarının kızları gibi namusunla dizini kırıp, annenin yanında oturacak, hayırlı bir kısmetle de gidip yuvanı kuracaksın. Hem okuyup da ne yapacaksın? Gidip kötü bir kadın mı olmak istiyorsun? Görüyoruz hep okuyan kızları, okullarda ve parklarda delikanlı çocukların kucaklarındalar. Böyle bir şey olması tüm sülaleyi kana bular, unutma. Namus bizim için önemli. Hayatın boyunca bunun için nasıl olman gerekiyorsa öyle olacaksın. Namusumuza laf getiren bir kız yaşayamaz. Okul konusu ne olursa olsun artık kapanmıştır."

Babama dönüp, "Tamam mı kardeşim? Bir daha bu mevzu konuşulmayacak. O kadar heves ediyorsan okutmaya oğlun büyüyor, okut işte! Onu ne kadar istiyorsan okut."

Onlar konuşmalarına devam ediyordu ama ben artık hiçbir şey duymuyordum. Bütün hayallerim ve umudum, geleceğim tekrar elimden alınmıştı. Bomboş, anlamsız bir bedenle orada

## Sendeki Ben

öyle kalakalmıştım. Çok şey söylemek isteyip söyleyemiyordum ve cümleler boğazımdan aşağıya doğru sıralanıyordu. Gözlerimin yaşla dolduğunu hissettim. Ama hayır, onlar yanaklarımdan aşağı süzülmeyecekti. Onların karşısında ağlayan küçük bir kız olmak istemiyordum. Boğazımda düğümlenen sözlerin canımı acıttığını bile bile yutkunmaya ve gözyaşlarımı içeriye doğru, yüreğime akıtmaya çalıştım.

Yanaklarımdan bir tek damla gözyaşı akmadı, hepsi geri göz pınarlarımdan içeri indi. Kim söylemişti ağlamanın çaresizlik olduğunu bana? Neden böyle düşünüyordum? Güçlü olmak gerçekten bu muydu? Karşılarında ağlamadan durabilmek... Neden ağlayamamıştım o gün onların karşısında? Bilmiyorum. Sessizce olduğum yerde gözlerimi amcamın gözlerinin içine dikip öylece kalakalmıştım.

Annem fark etti sanırım olacakları ve beni omuzlarımdan tutup içeri götürmek istedi. O sırada benim öylece durduğumu fark eden amcam bana dönüp, "Hayırdı? Yoksa bana bir şey mi söyleyeceksin?" deyince annem benden önce cevap verdi:

"Ne diyecek amcası, dinler büyük sözü benim kızım. Doğru söylüyorsun, yeter tabii ki... Ortaokulu bitirene kadar okudu ve bunu bile kimse yapamadı bu ailede."

Ben hiç kıpırdamadan amcamın gözlerinin içine bakmaya devam ediyordum. Bir an başımı kaldırıp derin bir nefes aldım. Boğazıma düğümlenen cümleleri ağzımdan püskürtmeye hazırdım. Omuzlarımı diktim ve bütün öfkemi gözlerimden onun gözlerine akıttım. Ellerimi yumruk yapmış sıkıyordum ki hafiften sızıyı hissettim.

Tırnaklarım etime gömülmüştü. "Bugün sizin istediğiniz olacak, bunu biliyorum. Çünkü yaşım küçük ve bu yüzden size ne gücüm yeter ne de sözüm. Ama şunu bilin ki, hayatımda sizin istediğiniz gibi bir dünya var etmeyeceğim. Hiçbir zaman evlenmeyeceğim. Saçma bir döngünün içinde kaybolmuş bir sürü insan gibi yaşamayacağım. Okula gitmesem de evimde bütün kitapları alıp okuyacağım. Öğretmenlerimin söylediği gibi, evde ders çalışıp dışarıdan sınavlara girecek ve okulu bitireceğim. Babamın evinde annemle birlikte yaşlanacağım ama sizin istediğiniz gibi yaşayan bir ölü olmayacağım. Bugün benim hayatım altüst oldu. Ama sen de şunu sakın unutma, senin hayatın da bugünden sonra çok değişecek. Tüm olumsuzluğum ve mutsuzluğumun ahı senin yakanda olacak, bunu unutma!"

O kadar öfke dolmuştu ki yüreğim, sanki artık on iki yaşında küçük bir kız değil de, kızgın kocaman bir canavardım. Yırtıcı bir hayvana dönüşmüştüm. Sonradan olacakları ve yaptığım hatayı ne yazık ki geç fark ettim. Sevgili Hasan Dedemin söylediklerini unuttum. Öfkemi sakinliğimle dindirmek yerine onu besleyip büyütmüştüm. Bunları konuşmayıp sessizce çekilip aklı başında düşünüp hareket etseydim sonuç belki de bu kadar vahim olmayacaktı. İşte dedem bir kez daha haklı çıktı. Öfkeyle kalkan zararla oturur. Ben de tıpkı böyle olmuştum.

Boğazıma düğümlenen, canımı acıtan o cümleler çıkmış ve artık acım dinmişti. Ama daha büyük yaraların oluşması için zemin hazırlamıştım. Amcamsa bana inat, gözlerime sanki "Gönder bütün öfkeni bakalım, ne kadar güçlüymüş?" der gibi bakıyordu. Gözlerime bakmaya devam ederek karşıma gelip dikildi ve dedi ki "Okumak istiyorsun öyle mi? Ne öğrenmek için? Büyüklerine saygısız bir çocuk olmak için mi? Bakıyorum da dilin şimdiden kocaman olmuş. Gördün mü babası? Dua et bana ki bu evde büyüyen bir yılanın kafasını ezdim daha yavruyken. Yoksa kendi evinde senin erkekliğinin hükmü kalmaya-

## Sendeki Ben

caktı. Erkek dediğin adam evde sözü geçen adamdır. Öyle değil mi?" Sonra da sağ eliyle yüzüme öyle bir tokat attı ki o zamana kadar kulağımın içinde hiç duymadığım müthiş seslerin etkisiyle sendeledim. Ama düşmedim. Daha doğrusu düşmemek için kendimi var gücümle zorladım ve çok çabuk toparladım.

O ise devam etti:

"Şimdi çık odadan ve aklına sok ki, bundan sonra bu evde bir tane kitap yüzü görülmeyecek. Eğer duyarsam senin evde kitap okuduğunu, bu evi de o kitapları da yakarım. Konu kapanmıştır."

Ardından da işini bitirmiş bir adamın keyifli sesiyle babama seslenip, "Şimdi, koy şu Seyfi Aydoğan'ı da biraz türkü dinleyelim." dedi.

Onların yanından çıktım, karşıdaki odaya geçtim. Kafamı annemin yatağına gömdüm. Arada bir tanıdık o koku geliyor burnuma, annemin kokusu. Annem yanımda değil çünkü odaya benimle beraber girseydi biliyordu olacakları. Konuşacaklarımdan, feryadımdan, içimdeki çığlıkları duymaktan korkuyordu. Ya peki ben? Benim korkularım neydi biliyor musunuz? İçerideki birkaç adam, bir çocuğun hayatının hükmünü vermişti.

Tüm vücudumu bir sızı sardı. Tırnaklarım avuçlarıma gömülmüş bir vaziyette yatakta hıçkırıklarıma teslim oldum. Şimdi ne yapacaktım? Ne olacaktı? Bu muydu? Bu kadar mıydı her şey?

Yataktan başımı kaldırdım. Sol taraftan yüzüme yansıyan ışığı fark ettim. Oradaydı, yukarılarda... Yattığım yerden göremiyordum ama oradaydı. Tüm gücüyle parlıyordu, varlığını tüm evrene gösterircesine. Hemen fırladım pencerenin önüne ve başımı kaldırdığımda akan gözyaşlarıma yansımasını gördüm.

Dizlerimin üstüne çöktüm, ellerimi açtım. Hem ağladım, hem de dua ettim o gece.

"Ey Rabb'im, sensin var eden, sensin her şeye can veren. Var ettiğin her bir zerreye inandım, ne zaman dara düşsem onları çağırdım. Ne olur yardım et, sana çok ihtiyacım var Allah'ım. Var ettiğin birçok güzelliklerden biri olan dolunayın ışığında, enerjinle beni aydınlat ve bana güç ver. İçeride kendilerini kaderci ilan eden bu adamlara beni kurban etme. Bu dolunay şahidim olsun ki ben nefes aldığım sürece onların var ettiği yalan dünyada, kendi gerçeklerini unutmuş yaşayan bir ölü olmayacağım. Ne olur yanımda ol, bana yol göster, akıl ver! Ne yapacağımı inan şu anda hiç bilmiyorum Allah'ım. Yakarışlarım bir umuttur, umudum geleceğimdir. Ne olur beni benliğimden uzak eyleme."

O gece olduğum yere yığılıp ağlayarak uyumuştum.

Ve o günden bugüne, yarı ölü yarı yaşar bir hâlde tam üç ay geçti. Okullar açıldı, neredeyse yarı dönem bitmek üzere. Evden dışarı çıkmadan ve kimseyle konuşmadan, acılı sessizliğimle yok oluşumu kabullenmeye çalışıyorum. Geçen ay yemek yememeye ve açlık grevi yapmaya karar verdim. Bana bunu yaptıran duygunun ya da sebep olan şeyin ne olduğunu bilmiyorum. Sadece hiçbir şey olmamış gibi unutup hayata devam edemedim.

Geçenlerde babam dalga geçer gibi:

"Hayırdır? Yemek yemeyerek kendini mi öldürmeyi düşünüyorsun? Veya böylece istediğini yaptırabileceğini mi sanıyorsun? Bu akılları sana kim veriyor? Ama bil ki her kim veriyorsa çok da bir şey bilmiyor, aç kalman hiçbir işe yaramaz." dedi ve arkasına yaslanıp gülerek devam etti. "Hem ölürsen öl, hadi bakalım, açlıktan nasıl ölecekmişsin görelim biz de. Kendin bilirsin."

*Sendeki Ben*

Babam da bana inatla, hatta sanki ölümüme ferman çıkarır gibi açlıktan ölsem de bana kitaplarımı almayacağını üstüne basa basa söyledi. Ama babamın, "Çocukça şeyler yapıyor, geçecek bunlar." dediği her sözümde ve eylemimde kararlıydım. Günler geçti ve ben hâlâ hiçbir şey yemiyorum.

Bazen annemin yakarmalarına dayanamayıp birkaç lokma bir şeyleri ağzıma sokmasına izin veriyorum. Ama sanki vücudum da benim gibi reddediyor. Ağzıma giren her lokmayı çıkarmak istiyorum.

Ayrıca kimsenin bilmediği bir şey daha yapıyorum. Üçüncü sınıfta okul bahçesinde yürürken aniden gelen bir kartopu burnumda çatlak oluşturmuştu. O günden bu yana ne zaman burnuma biraz parmağımı soksam hemen kanamaya başlar. Ben bunu bilirdim ama kimseye söylemezdim. Babamın annemi çok kötü dövdüğü zamanlarda yapardım mesela. Başparmağımı burnuma sokup, çok daha derinlere kadar ulaşırdım. Parmağımı çektiğimde hemen burnumda şiddetli bir kanama başlardı. Üç dört kez apar topar doktora götürseler de kanamayı durduramıyorlardı. Onlar beni hastaneye ulaştırana kadar kanama dururdu. Doktorlar da bir şey yapamaz eve gönderirlerdi.

Yaptığım şeyin çok kötü bir şey olduğunu biliyorum. Bedenime zarar veriyor ve onu incitiyorum. Ama başka çarem yok. Durumun daha hızlı ilerlemesini ve sonuca ulaşmasını istiyorum. Ya kurtuluşum olacak bu hâlim ya da kurtuluşum! Başka bir seçenek yok önümde. Her türlü sonuç benim istediğim gibi olacak. Kendi kurduğum dünyam için ya başarılı olacağım ya da hayallerimi öldürmelerine izin vereceğim.

Ve ben daha sık yapmaya başlayınca bunu, vücudum kansız kaldı. Üstüne günlerdir yemek de yemeyince artık solmuş sararmış bir çiçek gibi yarı baygın uyumalarım başladı. Anneme nasıl kıyabilmiştim? Hiçbirinin cevabını bilmiyorum. Bildiğim, bugün kendimi bu noktaya getirmiş olmam.

Arada bir annemin yanıma oturduğunu hissediyorum, sessizce yüzüme bakıp gözyaşı döküyor ve ben bu defa onun için dua ediyorum. "Allah'ım ona sabır ve güç ver. Ağlamasın annem, üzülmesin ne olur!" Bazen de konuşuyorum yine içimden annemle, "Yaşarken mutsuzluğumu her gün görüp acı çekeceğine, şimdi bir süre ağlayacak ve sonra alışacaksın bensizliğe. Ve hep diyeceksin ki, 'Melek oldu kızım! Kendi dünyasındaki binbir çeşit renkleriyle uçuyor özgürce gökyüzünde!' Kahramanın olacağım ben senin annem, inan bana! Ve beni bağışla! Senin beni bağışlamana hep ihtiyaç duyacağım, unutma..."

Annemi hissediyorum yine. Geldi yanıma işte, tuttu elimi, yine ağlıyor ve birine bir şeyler söylüyor:

"Allah aşkına, nasıl bir adamsın sen? Evladın ölüyor, günden güne eriyor. Günlerdir bu hâlde bu çocuk, hiç mi acımazsın, hiç mi için sızlamaz be adam?"

Anneannem de burada. O da yalvarıyor beni hastaneye götürmesi için. Lütfen susun, yapmayın, götürmesin hastaneye! İlk kez benim için bir şey yapıyor babam, bırakın yapsın. İstediğim gibi çıkıp gitmem için bütün hizmeti sunuyorken bozmayın bunu. Hastanede her şey başa döner, ne olur susun! "Hayır, ben gitmek istemiyorum hastaneye!" demek istiyorum. Hatta babama da birkaç öfkeli kelime söyleyip sinirini bozmak ve "Ölürse ölsün, olmaz olsun böyle bir çocuk!" dedirtmek istiyorum.

Beni öylece ölüme terk edişi o gün gerçekleşti zaten. Amcama tek bir kelime edemeden başını öne eğip, bana tokat atmasına bile izin verdi. Anlamıyorum ne oldu şimdi? Hayır, bu olamaz! İstemiyorum gitmeyi, bırakın beni lütfen! Bunları sesli

## Sendeki Ben

söylemeye dermanım bile yok. Çok bitkinim, gözlerimi dahi açamıyorum. Sadece onların konuşmalarını duyuyorum. Babama ne oldu birden, neden şimdi bunları söylüyor?

"Tamam, hadi kalk götürelim hastaneye. Hazırla kızı, çıkalım."

"Ciddi misin? Gerçekten götürecek miyiz kızımı hastaneye?"

"Hadi dedim! Sapsarı olmuş bugün hepten. Bu durumu hayra alamet değil. Ölüp elimizde kalacak. Hadi, hazırlan çabuk."

Annem neredeyse sevincinden çığlık atacak. Feryat figan annesine seslendi.

"Sen çocukların yanında evde kal, olur mu? Biz hemen gidelim hastaneye."

Anneannem çok sessiz. Belli ki hem kızının hâline ciğeri yanıyor hem de torununun yok oluşunu gördükçe kahroluyor. Ağzını bıçak açmıyor. Gözlerim kapalı ama karanlığın içindeki her şeyi görüyorum. Evet, kesin kararlılar. Beni hastaneye götürüyorlar sanırım. Şu an babamın kucağındayım. Güçlü kollarını hissediyorum ama o kadar hafifim ki sanki kollarında yokum, sadece dümdüz bir ip gibi sallanıyorum. Çok garip bir duygu aslında, varım ama sanki yok gibiyim. Hiçlik böyle bir şey mi? Sanki her an ölecek gibi hissediyorum kendimi. Her an her şey duracak gibi.

Birden bir şey oldu da gözlerimi mi açtım? Hayır, açmadım; hâlâ kapalılar. Ama bu aydınlık da nedir? Tüm karanlık yok oldu; yerine sarı, yuvarlak, şeffaf, arada bir sanki gölgelerle oyun oynar gibi tuhaf bir aydınlık aldı ve arada bir artıyor bir azalıyor. Nasıl bir ışık bu? İçimi ısıtıyor! Hatta göz kapaklarım da ısındı ve yüzüm... Bu ışık yüzümde dolaşıyor. Bu sıcak ve güçlü aydınlığı biliyorum ben. Bu güneşin sıcaklığı, taksinin camından güneş vuruyor yüzüme. Belki o da son bir kez daha bana dokunmak istiyor. Annem görüyor mudur gülümsediğimi acaba? Şu an içimde bir huzur ve mutluluk var. Anlamıyorum nedenini ama özlemişim bu duyguyu. Sadece tadını çıkarmak istiyorum sessizce. Ama yok, bunu da çok gördü babam bana ve yine aldı beni kollarına. Hastaneye girdik, sanırım babamın kucağındayım. Kafam bu kez kalbinin üstüne denk geldi. Duyuyorum, yankılanıyor kulağımın içinde kalbimin atışı. Aslında çok acı çekiyor ve korkusunu hissediyorum, öyle hızlı atıyor ki kalbi. Sanki yetişemeyecek ve ben oracıkta, kollarında öleceğim diye korkuyor. Çok derin, çok önemli ve çok özel bir duyguyu kaybedecekmiş gibi koşarcasına atıyor kalbi. Bu duygu ben miyim? Gözümü açıp babama, "Ne olur, yalvarırım yapma, acı bana. Gençliğimi, hayatımı, geleceğimi, hayallerimi elimden aldınız. Bırak huzurla öleyim, beni yaşatarak en büyük kötülüğü yapma. Beni diri diri gömme bu dünyada!" demek istiyorum.

Sesler duyuyorum bir yığın ve çeşitli... Ne çok ses var şu anda etrafımda. Aslında bir kargaşa olmalı çünkü her yerden ayrı bir ses geliyor. Beni sanırım babamın kucağından alıp sedyeye yatırdılar, daha doğrusu ip gibi uzattılar. Birisi geldi bir şeyler söylüyor:

"Üstünü çıkarın, göğsünü açın, tam bir kontrol istiyorum. Bu arada hemen damar yolu açılsın. Bu çocuğu bu hâle nasıl getirdiniz? Nedir bunun durumunun sebebi? Biri anlatsın hemen bana. Bilinen hastalığı var mı? Nasıl hiçbir şeyi yok? Daha önce hastaneye geldi mi? Yatışı olmuş mu? Daha önce hastalığı olmayan bir çocuk bir deri bir kemik, sararmış solmuş, yarı baygın yatıyor, bilinç yarı açık... Kaç gündür bu hâlde? Dokuz gündür bu hâlde yatıyor ve siz hastaneye getirmediniz öyle mi? Nasıl oluştu bu durum, bana tam olarak anlatın, duyuyor musunuz? Açlık grevi mi dediniz? Bu yaşta bir çocuk açlık grevi yapıyor ve

## Sendeki Ben

siz de göz göre göre buna izin mi verdiniz? Tamam, belli ki anlaşamıyoruz sizinle. Bağırıp durma lütfen kadın, şimdi mi feryat koparıyorsun? Derhâl kendinize gelip sakin olun ve çıkın dışarıya! Çocuğunuz ölmek üzere, bu saate kadar neredeydi aklınız? Çıkarın bunları ve polis çağırın, tutanak tutulsun. Nasıl bu hâle gelir bir çocuk ya Rabbi, daha neler göreceğiz acaba? Şöyle kaldırın, sırtını dinleyeyim."

Birden doktorun elini tutsam ve gözlerimi son bir kez daha açıp tüm gücümle yapma desem beni dinler mi? Son bir kez daha derin bir nefes al, doldur ciğerlerini ve aç gözlerini konuş doktorla. Hadi dinle içindeki sesi, sakın pes etme. Belki son bir şans daha var önünde!

"Lütfen! Lütfen! Sokma koluma o iğneyi. İstemiyorum o ilaçları, yapmayın ne olur! Buna izin veremem, her şeyi en başa götüremem. Bana bunu yapmayın lütfen! Emin olun tekrar ve tekrar deneyeceğim ölümü. Lütfen doktor acı bana, yaşamam mümkün değil inanın!"

"Sakin ol! Uyandığına çok sevindim. Buraya geldiğinde yarı kapalıydı bilincin. Hadi benimle sakin ve tane tane konuş. Bana en iyi her şeyi sen anlatırsın. Neden bir çocuk kendine bunu yapar? Ölümün ucuna gelmişsin be çocuk, nedir derdin? Bu yaşta kendine bunları nasıl layık görürsün? Bu hiç doğru bir şey değil, daha küçücük bir kızsın ve koskoca bir hayat var önünde... Neden yemek yemiyorsun, su içmiyorsun, bu yaşta bu açlık grevi de nedir söyle bana? Mantıklı bir cevabın varsa eğer, ancak o zaman seni anlayabileceğim."

"Bakın lütfen! Eğer şimdi beni iyileştirirseniz, asıl beni o zaman diri diri ölüme göndermiş olacaksınız. Babam ve ailesi beni okutmama karar aldı. Kendi dünyamda var olamayıp, onların bana sunduğu dünyada yaşarken öleceğim. Bir doktor bunu yapamaz, yapmamalı! Lütfen bana yardım edin ve hayatımı kurtarıp beni onların kararına esir düşürmek yerine, bırakın özgür bir ölüm benim olsun."

"Nasıl yaparım ben bunu sana küçük kız? Şimdi sana müdahale etmeyip ölmene nasıl izin verebilirim? Bu mümkün değil."

"Son şansım bu; ya babam evladının ölümünü kabul edecek ya da benim istediğim gibi davranacak. Babamın yüreğini duydum az evvel, acı içindeydi. Lütfen yardım edin o zaman bana!"

"Ne yapmamı istiyorsun?"

"Bu ilacı verme bana. Beni babamın kucağına geri ver ve beni okutmazsa ne yapıp edip kendimi yine bu sona getireceğimi söyle. Ölmek için gereken tekrar her şeyi yapacağımı, buradaki tedavinin kurtuluş olmayacağını söyle."

Gözyaşlarım sel olmuş akıyor sanki. Tutamıyorum onları ve bir umut, hem de son bir umutla hâlâ yürekten inandığım o mucizeyi bekliyorum. Doktorun gözlerinin içine yarı baygın hâlde bakıyorum. Ağzından çıkacak tek bir cümle belki sonum, belki mucizem olacak.

"Peki, sana yardım edeceğim ama önce beni dinleyeceksin. Durumun çok kötü, hemşire sana bir iğne yapacak ve bu seni biraz toparlar. Sonra adresini alacağım ve eğer kısa bir zaman içinde yeniden hastaneye getirmezlerse, eve ambulansla gelip seni alacağım. Şansımızı deneyeceğiz o zaman küçük kız; sana elimden geleni yapacağıma dair söz veriyorum. Anlaştık mı? Sen bugün bize öyle çok şey öğrettin ki, bilmem farkında mısın? Ölümü göze alarak 'İstemek ve almak' ne demek bunu gördük. İnandığı gerçekleri uğruna mücadele eden yaşı küçük ama kendisi kocaman olan bir yürek var karşımda. Helal olsun sana küçük kız."

## Sendeki Ben

Hemşire iğneyi yaptı ama hiç canım acımadı. Yüreğim öyle acıyor ve tüm bedenim o kadar sızlıyor ki iğnenin acısını hiç hissetmedim. Doktor kollarına aldı beni. Yine o hafifliği hissediyorum ama bu kez yüreğimi de hafiflemiş olarak hissediyorum, hiçlik duygusu kaybolmuş gibi. Doktor beni senelerdir tanıyormuş gibi kucakladı, kollarıyla sımsıkı sardı sarmaladı. İnce uzun boylu bir doktor. Uzun ince kolları ve parmakları var. Açık kumral saçları arkaya doğru taranmış. Gözlerinin rengi koyu yeşil. Gözlerinin içinden ayırmıyorum bakışlarımı önce yalvararak, sonra minnetle ona son kez bakıyorum ve o da bana bakıyor. Gözleri yaşla doldu, gözlerini kırpsa oluk gibi yaş akacak.

"Ciğerimi yaktın küçük kız, bu yaşta böyle bir yürek beni benden etti inan. Evet, hazır mısın?"

"Hazırım, kapatıyorum gözlerimi. Ve dilerim Yaradan'dan umutla tekrar açılır gözlerim."

"O zaman kapat gözlerini işte gidiyoruz hayallerine."

Doktorun gözlerinin içine son bir kez daha bakıp gözyaşlarımı sildim. Bu son bakış beni çok umutlandırdı. Sanki bana sakin ol, her şey düzelecek, buna inan der gibiydi. Odanın kapısının önündeyiz ve hemşire kapıyı açmadan, ben gözlerimi tekrar kapayıp karanlığıma geri döndüm. Peki ne olacaktı, o karanlıktan gerçek anlamda kurtulacak mıydım, yoksa tamamen yok mu olacaktım? Sonucu bilmiyordum ama artık umudum vardı çünkü yardım alıyordum. Biraz sonra hemşire kapıyı açtı, ben doktorun kucağında, kapının dışına çıktık.

"Nerede bu çocuğun babası?"

"Benim doktor, benim. Hayırdır nasıl oldu? Neyi var?"

"Çocuğunuz hiç iyi değil. Bütün umutlarını ve hayallerini elinden almışsınız. Yaşamak istemiyor. Çünkü biliyor ki yaşarken zaten ölüden bir farkı olmayacak. Zar zor biraz konuşturabildim. Tekrar bilinci kayboldu ve sanırım ölmek istiyor. Çocuğunuzun tedavi çaresi bende değil. Ben şimdi iki iğne yapar serum takar gönderirim eve ama bu çocuk yine devam edecek ölmek için aç kalmaya. Bu çocuğun kurtuluşu senin iki dudağının arasında. Al çocuğunu, götür evine; ya birkaç güne kadar koyarsın mezara ya da yüreği olan bir baba gibi tekrar hayata döndürürsün evladını. Seçim senin, evlat senin. Yüreğin ne diyorsa onu dinle ve babalığını yap. Ama unutmayın ki gereken resmî evraklar da işleme girecek. Evlat katili olarak bundan sonraki yaşamınızı da bir düşünün."

Doktor o kadar kesin ve emin bir dille söyledi ki her şeyi, ben bile şoke oldum. Bütün söylenenleri duyuyorum. Ama tabii asıl babamın ağzından çıkacak sözlerin ne olacağını merak ediyorum. Heyecandan sanki kalbim duracak, şimdi şuracıkta ölüvereceğim. Nasıl yani? Babamdan tek bir ses bile çıkmadı. Sadece "Peki!" dedi ve beni kucağına aldı. Beni alıp eve mi götürecek? "Peki! Okutacağım kızımı! Yeter ki siz hayata döndürün." demeyecek mi? Hayır demeyecek, aldı doktorun kucağından beni ve hiç konuşmuyor. Doktorun yüzünü merak ediyorum şu an. Ayrıca ne düşünüyor acaba arkamızdan bakarken? Babam annemin ağlayıp yakarmasına dahi hiç sesini çıkarmadan, kucağında beni taşıyarak yürüyor.

Taksiye bindik. Annem yanımda ayaklarımı tutmuş, parmak uçlarıma can vermek istercesine sıkıyor. Neden babam beni arkaya uzatıp ön koltuğa oturmadı? Yoksa son kez kollarında mı tutmak istiyor? Doktorun da söylediği gibi beni birkaç güne kadar toprağa mı vermek istiyor? Annem delice ağlıyor ve söyleniyor:

"Allah aşkına söyle ne yapacaksın, toprağı mı vereceksin evladımı? Söyle, yavruma ne yapacaksın? Ne olur bir cevap ver!

## Sendeki Ben

Sen nasıl bir babasın? Nasıl kıyar insan böyle göz göre göre evladına? Dayanmaz yüreğim inan, kızıma bir şey olursa yıkarım ortalığı bilesin. Bu kabul edilir bir şey değil."

Annem hiç durmadan ağlayıp konuşuyor, babamınsa çıtını çıkmıyor. Sanki annemi duymuyor gibi. Kafam babamın göğsünde ve arada bir sımsıkı sarıyor beni, sonra biraz gevşetiyor kollarını. Bana sarılınca uzun zamandır ona hiç sokulmadığımı hatırladım. Nedense daha da sıkı sarıp sarmalasın istedim birden. Yüreğinde acıyı hissediyorum, o da içinden ağlıyor ve bunu duyuyorum. Üstelik korkular sarmış tüm bedenini ve bu duyguları kendi bedenimdeymiş gibi rahatlıkla hissediyorum. Şu anda gözlerimi açıp babama teşekkür etmek istiyorum, hastanede bağırıp çağırıp hakaretler savurarak, "Ne yapacaksanız yapın ve iyileştirin bu çocuğu." demediği için. Sessizce beni alıp sonuma doğru götürdüğü için. Bir kez olsun bana iyilik yaptın babam. Bu sürecin başa dönmesine en azından izin vermedin.

İşte geldik eve, anneannem kapıyı açtı. Merak etmiş belli ki bizi. Yazık, canım anneannem... Kıyamam sana, nasıl da ağlıyor.

"Ne oldu hastanede? Doktor ne dedi? Nasıl çocuğun durumu? İyileşecek mi? Neymiş hadi söyleyin, ne yaptılar, neden hâlâ gözleri kapalı torunumun?"

"Sus anne sus! Öyle bir ateş düştü ki ocağıma, göz göre göre evladım ölüyor."

Babam o sırada sessizce salona girdi ve beni kanepeye yatırıp hemen başucuma oturdu. Belli ki konuşmak istiyor ama henüz ağzını bile açmadı. Babam alkol almayınca konuşamayan biridir. Öyle rahatça anlatamaz içindekileri. Annemi yanına çağırıyor.

"Hayırdır, ne oluyor?"

"Sus be kadın, sus! Bağırıp ağlayıp durma artık! Gel, otur şöyle. Sana söyleyeceklerim var."

Neydi söyleyecekleri? Benim ölüm kararım mı? Şimdi bu evde, bu salonda olan üç kişi; annem, anneannem, babam... Bir çocuğun dünyasının nasıl yok olduğunu ve bugün neler yaşandığını yıllar sonra da hatırlayacaklar mı? Şimdi benim hayatım babamın ağzından çıkacak cümlelere mi bağlı? Nasıl bir hayat ve nasıl bir döngü bu? Neye inanmak gerek bu durumda? Birazdan odada dönmeye başlayacak kelimeler ve cümleler... Peki, onlar sihirli mi olacak, ölümcül mü?

Annem geldi ama babamın yanına oturmadı, yere diz çöküp onun ayaklarına kapandı ve yalvarıyor:

"Dayanamam ben bu acıya! Ver, ayaklarını öpeyim. Ne olur yapma babası! Ne dersen yaparım, yemin olsun ki! Ne olur evladımı göz göre göre öldürme. Sen babasın, baba! Ne oldu sana be adam? Bu kadar acımasız olamazsın, bu kadar taş olamaz yüreğin. İçin acıyor biliyorum, kıyamazsın sen kızına. Dinleme şu ağabeyini, kıyma çocuğumuza. O senin gibi değil. Eziyet edip dövüyor evlatlarını. Sen bir kez olsun dokunmadın kızına. Yapma Allah aşkına!"

Şu anda son nefesimi verecek olsam zerre kadar korku sarmaz yüreğimi. Ama annemin bu durumu ruhumu parçalıyor. Kalkıp gözlerimi açmak, ellerinden tutup yerden kaldırmak, "Yalvarma ne olur! Öpme kimsenin ayaklarını! Benim için bile olsa bunu yapma anne, kalk ayağa!" demek istiyorum.

"Ayaklarına kapandım, yalvarıyorum sana. Ne olur, bir şey söyle artık! Ne olur!"

Babam derin bir iç çekiyor ama sesi sert ve kararlı :

## Sendeki Ben

"Tamam, kalk ayağa kalk. İstediği gibi onu okula yollayacağım. Bu kadar çok istiyorsa okusun. Bütün ailemi karşıma alacağım ve onu okutacağım. Veremem sarı kızımı ben topraklara, yapamam, kaldırmaz yüreğim bunu. Ama şunu ikiniz de bilin ve kafanıza iyice bir sokun: Bana leke getirecek en ufak bir hareketinde okuldan alırım ve senin de kafanı tıraş eder, akıl hastanesine kapatırım. Bunu sakın unutma, sen sorumlusun bu kızdan. Başı önünde gidip gelecek okuluna. Birkaç dakika bile eve geç gelirse, bir erkek çocukla konuşursa, sağda solda gezerse, okuldan alır ve hemen evlendiririm. Sonrasından artık kocası sorumlu olur. Yani lafın kısası, aldığı nefese bile dikkat ederek yaşayacak okulda ve gidip gelirken. Şimdi tekrar hastaneye gidiyoruz ve doktora kızımızı iyileştirmesini söylüyoruz."

Kulaklarıma inanamıyorum. Bu duyduklarım gerçek mi? Bunları babam mı söylüyor? Ben istediğim kadar okuyabilecek miyim bundan sonra? Babamdan ilk kez böyle ailesine karşı çıkan bir seçim duyuyorum. Peki, soruyorum sizlere bu bir MUCİZE değil de nedir? Bana birisi bir şey söylesin. İşte tam ortasındayız yaşanan bir mucizenin. Tekrar bedenim can buldu; kanım vücudumda dolaşıyor, hissediyorum. Bedenimle başım bütünleşti tekrar. Hayallerim tekrar neşeyle dönmeye, hatta dans etmeye başladı beynimde. On iki yaşında bir çocuk olarak hayattan bir şey istemenin, gerçekten istemenin ne demek olduğunu öğrendim. Beş dakika öncesine kadar yarı baygın ölümü isterken şimdi tekrar yaşamın ta içindeyim. Dualarım kabul oldu, inandığım ve çağırdığım her türlü enerji bir kez daha beni yalnız bırakmadı. Bugünden sonra inancım daha da artacak ve söz veriyorum ki, bir daha istediğim hiçbir konuda pes etmeyeceğim. Asla unutmayacağım ki; ölüm dışında her sorunun, her çaresizliğin bir çıkışı var. Yaşananlardan bunu öğrendim.

Ve yine Hasan Dedemin söylediği o cümleyi şimdi daha iyi anlıyorum. "Unutma küçüğüm..." dedi o sakin ve huzur dolu sesiyle. Sonra devam etti. "Hayat kendi içinde mucizeleriyle var olur. Evet, bazen istemediğimiz hayatların içinde doğarız ama belki de bunun bir sebebi vardır. Çünkü eğer yürekten istenirse ve mücadele edip içinde umudu beslerse insan, değiştirebilir kader gibi görüneni. Ne diyoruz hep, hayat seçimlerimizden ibarettir. Allah'ın bize verdiklerini görmemiz ve fark etmemiz içindir işte önümüze sunulan o kader dediğimiz hayatlar. Beyninin her daim bileceksin sana nasıl bir güç olduğunu. Onu sana Yaradan kullanman için verdi, bunu unutmayacaksın. Aklını, zekânı ve mantığını yüreğinle yani vicdanın, merhametin, sevgin ve saygınla tamamlayacaksın. Sana verilen yetinin altındaki gerçeği görecek ve onunla asıl mutluluğu yaşayacağını bileceksin. O yüzden içindeki sesi hiç unutmayacaksın. Meleklerin sesi ne zaman unutulup artık duyulmaz ise işte o gün karanlığın içine düşer insan." Canım dedem, söylediklerini unutuyorum bazen. Sonra bir şey oluyor ve tam söylediğin gibi hepsinin olduğunu görüyorum. Bundan sonra daha sık seni düşüneceğim.

\*

*"Yine aynadan yansıyanlar canımızı acıttı içimizi burktu. Daha on ikisinde böylesine büyük bir gerçekle uyanan bir ruh. Bazen ağır bedeller ödüyoruz hayatın gerçeklerini görebilmek için ve belki de bu gerekli. Yoksa nasıl varırız ki ulaşmak zorunda olduğumuz bir gerçeğe? Sustun... Neden konuşmuyorsun. Çok sakinsin, hem de çok fazla. Nedir bunun sebebi, merak ediyorum. Kapattın yine kendini ve indin o karanlığa. Oradasın değil mi?"*

## Sendeki Ben

"Sadece şaşkınım... Çok şaşkınım!"

"Sebebini biliyorum sanırım. Ama senin anlatmanı isterim. Belki de duymamız gerek içinde olup biten her şeyi. İnceden süzülen gözyaşlarının içinde birçok duyguyu birlikte akıtıyorsun, hissediyorum."

"Evet, öyle. İçimden geliyor ve kontrolsüzce akıyor gözyaşlarım... Ağlamak ne kadar güzelmiş. Oysa güçlü olmak sanırdım ağlamamayı tıpkı altın saçlı kız gibi ve hep içime akıtırdım gözyaşlarımı. Şimdi sadece özgür bıraktım onları. Tutmak istemiyorum içimde."

"İnan bana bir gün o altın saçlı kız da öğrenecek ağlamanın güçsüzlük olmadığını. Bu kadar küçük yaşta hayallerini engelleyen bunca zorluğu aşabilmesi için ağlamaya direnmesi gerekliydi belki de. Asıl önemli olan hayatı için, yani yaşamak istediği kendi dünyası için verdiği mücadelenin zaferi. Bizim için bu kısmı çok önemli."

"Küçük bir kız bile senden daha güçlü mü demek istiyorsun? O sadece on iki yaşında ve ben yirmi yedi yaşındayım. Yaşadığım sorun her neyse onunla baş etmeli, nefesimi tutarak kendimi karanlığa hapsetmemeliyim. Ne zayıf ve çaresizim ne de ölümü seçecek kadar cesurum. Belki de bu hayatta mücadele edecek kadar güçlü değilim. Bu mu anlamam gereken anlattığın hikâyeden?"

"Sakinliğini yitirme lütfen. Şu anda daha iyi anlıyorum seni. Yavaş yavaş ruhunun derinlerindeki gerçeğe doğru gidiyoruz. Sen aslında çok cesur ve güçlüsün. Sadece bu kez durum seninle ilgili değil. Senin kontrolünde olmayan bir gerçeğin içine aniden düşünce ne yapacağını bilemedin ve çaresizliğin gerçek anlamını öğrendiğin bu olay, sana çok ağır geldi."

"Nedir bu gerçek? Ne ise söyle artık bana. Ara ara yeniden düşüyorum dipsiz korkulara ve çok ağır da olsa gerçeği bilmem gerek."

"Sakın... Sakın bunu yapma. Teslim olma o korkulara. Bırak aksın gözyaşlarından tüm sancıların. İnan, rahatlatacak bu seni. Hadi devam edelim az kaldı masalın bitmesine. Merak etmiyor musun okumak için bu kadar mücadele eden bu küçük kızın yaşam yollarını ve kazandığı zaferin sonucunu?"

"Haklısın devam edelim ve çıkar beni bu durumdan. Kendimi taşıyamıyorum bazen, çok ağır geliyor dünya. Sanki birden sen yok olacaksın ve yalnız kalacakmışım gibi hissediyorum."

"Seni asla bırakmayacağım. Çünkü sen beni hiç bırakmadın. Altın saçlı kız da bırakmadı biliyor musun?"

"Neyi?"

"Hayata karşı yaşam mücadelesini. Çünkü sonrası hiç de ona verilen sözler gibi olmadı."

"Hayır, bunu kabul edemem. Okuması için babasının verdiği sözler yalan mıydı?"

"Ne yazık ki evet ama bu kez daha akıllıca bir plan yaptı. Artık mucizelere daha fazla inanan küçük kız, bu kez söylediği gibi çareyi ölümde değil aklında aradı. Bak işte babası ve küçük kız baş başa. İşte yine bir seçim anı. Sessizlik bozuldu, söz hasıl oldu..."

*

Nedense içimde bir huzursuzluk var. Babam benim ona baktığım gibi umut dolu gözlerle bakmıyor bana. Sanki ağzından çıkacak kelimeler o gün verdiği sözden çok uzak. Konuşmakta zorlanıyor ve anlam vermiyorum onun bu durumuna. Neler oluyor? Konuşmak istiyorum ama ben de onun karşısında

## Sendeki Ben

suspus öylece oturuyorum. Çocuk yüreğim titriyor yuvasından alınmış yavru bir kuş gibi. Yine de tüm olup bitenlere rağmen susturuyorum içimdeki huzursuzluğu ve soruyorum o soruyu:

"Baba, benim okula kaydım yapılmalı artık. Çok zaman kalmadı."

Bunları nasıl söyledim bilmiyorum ama korkulara inat tüm cesaretimle dilimden dökülüverdi.

"Bak kızım, amcanla konuştum. Kıyamet koptu. Seni okula gönderemem. Bunu yaparsam ailedeki tüm ağırlığımı yitiririm."

Bir anda gözlerim doluyor, ellerim titremeye başlıyor. "Bana verdiğin söz peki! Onun bir önemi yok mu? Bendeki sözünün bir değeri yok mu baba?" demek istiyorum. Ama artık ortada hiçbir sözün kalmadığı, söylenecek her şeyin bittiği bir andayız belki ve cümleler ağzımdan çıkmıyor. Yine de hayır! Benim için mücadele ettiğim yol buraya kadar değil. Pes etmeyeceğime söz verdim kendime. Babamın benim ruhuma yaptığı bu kötülüğü ben kendime asla yapmayacağım. Ve bir daha kimseye böyle bir güçlük de vermeyeceğim. Odanın içinde bir ben, bir babam var. Birbirimize bakıp duruyoruz. Baba kız sessizliğimizde bir çıkış yolu arıyoruz. Fakat ben kararlıyım, bu kez yanlış yapmayacağım. Daha akıllı davranarak korkularıma teslim olmadan, istediğim hayat için yine mücadele edeceğim. Pes ederek çözümü ölümde aramayacağım bu defa. Aklımı, zekâmı kullanarak çıkışı bulacağım. Mutlaka bulacağım.

Babamın karşısında hâlâ sessizliğimi koruyarak başım önümde duruyorum. Bu kez isyan yok, bu kez sinir ve öfke yok. Yumuşak başlı, sakince ve o yürek okşayan çocuk sesiyle:

"Peki baba! Seni anlıyorum. Haklısın belki de. Senin tarafından bakınca aslında çok zor bir durumda olduğunu görüyorum.

Benim yüzümden senin de canını sıkıyor bu durum, biliyorum. Oysa ben babamın canının sıkılmasını istemiyorum. Sadece senden bir şey istiyorum ve bana lütfen hayır deme. O zaman izin ver, evde okuyayım ve dışarıdan sınavlara girerek liseyi bitireyim. En azından bunu yap, yalvarırım!"

Babamın gözleri doldu ve ben de bu duygusal anı kaçırmadan hemen gidip dizlerinin önüne oturdum ve ellerini tuttum. Öyle büyük ki elleri, benim çocuk ellerim içinde kayboluyor. Tam içimden keşke saçlarımı okşasa diye geçiriyordum ki, sahiden babam saçlarımı sevmeye başladı. Allah'ım ne olur, babam hep beni böyle sevsin. Babam daha önce hiç böyle başımı dizlerinin üstüne alıp saçlarımı sevmemişti. Sanki gözle görülmez biri babamı etkisi altına almıştı. Başımı kaldırıp yüzüne baktım, gözlerinden yaşlar akıyor. Benim de gözyaşlarım yanaklarımdan aşağı, boynuma doğru süzülüyordu. Ağzından çıkacak her cümle benim için ölüm ve yaşam kadar önemli.

"Baba, canım babam! Ağlama ne olur."

"Kızım! Benim güzel yavrum. Çok mu istiyorsun okumayı?"

"Çok istemek mi? Bu kelime benim için o kadar sıradan ki... Baba, çok istemenin ötesinde benim isteğim. Unuttun mu? Hayatı yok etmek pahasına, ölüme doğru gitmeyi seçtiğim o günleri... O zaman izin ver evde çalışıp liseyi dışarıdan bitireyim. Lütfen baba beni anla, ben evlenmek istemiyorum. En azından buna izin versen olmaz mı? Hep bu evde, annemle ve seninle yaşamak istiyorum. Beni evlendirme, kimseye verme. Ben burada sizinle olayım yeter. Tamam, okula gitmeyeyim, hep senin gözünün önünde olayım. Sen nasıl istersen öyle davranayım. Lütfen bir gün bu kapıdan girip beni isteyen bir adamın koluna takıp gönderme!"

İçimdeki heyecan karanlık bir fırtınadan çıkmış, mehtaplı bir gecede esen rüzgâr gibi dolaşıyor odanın içinde. Babam susmuş öylece gözlerimin içine bakıyor.

"Tamam, izin vereceğim ve istemediğin, gönlünün olmadığı bir adamla seni evlendirmeyeceğim."

Doğru mu duydum? Gerçekten bunları babam mı söylüyor yoksa yine beynim hayal mi kuruyor? Duymak istediklerimi mi duyuyorum? Hayır, bunlar gerçekler ve ben çıldırmış gibi olduğum yerden kalkıp odanın içinde bağırıp çığlık atarak dönmek, zıplayıp dans etmek istiyorum. Ama tüm coşkumu içime bastırıp kıpırdamıyorum, olduğum yerden dizlerimin üstünde babamın gözlerinin içine bakarak ona minnetimi sunuyorum.

"Baba! Gerçek mi bu söylediklerin? Ben duydum mu bu sözleri? Ve bu kez gerçek bu sözler değil mi? O zaman annem de duymalı bunları."

Artık beni orada tutan bir şey kalmadı, deli gibi fırladım oturduğum yerden mutfağa doğru. Annem olanlardan habersiz yemek yapıyor. Sarıldım anneme ve mutfağın içinde dönüyoruz çılgınlar gibi. Tuttum ellerinden ve sürekli döndürüyorum annemi.

"Ne oldu hayırdır? Dur bir sakin ol, soğanlar yandı yahu, dur bir dakika kızım!"

"Anne, bir duysan olanları sen de çıldırırsın inan ki. Babam izin verdi anne, babam izin verdi!"

"Neye izin verdi kızım? Dur bir soluklan! Sevinçten konuşamaz oldun, hayırdır?"

"Babam izin verdi! Biliyor musun liseyi dışarıdan bitireceğim! Üstelik daha bitmedi ve sen buna daha da çok sevineceksin. Beni asla istemediğim biriyle evlendirmeyecek."

Bu benim en korkulu rüyam. Bir gün istemediğim bir adamın hayatında var olma düşüncesi bile aklımı oynatacak kadar korkunç geliyor. Düşününce beynimin içi binbir korkuyla doluyor. Ama ben şimdi bunları düşünmek istemiyorum sadece anımın keyfini haykırmak istiyorum.

"İnan buna anne! Duyduklarının hepsi gerçek. Bu söylediklerim olacak, bu kez olacak anne! Ben çok inanıyorum ve istiyorum."

"Sen çok akıllısın güzel kızım; biliyordum bu kahrolası durumu sonunda bir şekilde çözeceğini... Bak gördün mü yavrum, ölüm değilmiş çözüm! Sadece inan, inancından vazgeçme ve her zaman Allah'tan iste, Allah'a sığın... O vakit er ya da geç istediğin senin olur."

"Evet annem, haklısın. Sana söz veriyorum bir daha asla Yaradan'ın var ettiği bu cana zarar verecek hiçbir şey yapmayacağım. Bu hayattan istediğim her şeyin bir çözümünü bulacak ve hep bu inançla yaşayacağım."

Annem söylediklerimi dinledikçe benim kadar inanıyor olacaklara. Bir gün gelecek ve biz bu anları hatırlayacağız. "Unutma, bir tek ölüme çare yok!" Bu cümleyi o kadar derin hissettim ki, sanki artık beynimin bütün kıvrımlarına yerleşti.

"Hay Allah, yandı soğanlar! Unuttum ocakta, tencerenin içinde simsiyah olmuşlar! Ama boş ver yanan soğanlar olsun kızım. Bizim yüreğimiz mutlu ya, sen ona bak. Kızımın bu mutluluğuna her şey değer."

Annemin de dediği gibi soğanlar yandı ama asıl yanan hayatımızı aydınlatan bir meşaleydi.

\*

## Sendeki Ben

"Doğrusu bu kez gerçekten diyecek bir şey bulamıyorum. Ne kadar güzel bir yerden yakaladı babasını altın saçlı kız. Onun dilinden konuşmak yapabileceği en doğru şeydi. Aslında baba içki içince kontrolden çıkıyor, çok çirkin davranıp kabalaşıyor ya, alkol almadığı zaman onunla konuşmanın yolunu bulmuş. Alkolün insanın ruhuna ve vücuduna yaptıkları korkunç gerçekten. Seni ele geçiren garip bir güç... Kötülüğün anasıdır diye boşuna dememişler. Aferin altın saçlı kıza, içim umutla doldu."

"*Şimdi bunu anlatırken bile yüzün gülüyor. Gözlerinin içinin tekrar parladığını görmek çok güzel. Senin hep gülmen gerek, unutma.*"

"Nedenmiş?"

"*Çünkü senin de gamzelerin var. Bu yüzden hep gülümsemelisin.*"

"Bu hikâye umut dolu biterse eğer, sanırım ben de sonunda bu küçük kız gibi istemenin gücüne inanacağım. Esasen hayatın tümü çok derin bir hikâye. Tam artık bu kez bitti, kaybettim derken hep bir mucize oluyor, bir çözüm bulunuyor ve insan yoluna devam ediyor hiç umudunu yitirmeden. Bu arada merak ediyorum gerçekten hayallerine ulaştı mı altın saçlı kız? Hiçbir engel çıkmadan yoluna devam edebildi mi? İşin gerçeği şu ana kadar olanları düşününce yine birden bir şey olacak ve engellenecek diye düşünmeden edemiyorum."

"*Bütün isteği ve azmiyle tüm derslerine çalışıp iki yılda lise diplomasını aldı. Sessiz sedasız çalıştığı için de ne amcaları ne de alkolün etkisiyle başkalaşan babası kitaplarını parçalamadan liseyi bitirdi. Diplomasını aldığı gün sanki dünyayı fethetmiş kadar mutluydu.*"

O sülalede bir kız çocuğu olarak okuyabilmek, hiç duyulmamış büyük bir başarıydı ve ilk lise diplomasını alabilmenin onurunu da duyuyordu. Sonrası devam etti, birçok ilklere sabrı ve inancıyla sahip oldu. Babası bu kez ona verdiği sözü tuttu. Büyüyüp genç bir kız olduğunu görüp duyan birçok aile Allah'ın emri Peygamberin kavliyle onu istemeye geldi. Ancak babası tıpkı ona söylediği gibi sözünde durdu ve gelen herkese, 'Kızıma sorayım, gönlü varsa Allah'ın emriyle veririm.' dedi. Altın saçlı kızın verdiği cevabın arkasından da, 'Kızım istemiyor, henüz küçük.' deyip geri çevirdi gelen herkesi.

Altın saçlı kız artık genç bir kız olmuştu ve tüm korkularının karşısında daha sağlam duruyordu. Onun yaşlarında olan tüm kuzenleri istemeseler de evlendirildi. Bunun ne demek olduğunu her geçen gün daha fazla fark etti ve kendini geliştirdi. Hayal kurmayı hiç bırakmadan devam etti yoluna. Zaten inançlarını güçlendiren tek bir şey vardı; hayalleri..."

"Ne oldu şimdi? Bu kadar mı? Bitti mi masal?"

"Neden bu kadar şaşırdın? Bitmesin mi?"

"Hayır... Sadece... Ne bileyim... Yani..."

"Merak ettiğin birçok şey var değil mi? Onların ne olduğunu ve nasıl olduğunu merak ediyorsun. Hadi gel başka bir zamana gidelim ve sonrası olanları görelim. İşte bak, aynanın içinden yansıyor yine tüm yaşananlar ve artık genç bir kız olmuş altın saçlı kız. Pencerenin önünde oturmuş hayatını yeni aldığı günlüğüne yazıyor."

\*

Sevgili günlük beş gün önce büyük bir heyecanla aldım seni ama anca bugün kısmet oldu yazmak. İçimde anlatmak, konuşmak istediğim o kadar çok şey var ki... Hayatın içinde paylaş-

## Sendeki Ben

mak istediğim bir sürü detay var ve yaşadığım gizem dolu bu hayatın sırları. Ama ne yazık ki çok arkadaşım yok o yüzden bundan sonra sen benim en iyi sırdaşım arkadaşım ve dostum olacaksın ona göre.

Şu an on dokuz yaşındayım, üniversiteye gidiyorum ve bunun yanı sıra büyük bir bilgisayar şirketinde çalışıyorum. Başarılıyım, seviliyorum ve çok iyi bir maaşım var. Bunları nasıl yaptığımı işte asıl sana yazmak anlatmak istiyorum. Benim için imkânsız olan şu anki hayatımı sabırla, dinginlikle aklım ve zekâmla bu hâle getirdim. Mücadele ettim, emek verdim ve artık gelecek benim kontrolümde. Şunu çok iyi biliyorum ki hayattan ne istediğini net olarak bilir ve bu isteğin için yılmadan uğraşır, emek verirsen Yaradan onu sana veriyor. Bunu anladığım gün, hayatın şifresi çözülmüş oldu benim için.

O gaddar amcalarım ve babam nasıl yola geldi; en büyük soru bu değil mi? Amcamlar, daha doğrusu tüm sülale benimle çok uğraştı ama ben onlarla hiç uğraşmadım. Biliyordum ki babam benim yanımda olursa onlar çok da önemli değildi. Onları hayatımda söz sahibi olarak çok da kabul etmedim, etmek de istemedim işin gerçeği. Hasan Dede'nin söyledikleri bana hep yol gösterdi. Söylediği her sözü kendime altın bir zırh yaptım. Babamı hiç saymak yerine, üzerinde sabırla çalıştım. Önce onun şifrelerini çözdüm. Yani onun dilinden konuşmayı öğrendim. Hayatım boyu atama karşı gelmeyecek, önce onun suyunda akacak sonra sessizce yön değiştirerek kendi şelaleme yol açacaktım ve bunu yaptım. Dedemin şu dediklerini de hiç unutmadım:

"Her zaman olaylara karşı taraftan bakmayı bil. O zaman daha kolay anlayacaksın her şeyi. Sen sen ol, atanın bedduasını alma, onu çiğneme. Unutma tatlı dil yılanı deliğinden çıkarır."

## Leyla Bilginel

Yılan deliğinden çıksın ister miyim bilmem ama ben babamı tatlı dilimle kazanmıştım. Tabii sadece tatlı dil değil birçok ince plan ve strateji de başarımın tamamlayıcısıydı. Mesela lise diplomasını aldım ama sınavlara gidip gelirken babama küçük bir yalan söyledim. Allah affetsin beni ama buna mecburdum. Babam ilkokul mezunu değildi, okuma yazması bile yoktu. Bu yüzden onun birçok konudaki bilgisizliğini iyi niyetlerle kullandım diyebilirim.

Babama, belediye tarafından okulda bedava kısa süreli bilgisayar kursu verildiğini ve eğer başarılı olursam, üzerine bir yıllık bedava bilgisayar eğitimi imkânı tanıyacaklarını söyledim.

Babam homurdanarak, "Başlatma bilgisayarına!" dedi.

Tabii her zamanki "tartışma, istemem" üslubuyla yüzüme sert sert baktı. Ama ben tatlı bir sesle ona sokulup "Ne var baba, bedava kurs işte. Ne olur gitsem? Şöyle düşün; ileride oldu da evlendim ve eşim bir kazada öldü. Ne yapacağım o zaman? Sen de yoksan yanımda, kim bakacak bana? Kim doyuracak benim ve çocuklarımın karnımı? Kimin eline bakacağım ekmek için? Ne yaparım o zaman, bir düşün. Hayat bu babam! Ne zaman ne olacağı ne yaşayacağımız belli mi sanki? Oysa bu kursla meslek sahibi olacağım ve mecbur kalınca çalışıp para kazanabileceğim."

Sanki mucizevi bir şey olmuştu demeyeceğim bu defa çünkü artık bu değişimleri yaşamaya alışmıştım. Babam birden bu söylediklerimi derin derin düşündü. Lise sınavlarına gidip gelmemde hiç sorun olmayınca, o da bir başka rahatlamıştı. Birden bana dönüp, "İyi tamam, hadi git bakalım. Zaten okul şurası, annenle gider gelirsin." Ben sanki yine kuş olmuş da havada uçuyor gibiydim. Hemen koştum öptüm ellerinden ve boynuna sarıldım, "İşte budur! Babam beni hiç kimsenin eline muhtaç eder mi?"

## Sendeki Ben

Sonra da yine mutfaktaki anneme koşup sarıldım ve gözlerine gözümü dikip "Anne bak, bana bak! Aç o gözlerini açabildiğin kadar ve bana iyice bak. Ne görüyorsun? Karşında artık hayatı çözmüş ve başarıya doğru, hayallerine doğru koşan bir genç kız var. İnan bana, bu iş bitti annem; ben hayallerimin ilk temelini attım bugün!"

Evet, güzel günlük sözün kısası; her şey o günden sonra çok daha kolay yoluna girdi. Amcalarım ne mi yapıyor? Tabii ki benimle uğraşmaya devam ediyorlar ama onlardan söz etmeden önce hayata atılan ilk başarı çığlığımı yazmak istiyorum ben.

Bir aylık kurs bitti ve ben yine bir akşam yemekten sonra babamla konuştum. Bu kez o kocaman ellerini ben avuçlarımın içine aldım ve gözlerinin içine onunla gurur duyarak baktım. "Baba ben kursta çok başarılı oldum ve okul yönetimi bir hafta sonra annemi çağırıyor. Bize bir belge verecekler ve onunla gidip bir yıllık kursa kayıt yaptıracağız." dedim.

Anneme her zaman doğruyu söyledim ve böylece bana destek oluyor, söylediklerimi babama onaylatıyordu. Yeni hafta geldiğinde ben heyecandan ölüyordum. Sabah olup babam işe gider gitmez annemle beraber hemen evden fırladık. Babam gelmeden gidip gelmeliydik. Olur da erken gelir ve bizi evde bulamazsa kıyamet kopar, her şey tepetaklak olurdu. Bunu bildiğim için her planı çok dikkatli yapmalıydım.

Gittiğimizde daha kurs açılmamıştı ama ben orada beklerken binanın önünde yeni hayallerimi kurmaya başlamıştım bile. Bir gün gelecek kocaman bir şirkette bilgisayar başında çalışıyor olacaktım. Havalı, alımlı, başarılı bir iş kadını olan beni şimdiden görür gibiydim. Öyle dalmışım ki hayallere, saatin nasıl geçtiğini dahi anlamadım. Saat dokuzda açıldı kursun kapıları ve beş on dakika sonra da yönetimdekiler geldiler. O gün o masa başındaki adamın karşısında otururken yaşadığım heyecanın tarifi yoktur. Kaydı yapan kişi doldurduğum formu aldı ve "Evet, kayıt tamam ve bir yıllık ödemeniz budur." diye annemin önüne makbuzu koydu. Kadıncağız şaşkınlıktan büyümüş gözleriyle öylece bakakaldı. Daha annem ne olduğunu anlamadan ben cebimden bir cüzdan çıkardım ve "Bu üç aylık ödeme, kalanını üç ay sonra aylık olarak ödeyeceğim." deyip parayı masaya bıraktım. Aylardır bugünü planladığım için biriktirdiğim paralarımı kurs için getirmiştim. Annem oradan çıkınca parayı nereden bulduğumu sordu.

"Komşulara o dantelleri boşuna mı ördüm anne?" dedim.

Mutlulukla gülümsüyordum ve o da başını sallayarak gülümsedi ama uzun sürmedi bu rahatlık. Hemen ikinci soru annemin beyninde dönmeye başladı ve kaygılı bir sesle, "Yalnız bu çok para kızım. Her ay o parayı nasıl yatıracaksın?" diye sordu.

"Anne tek sorun para olsun. Ben halledeceğim, sen hiç düşünme. Hem önümüzde daha üç ay var, bir biçimde çözeriz. Bırak şimdi bunları sen asıl olana bak anne, ben artık her sabah bu binaya gelip hayatımı inşa edeceğim. Benim için şu an bundan başka düşünülecek bir şey yok, inan bana."

Çocukça bir sevinç yaşıyordum ama annemin içindeki endişeyi ve korkuyu da görüyordum. Haklıydı da bu endişelerinde. Onun gözünde henüz on beşine yeni girmiş cahil bir genç kızdım. Ya kötü bir şey olursa, ya büyük bir hata yaparsam, ya hakkımda yalan dolan konuşup iftira atarlarsa? İşte o zaman beni kimse kurtaramazdı. Bunu bildiği için korkuyordu. Asansörden indik ve caddede ellerinden tutup yanaklarından kocaman öptüm ve iyice ona sokulup içimdeki gerçekleri söyledim.

## Sendeki Ben

"Anne sakın korkma! Önce Rabbimin izniyle bana hiçbir şey olmayacak. Ve sonra tabii ki yine Rabbimin bana verdiği en güçlü şeyi, yani beynimi çok iyi kullanacağım ve hiçbir zaman hataya düşmeyeceğim. Senin üzülmene sebep olacak durumlar yaratmayacağım, söz veriyorum! Hadi rahatlat içini artık ve ne olur gülümse kızına. "

Annem yine yaşla dolan gözleriyle bakıp tatlı tatlı gülümseyerek "Tamam yavrum. Sen mutlu ol da ben başka hiçbir şey istemiyorum." dedi.

Benimse içim içime sığmıyordu. Korkuları kovmak bir yana tek tek tutup uzaklara fırlatmıştım âdeta. Binanın önünde birdenbire, "Hey, ben özgür bir genç kızım artık, kanatlarım yavaş yavaş uzuyor bakın görüyor musunuz?" diye hafiften çığlıklar atarak kaldırımın üstünde annemin ellerinden tutup dönmeye başladım. Canım annem, elbette o da çok mutlu ama bir yandan da insanlardan çekinerek sarıldı bana ve "Dur deli kız dur! Ayıptır, bağırıp durma yolun ortasında!" dedi soluk soluğa kalmış hâlde.

"Tamam anne, tamam da nasıl sakin olayım ki? İçim içime sığmıyor. Hiç aklına gelir miydi bir gün bu caddede böyle bir anı yaşayacağımız?"

Annem mutlu olunca ağlar, üzülünce ağlar, meraklansa ağlar, hep ağlar yine ağlayarak sarıldık. "Hadi hadi yeter, çok oyalandık. Hemen yola çıkalım da baban gelmeden eve varalım. Gelir de bizi bulamazsa bak gör o zaman nasıl kıyamet kopar."

İşte annemin bu sözleriyle, tekrar hayatın gerçek yanını hatırladık ve hızlı hızlı durağa doğru yürüdük. Dolmuşta giderken ben hayallerimi yaşamaya devam ettim ve ileriki zamanlara dair planlarımı ince ince kurgulamaya bile başladım ama birden annemin sesiyle irkildim:

"Sen söyle bakalım, asıl bundan sonra o parayı nasıl bulacağız kızım?"

Hemen anneme döndüm, onu karşıma alıp sırtımı cama dayadım ve gözlerinin içine umut dolu bakarak yeni planımızı anlatmaya başladım.

"Şimdi beni iyice bir dinle anne, tamam mı? Babama kursta çok başarılı oldum diye bana stajyerlik verdiklerini söyleyeceğim. Sen onu bana bırak anne, ben ayarladım, her şeyin planını yaptım bile."

Babamın okuma yazma bilmemesi gerçekten büyük bir avantajdı ve bende bu durumu kullanarak planımı yapmıştım bu kez. Ona ne gösterip okusam, inanmak zorunda kalıyordu. Evet, belge vardı elimde ama içinde ne yazdığını bir tek ben biliyordum. Ve üç ay sonra babama dedim ki:

"Ben sabah erken gideceğim kursa ve akşam beşte çıkacağım baba. Beni çok başarılı buldukları için orada yardımcı eğitimci olarak staj yapacağım. Bana her ay da ciddi bir para verecekler."

Ödeme yaptığım makbuzu babama gösterip "Her ay bu kadar da para ödeyecekler." dedim. Harfleri bilmezdi babam ama rakamlarla arası iyiydi. Babam elindeki makbuza bakıp şaşkın bir yüzle bana dönüp konuştu.

"Bu kadar başarılı mısın sen? İyiymiş bu, gayet iyi bir para. Hadi öyle olsun, zaten her zaman gittiğin yer. Ha sabah olmuş ha akşam. Hem çok da aklı başında gidip geliyorsun kızım. Ne sülaleme ne de konu komşuya laf ettirecek bir şey yapmıyorsun. Aferin sana!"

Babam, başarılı biri olmama alışmıştı, ayrıca giderek onun güven duvarını örüyordum ve bunlar tam istediğim şeylerdi. Hemen olduğum yerde ayağa kalkıp elinden öptüm ve babama dedim ki:

## Sendeki Ben

"Babam, ne olur o yüreğini rahat tut ve bana güven. Ölürüm de bir gün senin başını yere eğdirecek bir şey yapmam. Sana söz veriyorum. Yeter ki bana her konuda güven ve hep benim yanımda ol."

Bu sözlerim çok hoşuna gitti ve gurur dolu bir sesle bana güvendiğini söyledi. Ama ne olur ne olmaz, sonuçta gençtir, cahildir diye düşündüğünden olacak, tehdit etmeyi de ihmal etmedi:

"Sakın unutma! Tek bir yanlışında her şey biter ve bu kapıdan ilk girip isteyene seni veririm."

Babamın ağzından çıkan bu sözler ölümden beterdi. Beni öldüreceğini söylese o an hissettiğim kadar korkmaz ve canım yanmazdı.

Fakat Allah yanımdaydı ve işte üç ay sonra tüm planlarımı yapmam için bana öyle bir fırsat getirdi ki, ilk anda inanamadım... Her şey birdenbire gelişti ve olması gereken oldu. Bunların hiçbiri tesadüf değildi; her tesadüf aslında bir halkanın diğer bağlantısıydı.

İlkokuldan beri resim yapmayı çok seviyorum ve bazen boş anlarımda defterime bir şeyler karalıyorum. Kursta defterime çizdiğim kara kalem çizimleri gören bir öğretmenim, çok yetenekli olduğumu ve resim eğitimi almamı söyledi. Bana destek olmak istiyordu ve oldu da! Beni, ressam Kemal Öğütücü ile tanıştırdı. Tunalı Hilmi Caddesi'nde küçük bir atölyesi var ve çok başarılı bir ressam. Onun gibi kıymetli bir insanla tanışmam hayatıma gelen ilk ödüldü. Sabah erkenden gelip atölyeyi temizleyip tozları alıyordum. Kemal Amca, yağlı boya çalıştığı tablolarının yanında levha yazıları yazar ve şirket kaşeleri hazırlardı. Biz siparişi alır ve matbaaya verirdik. Her sabah atölyeyi temizler sonra koşarak kilometrelerce yol kat edip, siparişleri matbaaya götürürdüm. Döndüğümde Kemal Amcam gelmiş işlerine başlamış olurdu. Öğlen kursa gider, iki saat sonra da kaşeleri alıp atölyeye dönerdim. Bu arada gelen gidenlerin ve Kemal Amca'nın çay servisini yapar, arada kalan boş zamanlarda da başladığım ilk tabloma devam ederdim. Maaşım çok azdı, sadece yol paramı karşılıyordu ve ancak kursun aylık ödemelerini yapabiliyordum. Ama sevgili Kemal Amcamdan çok şey öğrendim. Bir yılı böyle bitirdik ama yıllar sonra bile ne Kemal Amcamla ne de atölyesiyle bağımı koparmadım.

Aylarca yanında gözlerimi dört açıp onu izledim ve bana verdiği bütün bilgileri kaydettim. Sonra da onun bana öğrettikleri sayesinde yıllarca portre siparişi alıp, yaptığım resimlerle para kazandım. Ve kurstan mezun olur olmaz bir gün yine çok önemli bir olay gelişti. Evrenin bana yeni bir sürprizi vardı. O gün kaşeleri almak için geldiğimde makinede arıza olduğunu, henüz matbaadan çıkarmadıklarını söylediler. Ben de orada beklemek yerine, çok yakın yerdeki bir şirkette çalışan kız arkadaşımın yanına gitmeye karar verdim. Büyük bir holdingin dış ilişkiler sekreterliğini yapıyordu.

Arkadaşımın çalıştığı katta asansörden çıkıp salona girdiğim her zaman, yaşadığım o duygu sardı yine içimi. Bu kocaman ışıl ışıl parlayan salonda girişteydi masası ve arkadaşımla selamlaşıp tam oturuyordum ki masasının üstündeki formlar dikkatimi çekti. Şöyle bir göz atınca iş başvuru formu olduğunu gördüm. Bir sürü insan başvurmuştu. Arkadaşıma bunların ne olduğunu sorduğumda, "Bilgisayar programcısı alınacak. Onun başvuru formları..." diye cevap verdi.

Bunu duyunca çok heyecanlandım. Hemen saniyede beynimden onca hayal geçti ve arkasından burada çalışma şansım olduğunu düşündüm. Hemen heyecanla doğrulup "Bana da ve-

## Sendeki Ben

rir misin bir form, hemen doldurup başvurayım ben de." dedim. Arkadaşım alaycı bir yüz ifadesiyle, "Hadi be sen de! Delirdin sanırım. Başvuruları görsen bu kadar cesur olamazdın. İki üniversite bitirenler var ve çoğu ODTÜ veya Bilkent mezunları... Sen lise mezunusun ve bir yıllık kurs bitirdin sadece. Bence bir düşün, o form ne kadar ciddiye alınır?"

Söylediklerini hiç duymuyordum ve bildiğim gibi devam ettim.

"Verir misin bir form, ne var ki bunda? Belli mi olur ne olacağı? Sonuçta ben de artık bir programcıyım."

Cevap beklemeden de orada duran boş bir formu kaptığım gibi doldurdum. Arkadaşım pek istemese de bana formu teslim edeceğim personel sorumlusunun odasını gösterdi. Ne zaman buraya gelsem kurduğum hayallerden başım dönerdi ve yine öyle oldu. O sandalyede oturup odalarından ellerinde dosyalarla girip çıkan, koridorlarda koşuşturan insanları hayranlıkla izlerdim. Ve bir gün ben de böyle olacağım derdim kendime. Şimdi işte bu şans önümde duruyordu ve ben de hızla ona doğru gidiyordum. Formu vermek üzere kapıyı vurdum ve karşıma dünya tatlısı, çok güzel ve zarif bir bayan çıktı. Siyah saçları ve büyük kara gözleri sevgi doluydu.

"Buyurun, gelin şuraya oturun." dediğinde, kapının yanında kalakalmış, âdeta heyecandan kilitlenmiştim. Sanki ağzımdan bir kelime bile çıkamayacak gibiydi. Heyecandan dilim mi tutulmuştu acaba? Hiçbir şey demeden oturdum karşısındaki sandalyeye. Yüzünü daha net görüyordum artık. Gözlerinin içine bakarak elimdeki formu uzattım. Sanki içinde tam da istedikleri bir elemanın özelliği varmış gibi kendimden çok emindim. Sevgili Sermin Hanım önce forma ve sonra yüzüme baktı. Tatlı bir gülümsemeyle,

"Resmin yok mu, yapıştıralım buraya. Toplantıda bakıldığında formun kime ait olduğunu hatırlamak için önemli." dedi.

Hızlıca "Yok ama hemen gider çektiririm." dediğimde, bu hâlim onun bir başka hoşuna gitmişti ve var olan heyecanımı da görüyordu. Çok zeki bir kadındı, sanki içimi ve hayatımı görüyor gibiydi, belli ki o masaya boşuna oturtulmamıştı.

"Hayır, gitme ben şimdi halledeceğim." derken telefonu alıp birini aradı.

"Müsaitseniz bir başvuru var. Resmi yok ama ben toplantıda hatırlamanız için bir görmenizi arzu ediyorum bu arkadaşı."

Aldığı cevap üzerine telefonu kapatıp masasından kalktı ve gülümseyerek bana döndü.

"Hadi gel benimle." dedi.

Hiç düşünmeden ve nefessiz kalarak arkasından hızlıca yürüdüm. İşte geleceğimin ikinci büyük ödülü, önünde durduğum bu odanın içindeydi. Güzel kadın kapıyı yavaşça tıklattı ve içeri girdik. İçerisi hafif karanlıktı ve her şey, bütün eşyalar siyahtı. Pencereden çok fazla gün ışığı gelmesini engellemek için gri jalûziler aşağı çekilmişti. Kocaman odayı siyah deri koltuklar ve şık mobilyalarla dizayn etmişlerdi. Sermin Hanım bizi tanıştırdı ve görüşmenin bir kısmına katıldıktan sonra çıktı. Emrehan Bey bana iki saat boyunca o kadar çok soru sordu ki bunun anlamı bana işi vermek istemesi olmalı diye umutlandım. Hangi takımı tuttuğum, evdeki yaşantım, okuduğum köşe yazarları ve hatta dünya politikası dâhil her şey hakkında onlarca soru sordu. Verdiğim cevapların onu şaşırttığını görebiliyordum. Beni soru yağmuruna tutan bu adamın gün gelip benim babam, dostum, ağabeyim olacağından habersiz, sorduğu tüm sorulara hiç duraksamadan ve içtenlikle cevap veriyordum. Bir tek yaşım konu-

## Sendeki Ben

sunda doğruyu söylememiştim. Yaşım formda yazdığım gibi yirmi değil, on altıydı. Sanki gerçek yaşımı söylersem beni ciddiye almaz gibi düşünmüştüm. Fakat Emrehan Bey yirmi yaşından küçük olduğumu aslında anlamış ama hiç bozuntuya vermemişti. Bense bana verdiği bir aylık deneme süresinde çok çalışkan ve yetenekli olduğumu ispat etmeye kararlıydım. O zaman da zaten yaşımın bir önemi kalmayacaktı.

Ofisten çıktığımda hâlim çok komikti. Biraz önce yaşım yirmi desem de aslında hâlâ beş yaşında, yolda asla düz yürüyemeyen, yol boyunca hep seksek oynayan altın saçlı küçük kızdım. Ve arkadaşımın karşısına geçip "Ben işe alındım, artık mesai arkadaşıyız." dedim. Birdenbire hayatım değişmişti. Her gittiğimde ağzım açık hayran hayran insanları izlediğim o ofiste artık ben de bir çalışandım. İşte bir kez daha hayallerim gerçek olmuştu. Rabbimin var ettiği evrenin gücüyle her şey çok iyi gidiyordu. Babama ne dediğime gelirsek; bilgisayar kursunda stajımın bittiğini ve daha yüksek bir maaşla beni bir holdingde işe başlattıklarını söyledim. Ve ona yalvarırcasına beni işe göndermesi için elimden geldiği kadar görevimin önemini anlattım. Babamın kafasına yatacak biçimde holdinge ait her bilgiyi de sundum. Alacağım maaşın ne kadar yüksek olduğunu duyunca babam sanki daha yumuşak şekilde beni dinledi. Çünkü bu maaş şimdi getirdiğim aylıktan belki on kat fazlasıydı. Bu da demek oluyordu ki, eve daha çok katkıda bulunabilecektim.

"Tamam, şu patronlarınla tanışalım. Eğer bana güven veren bir yerse, izin veririm."

Biliyordum onları tanıyınca onlara güvenecek ve sevecekti. Emrehan Bey'in babası sevgili Fevzi Amca da âşık atışmaları gecesi düzenler ve bu kültürle ilgili kitaplar ve şiirler yazardı. Babamın en sevdiği şeydi âşıkların atışmasını dinlemek... Bunları anlatınca da çok hoşuna gitti. Daha bir sabırsızlandı Fevzi Amca'yla tanışmak için. Tanışmadan sonra gözü arkada kalmadan güvenli bulduğu bu iş yerinde çalışmama izin verdi.

İşe başladıktan üç dört gün sonra Emrehan Bey'e babamla ve ailesiyle olan ilişkimi, hiçbir şey saklamadan olduğu gibi anlattım. İyi ki de anlattım çünkü bana zaman içinde birçok konuda yardım etti ve beni hayata karşı yetiştirdi. Onlar hayatımın yeni kahramanları olmuştu: Sevgili Sermin Hanım ve Emrehan Bey.

Sıra üniversite sınavlarına gelmişti ve işte o yıl sınavlara girdim. Böylece hem okuyacak hem de çalışacaktım. Bu arada bir yandan da hafta sonları Kemal Amca'nın atölyesinde portre yaparak da ayrıca para kazanıyordum. Bunca şey olup biterken ben hayatın içindeki en önemli maddeyi keşfetmiştim. Para! Bu kâğıt parçaları hayatın içinde çok ciddi bir güce sahipti. Para deyince akan sular duruyor, kapılar açılıyordu, birçok konuda ve durumda. Benim de paranın sayesinde evde saygın bir yerim oluştu. Yine para sayesinde evde sözüm de geçmeye başladı ve sanki babamın erkek çocuğuymuşum gibi evin ikinci direği oldum.

Yıllar geçtikçe babamın bana olan güveni de arttı ve onunla hiçbir sorun yaşamıyoruz. Bu arada üniversiteyi bitirdim. Artık eve para getiren ve yaşı ilerlemiş bir kızdım ama hayatımla ilgili daha büyük kararlar alana kadar, babamın ailesi tarafından yine de takip edildim. Neden mi? Çünkü babam amcamlara artık laf ettirmiyor, "Benim kızım erkek gibi işine gidip geliyor. Ordunun içine koysam gittiği gibi çıkar gelir." deyip, hepsinin ağzını kapatıyordu. Onlar da sürekli beni takip ederek bir açığımı yakalamanın peşindeydiler, sırf babama, "İşte bak gördün mü, biz haklı çıktık." diyebilmek için.

Ben de babamın güvenini yıkacak en ufak bir şeye izin vermeden başım önümde işime gidip geliyordum. Amcamlar beni

## Sendeki Ben

yıllarca usanmadan takip etseler de bir kez bile ellerine en küçücük bir fırsat vermedim. Birçok arkadaşım ısrar etse de kimseyle en ufak bir program yapmadım. Hafta sonları yapılan partilere, evde yemek davetlerine, sinemaya gitmedim. Hatta bir bayan arkadaşımla basit, sıradan bir kafede bile oturmadan yirmi yaşıma gelinceye kadar son derece monoton bir hayat yaşadım. Zaten gezmek, eğlenmek şöyle dursun, hiçbir şeyde gözüm yoktu. Tek istediğim gelecekte hayal ettiğim hayatı kurmaktı. Şunu çok iyi biliyordum ki sabır her şeyin anahtarıydı. Eğer şimdi amaçlarım için sabreder ve benden istendiği gibi yaşarsam, bir gün bu hayattan ne istersem alıp dünyamı özgürce var edecektim.

O günlerde hayatım adına kaçırdığım hiçbir şey yoktu. Ama yapacağım en küçük bir hatada geleceğimi kaybetmem söz konusuydu ve bu tehlike hayatımın asıl gerçeğiydi. Bunun hep bilincinde oldum...

Bir gün babam anneme vurmak için yine elini kaldırdığında ayağa fırladım ve bir çırpıda koltuğun üstüne çıkıp babamın yumruğunu havada yakaladım. Sonra da dimdik gözlerinin içine bakarak başladım nutuk atar gibi konuşmaya:

"Bir daha sakın ama sakın anneme el kaldırma! Atamsın, sana asla saygısızlık yapmak istemiyorum ama artık buna son ver. Annemi dövmene izin veremem. Bizler büyüdük, utan artık gözümüzün önünde annemizi dövmeye. Şunu bil ki; eğer şiddete devam edersen bir sabah uyanırsın ve bu koskoca dünyada yapayalnız kaldığını görürsün. Çünkü annemi ve kardeşlerimi alıp giderim uzaklara ve asla bulamazsın bizi. Bana bunu yaptırma lütfen baba! Şimdi elini indir ve annemden özür dile."

Babam çok şaşırmış ve olup bitenleri hızla algılamış bir şekilde elini indirdi. Ancak "Ne özür dileyeceğim? Söyle ona beni bir daha kızdırmasın." deyip hızla odadan çıktı. O günden sonra da bir daha annemi dövmeye teşebbüs bile edemedi. Hayatımızdan böylece o kâbus da kaybolup gitmiş ve annem huzura kavuşmuştu. Tabii sabaha kadar içip içip tek başına bile olsa saatlerce konuşmaları hep devam etti. Sayemde artık içki için daha fazla parası vardı. Hiçbir zaman çocuklarının geleceği için planı programı olmayan babam, benim kazancımla bu sorumluluğunu iyice unutmuştu.

\*

*"Onca yaşadıklarının arasından sıyrılıp hayatına baktığında; en acı gerçeğe tanık olduğunu görmek, bu yaşta bu kadar ağır bir gerçekle yüzleşmek...*

*Hayata atılan ilk adımı, işte bu oldu altın saçlı kızın: Para adındaki dünyanın hâkimi olan o kontrolsüz gücün, öz babasını bile etkileyecek güçte olduğu gerçeği. Hatta insanın özgürlük kapısını açacak kadar her duruma egemen olan o renkli kâğıt parçası. Para!"*

"Neden bu kadar hayatımıza hâkim?"

*"Asıl soru bu değil... Neden hep daha fazlası, daha fazlası diye tırmanan bir hırs, istek ve tutku peşinde insanlar? Bu arada kaybedilen bir ömür zamanın içinde sel gibi akıyor ama farkında bile değiller."*

"İnsanları bu kadar etkisi altına alabilen bu kavram aslında neyin ölçüsüdür?"

*"Genel olarak bakıldığında insanların beynindeki cevap: Ölçüsüz, her şeyin sahibi.*

*Peki ama sence para her şeyi satın alır mı? Bu olanları dinleyince insanın kafası karışıyor.*

*Aslında kötü bir adam değil baba. Söz konusu olan haysiyeti ve şerefi olsaydı eminim o zaman işler değişirdi."*

## Sendeki Ben

"Emin misin?"

"Bilmiyorum. Bu çok karışık bir durum. Belki de her durumda yüzde elli mi demek gerek bu hayatta, karar veremiyorum. Ama bir şey var içimin kabul etmediği."

"Nedir o?"

"Bence o kadar da güçlü değil para. En azından herkesi çekim alanına sokabilecek kadar güçlü değil."

"Sevmedim zaten ben paranın varoluş enerjisini. Sanki daha çok kötülüğü besliyor, ona hizmet ediyor gibi."

"Evet, işte o gün bunu fark eden altın saçlı kız parayı kazanacaktı ama onun esiri olmadan ve 'Daha çok, daha çok!' diye onu kovalamadan. Sadece kendisini güçlendirecek kadar isteyecekti parayı ve almanın yollarını bulup ruhunun saflığından hiçbir şey kaybetmeden ona sahip olacaktı. Para ona değil o paraya hükmedecekti."

"Bak bunu sevdim. Masalın en güzel kısmı bu bölüm sanırım. Peki bunu yapabildi mi?"

"Onun hayata karşı bakış açısı ve kendi hayat felsefesi, aniden yaşanan o kazanın olduğu gün belirdi düşüncelerinde."

"Nasıl yani? Ne kazası?"

"İster misin kısa bir yolculuk daha yapalım ve bakalım bu kaza nedir ve neler yaşandı?

İşte orada altın saçlı kız, annesinin hemen başı ucunda oturmuş ağlayarak onunla konuşuyor, yine beyninde onlarca soru ve yine gözü yaşlı, kalbi acı dolu..."

\*

"Canım annem, şu anda aldığın ilaçlarla rahatsın değil mi?"

"Buna da şükür kızım. Ağrılarım yok, geçti. Hadi sen de artık ağlama, üzülme. Bitti her şey, rahatlasın yüreğin."

"Bacağın boydan boya bembeyaz alçı içinde anne. Tam altı ay kıpırdamadan bu yatakta yatacaksın ama sakın düşünme hiç bir şeyi, ben sana bakacağım. Kardeşlerime ve evimize de... Rahatça uyu ve iyileş annem, ben varım hayatında. Yapılması gereken her işi ben üstlenirim. Sen sıkıntı yapma sakın. Henüz on üç yaşında olabilirim ama birçok işi yapar her şeyi çözerim. Yemek bile yaparım ben, senin için rahat olsun yeter ki annem. Hem ben sana ve kardeşlerime söz verdim; ne olursa olsun size bakacağım ve hayal ettiğimiz o mutlu hayatı getireceğim. Gelecekte beni neler bekliyor bilmiyorum ama yine de bana güven, hem de her zaman... Hayat aslında çok enteresan anne, ne zaman ne olacağını hiç bilemiyoruz. Dün birden senin o merdivenden düşüp bacağının üç yerden kırılacağını nasıl bilebilirdik?"

"Sorma kızım, bir anda nasıl döndü ayağım içeri doğru? Ne olduğunu anlamadım bile. Her şey çok hızlı oldu. Senin için de çok korkunç bir gün oldu yavrum."

"Bir gün önce böyle bir kaza olacağı aklımıza gelir miydi? Hayır! Kim bilir yarın neler olacak hayatımızda, öyle değil mi anne? Aslında bir bilinmezlik içinde dönüp duruyoruz. Hep aynı istekler, tutkulu arzular, şartlanmalar, korkular, kaygılar... Doğduğumuzda bütün bu duygularla kurulu bir düzenek bizi bekliyor. Zaten biz bu dünyada sadece bir yolcuyuz ve yol boyunca ağır sınavlardan geçiyoruz. Sonrası mı? İşte onu kimse bilmiyor. Bugün senden bir haber beklerken hep bunları düşündüm."

Bu yüzden bana verilen bu hayatı herkesin tutuklu gibi kabullendiği bildik bir düzen içinde var etmek istemiyorum. İçim bana, 'Doğru değil bu düzen!' diyor. Kimsenin başkalarının isteğine göre yaşaması gerekmez, kendi yüreğine göre kurmalı

## Sendeki Ben

hayatı... Neye göre doğru demişler, neye ve kime göre doğru bu yaşam denklemi, bunu da bilmiyoruz. Ama ben kendim için doğru olanın ne olduğunu biliyorum. Ve her zaman kendi gerçeğimin peşinden gideceğim bunu kimsenin değiştirme gücü olamayacak."

"Yüreğin ne söylüyorsa her zaman onu dinle ve canı yürekten sığın Allah'a ve iste. Ben biliyorum ki bir gün benim yapamadığımı sen yapacaksın ve hayal edip istediğin o dünyayı kuracaksın."

"Yalnız hayatım boyu o sesi de hiç unutamayacağım anne. Belki de tüm yaşamamım boyunca hep beynimde bir yerde saklanacak. Komşular senin ve benim çığlıklarıma koşarak yetiştiler. Seni alıp arabaya koyabilmek için üç dört kişi birden kucakladı. Bacağının içindeki kemik ikiye, belki de üçe ayrılmıştı ve kırık kemiğin deriyi parçalamaması için çok dikkat etmeliydik. Nasıl oldu bilmiyorum ama birden bacağının kırık yeri benim avuçlarımın içinde kaldı. Onlar diğer kapıdan seni arabanın içine çekerken işte o an oldu zaten. Bacağın benim ellerimdeydi anne ve seni arabaya sokabilmek için onlar hareket ettirdikçe çığlıkların ok gibi saplanıyordu içime ve işte o ses, kırılan kemiğin sesi beynimin içinde yankılanıyordu."

"Ah kızım... Nedir benim yüzümden çektiğin bunca acı. Kıyamam ben yavruma."

"Kemik kırıklarının çıkardığı o garip sesi tanımlayamam ama çok kötüydü anne. Çok korkunçtu yaşadığım korku. İçimin çekildiğini hissettim, bayılmak üzereydim ama bu olmamalıydı. Eğer bayılırsam kırık bacağın da benimle beraber yere düşecekti. Daha da fenası kımıldamasın diye dikkatle baktığım o sivri kemik fırlayıp deriyi parçalayacaktı. Bir anda beynim saliselerden daha hızlı hareket ederek beni ayakta tuttu. Kendimi çok kötü hissetsem de annem, bacağını bir an bile bırakmadım ve hiç oynatmadan sıkıca tuttum. Ama tabii ne kadar dikkat etsem de canın çok acıyordu ve en ufak harekette bile attığın çığlıklar iğne gibi yüreğime saplanıyordu. Annem senin yerine o acıyı ben çekmek istedim. Ama bu mümkün değildi ne yazık ki!"

\*

"Titriyorum ve nefes alamıyorum. Altın saçlı kız o an neler yaşadığını anlatırken ben o andaydım. Ben oradaydım ve her detayı gördüm, yaşadım. O kırık bacağı tutan bendim. O bendim. Sonra o ses… Ben de o sesi duydum. Bana neler oluyor? Bir şey söyle. Neredesin canım acıyor, çok acı vardı ama çok… Neredesin? Nefes, nefes alamıyorum!"

*"Tamam, sakince ve yavaş yavaş nefes al, düzelecek her şey. Geçti bak, çıktık oradan. Şimdi sadece nefesini düşün ve ciğerlerini sakinleştir. Bunu yapabilirsin, biliyorsun. Evet, işte böyle yavaş yavaş…"*

"İşe yarıyor. Evet, evet, daha iyiyim. Bana birdenbire ne oluyor, neden çıkıyorum böyle kontrolden?"

*"Sanırım bunlar geçmişte yaşanmış olsa da sen bütün duyguları büyük yaşıyor ve derinden hissediyorsun bu yüzden bu yaşadıkların…"*

"Yalnız bu kez farklıydı hem de çok farklı. Ben o küçük kızdım. Onu köşeden bir yerden ya da aynadan izlemiyordum. Onun içindeydim. Bu nasıl olur? Üstelik bu yaşadığım çok gerçekti. Anlıyor musun beni?"

*"Hem de çok iyi anlıyorum. Artık yaklaşıyoruz sona doğru. Bu olanlar iyiye işaret, lütfen sakin ol ve şimdi yalnızca nefesini düşün. Hızlı nefes almak yok."*

"Neden şimdi böyle bir şey oldu? Anlat bunu bana, bilmek istiyorum!"

## Sendeki Ben

*"Çok az kaldı, biraz daha zaman lazım. Ve altın saçlı kızın yaşadığı o anların içindeki acıdan çıkıp, asıl bu korkunç olayın sonunda farkında olduğu gerçeklerin detaylarını görmelisin. Kendi dünyasının nasıl olacağı hakkında bir fikir sahibi olmasını sağladı o kırılan bacak. Ve işte bu farkındalıkla devam ettiği hayatını kendi doğrularıyla var etti. Devam edelim ve bir önce ki ana geri dönelim, bakalım günlüğüne başka neler yazdı altın saçlı kız."*

\*

Evet sevgili günlüğüm, elime kalemi alıp her bir satırına hayatımı yazdıkça kelimelerde rahatlıyor yüreğim. Sabırla düzenli, disiplinli bir hayatın içinde tam dört yıl Emrehan Bey'le beraber çalıştım. Sonunda deneyimli bir iş kadını oldum. Ama içimdeki ses mutlu olmadığımı söylüyordu. Her sabah aynı saatte işe gelip bütün günü toplantılara kaldığım ofiste geçiriyor, çoğu zaman da mesaiye kalıyordum.

Zaman sıradanlaşmış ve odamın duvarları üstüme üstüme gelmeye başlamıştı. Bir sabah uyandığımda artık bu sisteme uyarak yaşayamayacağımı anladım. Böyle yaşamak beni mutsuz ediyordu. Ne yapmam gerekir, diye düşündüm. Kendi hayat felsefemi ve dünyaya bakışımı netleştirme zamanı gelmişti. İçimden gelen sesi dinleyecek ve insanı otomatikleştiren bu sisteme esir olmayacaktım. Bu kararımın anlamı şuydu: Hareket alanı şartlandırılmış ve kurumsallaştırılmış hiçbir düzeneği kabul etmeyecek ve hayatımı özgürlüğümle kuracaktım.

Zaten son iki yıldır içimdeki çocuk da, "Artık hayallerini değiştirme zamanı..." deyip duruyordu. Mecbur kaldığımız, mutlaka yapmak zorunda olduğumuz plan ve programlarla yaşanan bir hayat olmamalıydı geleceğim. Gün ışığını istediğim kadar görerek yaşamadan, hayatın her rengini solumadan, dünyayı dolaşıp farklı kültürleri tanımadan bir ömür tüketmek değildi isteğim. Her gün bir önceki günün tekrarıyla oluşan gizli bir girdabın içinde dönüp durmak, benim için boş bir zaman akımıydı. Bu yüzden kozamdan çıkıp kanatlarımın rengini görmem gerekiyordu.

Hayatımla ilgili aldığım bu büyük kararla o sabah şirkete geldiğimde hiç vakit kaybetmeden istifa ettim. İşten ayrılma kararımı herkesle paylaştım ama ofisteki bütün çalışanlar beni dinledikçe çok şaşırdılar. Üstüne bir de İstanbul'a gidip haber muhabiri olmak istediğimi söyleyince, hepten kalakaldılar. Evet, yapmak istediğim dünyanın her yerini dolaşan cesur bir haberci olmaktı. Dünyada haksızlığa uğrayan ve acı çeken insanlar için, baskılanan ve aşağılanan kadınlar için, açlık ve kimsesizlik çeken çocuklar için haberler yapacaktım. Dış haber muhabiri olup farklı ülkelerdeki haberlere gidecektim. Bütün bunları bir de Emrehan Bey ofise gelince onunla konuştum. Hiçbir şey söylemeden gözlerime bakıp direkt şunu dedi:

"İçindeki çocuk ne istiyorsa, hayat senin için orada. İstanbul'da her konuda yardımcı olurum. Yolun açık olsun!"

Evet, bir sabah uyanıp hayatıma farklı bir yön vermek için aldığım kararı hiç bekletmeden ve ertelemeden uyguladım. Hayatımın en iyi kararını almıştım; bunu hissediyordum. Ancak yine babama doğruyu söylemedim, söyleyemedim. Emrehan Bey'in isteği üzerine İstanbul'daki şirkette altı ay kadar çalışmam gerekiyor dedim. Artık evde ne diyorsam o oluyordu zaten. Neredeyse evin bütün ihtiyacını ben karşılıyordum. Kardeşlerimin ve evin düzeninin ihtiyaçları artık bendeydi. Evde biraz da olsa söz sahibi olduğum gün babamın annemi dövmesini de durdurmuştum. Artık onun karşısına geçecek kadar büyümüş ve güçlenmiştim.

## Sendeki Ben

İşte böyle, her şey bir anda çok hızlı gelişti ve kendimi bambaşka bir hayatın içinde buldum sevgili günlük. Sanırım içimdeki çocuk, yani o "altın saçlı kız" hep kendi isteklerine göre bana bugünleri de hazırlamıştı. Çalışırken kazancımın yarısını eve veriyor, geri kalanını da bugünler için biriktiriyordum.

Ve on beş gün içinde İstanbul'a gelip Beşiktaş'ta küçük bir daire tuttum. Tamamen bana ait bir dünyanın özgürlüğü başımı döndürdü. Tam bir duygu kargaşasındaydım. İlk kez hayatımda sadece bana ait olan bir evin anahtarı elimin içindeydi. Evim boyanıp anahtarı elime aldığım o günün akşamını hiç unutmadım. Yaşadığım sevinç ve heyecanla evin içinde çocuklar gibi çığlık atıyordum. Bir elimdeki anahtarı, bir kapıyı öpüp, bütün odaları duvarlarına dokunarak seviyordum. "Burası benim evim! Burası benim evim!" diyerek sevinçten ağladım. Yalnızca bana ait olan bir dünyam vardı artık ve bu inanılmaz güzel bir duyguydu. Somyanın altına saklanıp çaresizlik içinde ağlayan altın saçlı kız, artık kendine ait dünyasında tamamen özgürdü. Ve o küçücük yaşında içinden geçen her dileğini yerine getirmek üzereydi.

Hissediyordum artık asıl en derinlerimde kendim için kurduğum büyük hayallerimin var olduğu çembere girmiştim. Hasan Dede'nin de söylediği gibi inancımla bütünleşip, sabırla bekleyip, zekâmı ve mantığımı kullanarak hayatımı istediğim gibi var etmiş, kimsenin hayatım için söz sahibi olmadığı bir dünya kurmuştum.

Ta ki haber sektöründe bir kadın olarak ödün vermeden var olabilmenin zorluğunu keşfedene kadar... Keyifle aylar ve günler geçirdim ve değerli sanatçılardan uzun bir süre diyalog, diksiyon dersleri aldım. Bu arada özel bir kanalda bir sabah programının yapım asistanlığını yaptım.

İstanbul'da bir yılımı doldurmuştum ki, kendimi geliştirmek üzere İngiltere'ye gitme kararı aldım. Orada BBC'de staj yapmayı kafama koymuştum. Ve yine kafamda kurduğum her şeyi ertelemeden yaptım. İngiltere'ye gittim ve Cambridge'e yerleştim. BBC'ye gidip staj talebinde bulundum. Bana bir yıl dil eğitimi almamı ve bir yıl sonra böyle bir şans verebileceklerini söylediler. Teknik olarak dilimin zayıf olması üzerine mükemmel bir İngilizce konuşmaya karar verip Cambridge'de bir okula başladım.

Yedi ay sonra Türkiye'ye tatile geldiğimde büyük bir kanaldan haber muhabirliği teklifi aldım. Birden BBC'yi unuttum, çünkü bu büyük kanalın haber sektöründe olma fikri beni cezbetti. Sonra İngiltere'ye geri dönmeyip o kanalda işe başladım. Ama uzun sürmedi, bir yıl sonra bu işte mutlu olamayacağımı anladım. Sürekli huzurumu bozan olaylar ve can sıkıcı durumlar yaşıyordum. Kadın olmanın zorluklarıyla yine karşı karşıya kalmıştım, tamamen erkek egemenliğinin kurulu olduğu bir kurumda... Bir kadının kendinden ödün vermeden var olup kariyer yapması neredeyse mümkün değildi.

Ve bir gün yanında çalıştığım sunucunun bana usulsüzce konuşması üzerine istifamı verdim. Ama bu olup biten benim için hiç sorun değildi. Hiç mutsuzluk yaşamadım ve umutsuzluğa düşmedim. İçimdeki ses bana sakin olmamı ve asıl güzel olanın yakında geleceğini söylüyordu. Doğru olan neyse benim için, onu bulacaktım. Ve hayırlı olan hayatıma girecekti bunu hissediyordum. Ki öyle de oldu; uzun sürmedi. Bir öğlen vakti gelip beni buldu; asıl yüreğimdeki gerçeğim.

O dönem yeni tanıştığım erkek arkadaşım, devlet konservatuvarından yeni mezun olmuştu ve oyunculuk yapıyordu. Bir gün bana bir ajansa gideceğini söyledi ve benim de gelmemi istedi. Gittiğimiz ajans ünlü bir mankenin şirketiydi. Onun için gittiğimiz ajansta beni fark eden Neşe Erberk bir form doldurmam için ısrar etti. Ben de alıp doldurdum. Bir dönem önce tiyatro kursunda yaşadığım heyecanı hatırladım ve "Neden olmasın?" dedim.

Çok değil bir hafta sonra beni aradılar. Tutulan bir dizideki bir rol için çok uygun olduğumu ve bunun için benimle konuşmak istediklerini söylediler. Koşarak hemen fırladım ve ajansa gittim. Gerçekten diziden ayrılmak zorunda kalan oyuncuya çok benziyordum. O dönemde en çok izlenen dizilerden biriydi ve ben bu dizide karakter oyuncusuydum. İlk işimde önemli bir karakteri oynamam büyük şansti. Bu inanılmaz bir deneyim olacaktı. Çok heyecanlıydım. İşte yine hayatım farklı bir rüyaya doğru akıyordu.

Bir hafta içinde çekimler başladı ve ben, *Aynalı Tahir* dizisinde ilk setime gittim. Oyunculuğa ilk adımı atmış ve böylece içimdeki aşkı bulmuştum. Ben aktris olmalıydım. Çocukken yaşadığım onca kâbustan kendimi kurtarmaya çalışırken bunu hiç düşünmemiştim. Ama asıl yapmak istediğim işi sonunda bulmuştum. Her şeyiyle bana çok uygundu bu meslek. Çünkü bu dünyadaki yaşamak istediğim hiçbir detayı çalışmak zorunda kalarak kaçırmayacaktım. Ben ne zaman istersem içime sinen işe imza atacak ve haftanın üç günü çalışarak, diğer günleri kendime ayırabilecektim. Hem de annemin her isteğini yapacak kadar para kazanacaktım.

Artık kendi hayatıma göre organize olabileceğim bir işim vardı ve ben bu işe âşık olmuştum. Düşünsenize, teyzesine dahi gidip kalamayan altın saçlı kızı... Gün gelmiş başka bir şehirde özgürce var olabileceği bir hayat kurmuştu. Ondan ötesi yurt dışına bile gidip hayalindeki gibi başka kültürden insanlarla yaşamıştı. Şimdi de ekranların en beğenilen dizilerinden birinde karakter oyuncusuydu...

Şunu biliyorum ki hiç bir şey zor değil, yeter ki istensin. Ne istediğim konusunda netleşmiş ve nerede nasıl mutlu olacağımı bulmuştum sonunda. Bir süre sonra ailemi de yanıma alıp onlara olan özlemimi de bitirdim. Onlar için güzel bir ev tutup içini de annemin istediği gibi döşedim ve hayatlarına yepyeni bir sayfa açtım.

*

"Bir dakika oyuncu mu oldu ve bu kadar özgürce uçabileceği bir hayata mı kavuştu?"

*"Evet. Oyuncu oldu altın saçlı kız."*

"Tıpkı benim gibi yani."

*"Benzer noktalarınız olamaz mı? Masal değil mi bu sonuçta?"*

"Bir saniye dur. Biraz önce de altın saçlı kızın bedenindeydim. Bu benzerlikten daha da fazlası bence. Yoksa..."

*"Sona yaklaşıyoruz. Biraz daha sabır lütfen. Az daha dinle beni."*

"Hayır, artık bir şey dinlemek istemiyorum. Bana ne olup bittiğini anlatmanı istiyorum. Gerçekleri duymanın zamanı geldi bence! Evet, hemen şimdi o balkona, yüzünü tam göremediğim o kadının yanına gidiyoruz. Anladın mı?"

*"İşte, artık kontrol sende. Ben değil, sen getirdin bizi buraya. Ve orada... Balkondasın. Artık görebilirsin kendini."*

"Ama... Bu kadın altın saçlı kız! Demin hayallerinin peşinde, kendi dünyasını kuran o genç kadın. Bu benim!"

*"Evet sensin. Bak artık daha netleşti senin için her şey. Görebiliyorsun geçmişini ve geçmişten aldıklarını. Şimdi lütfen başa döndürme olanları. Verdiğin sözü unutma."*

"Kafam! Beynimin içinde dönen bu acı... Ne oluyor! Söyle, yine ne oluyor bana?"

*"Reddedip sildiğin bazı gerçekler geliyor sana doğru. Sakın ola sözünü unutma ve güven bana, hadi onlar gelmeden biz gidelim onlara. Atılamayan çığlıklara inat avazımız çıktığı kadar bağıralım evrene. Püskürsün yüreğindeki ateşten örülü sancıların her bir parçası gökyüzüne. Arınsın ruhun acılardan, olumsuz bütün düşüncelerden ve bu balkonda başlayan altın saçlı kızın masalı bu gecenin öncesiyle devam etsin. Ve işte en büyük sınavın içine doğru aktığı o zamandayız."*

\*

*Acı dolu o gecenin öncesinde güzel bir akşamüstü... Sevgilinin ofisine gitmek için yola çıktın. Sıcak bir haziran akşamı ve İstanbul'un karmaşık trafiğine rağmen keyfin yerinde. Erkek kardeşin Serkan orada çalışıyor. İki üç gündür görmediğin için onu da görecek olmanın heyecanı içindesin. Aslında her gün muhakkak sana uğrar, seni görüp evine öyle giderdi. Ama şu ara yeni bir filmin hazırlıkları başladığı için çok yoğun çalışıyor. Ve işte bak daha zili çalmanla birlikte açılan kapının önünde kardeşin.*

"Abla hoş geldin!"

*Çok heyecanlı... Hemen elinden tutup odaya götürdü seni. Uzun zamandır hoşlandığı bir kızla sonunda yarın buluşup yemeğe gideceğini anlatıyor sana. Geçen hafta sonu beraber alışverişe çıkmıştınız. O gün ne istediyse aldın.*

"Abla ne giymeliyim yarın?"

"Grili spor desenli o tişörtü ve açık renkli kotunu giy. Altına aldığımız o spor ayakkabılar da harika olacak."

"Sen harikasın abla! Yarın yakacağım ortalığı, gör bak."

"Dikkat et, yanan senin kalbin olmasın sonra. Kız güzel mi?"
"Çok güzel abla. Bence sen de seveceksin. Hem adı da Aylin."
"Vay, desene küçük kardeşimiz Aylin çok sevecek bu işi."
"Seni çok seviyorum ablam ya. Gel buraya"

*Dedi ve her zaman yaptığı gibi yapıştı yanağına öpücükler konduruyor! Odaya giren adam da işte salondaki oturan kişi.*

"Hadi çıkalım, bitti işim."

*Çıktınız ofisten. Arabayı sen kullanıyorsun, keyfin yerinde. Ama o ne? Birden göğsüne sanki bir kaya düşmüş ve içine çökmüş gibi hissettin, nefesin daraldı.*

"Of bu ne anlamadım... İçime bir sıkıntı geldi. Nefes alamıyorum resmen. Hayırdır inşallah!"

"Çok sıcak ondandır, nemli ve basık bir hava var."

*Havadan mıdır, diye düşünmeden içindeki huzursuzluktan korkup kapatmak istedin konuyu.*

"Eve gidelim, bir şeyler hazırlarım, yemek yeriz. Sonra da güzel bir film izleriz. Geçer sanırım. Bu akşam annemler yola çıktı dönüyorlar ama yol çok uzun, hayırlısıyla gelseydiler."

Eve geldik, yemek yedik ama benim yüreğim hâlâ aynı huzursuzluktaydı. Sanırım sonrasına artık ben devam edebilirim bu masalın. Hatırlıyorum bu anı. Saatler sanki bir durup bir hızlanıyordu. Bir şey vardı içimi sıkan, hiç iyi hissetmiyordum kendimi. Hayatımda hiç böyle bir duyguyla karşılaşmamıştım. Bilinmez bir korkunun saldığı sancı ruhumu acıtıyordu.

Zavallı sevgilim yine beni yatıştırma çabasında, "Uzatıyorsun bence. Abartma, yok bir şey işte. Nedir bu kadar evham yapıyorsun? Hadi gidip uyuyalım. Sabah bir şeyin kalmaz. Hem sarılırım sana ve öper, öper, öperim. Geçer bütün sıkıntın." diyor.

## Sendeki Ben

Bense ateş üzerinde yürür gibiyim. Asla ruhum yatışmıyor ve "Hayır, ben istemiyorum. Uyumak istemiyorum. İçim bu kadar daralmışken uyuyamam. O yatak diken olur bana. Hem ben bu hâldeyken seni de uyutmam. Hadi sen git yat lütfen. Ben birazdan gelirim. Annemi bir daha arayayım olur mu?"

Sevgilimin canı sıkılmaya başlıyor ve "Bütün gece nedir bu soğuk hâller? Hiç anlamış değilim. Hadi hayırlısı... Sıkıntın nedir bilmiyorum ama hâllerin hiç hoşuma gitmedi, bilesin."

Oysa ben bir bilinmezliğin çaresizliğinde karmakarışık bir hâldeydim. Sevgilim söylenerek uyumaya gitti. Bu mu büyük aşk, bu mu gerçekten sonuç? Ben bu kadar acı çekerken ve kendimi kötü hissederken bunca sitem edip kızarak yatması mı aşk?

*İşte bak, o geceden kalan öfkeni kusuyorsun şimdi. Dört yıllık ilişki boyunca ilk kez sensiz uyumaya gitmesi de onun için kâbustu. Sevgilinin tarafından bakmak bazen durumları yumuşatabilir. Onca zaman birbirinize dokunmadan bir saat bile geçirmemişken, bütün geceyi ondan uzak geçirmek istemenin altında elbette başka sorular oluştu beyninde. İşte bu da onun içindeki fırtınaydı. Âşık olduğu kadını bir gün gelip kaybedeceği gerçeğinin korkularıydı içini saran. Sevgilinin arkasından bir de onun sözlerine duyduğun öfke eklendi yürek sancılarına ve huzursuzluk dolu saatler geçirdin. Ve sabahın ilk ışıklarıyla beraber kapı çaldı, küçük kardeşin Aylin geldi. Çoğu zaman eve gitmek yerine sana gelir.*

Aramızdaki bağ o kadar güçlü ki... Bir gün bile birbirimizin sesini duymadan duramayız. Üç kardeş sanki tek ruhtan ayrılmış farklı bedenler gibiyiz.

"Ablam günaydın! Çok yoruldum ve çok açım. Annemle konuştum biraz önce, bir saate kadar İstanbul'da olacaklar. Hey, neyin var senin? Bana bak, yine çok güzel görünüyorsun ama kesin hiç uyumadın. Uykusuzluğun güzelleştirdiği tek insansın sanırım. Ablam neyin var? Yoksa kavga mı ettiniz? Of abla, bırak şu kafese kapatılmış kaplan gibi dönüp durmayı, neyin var söylesene."

"Bilmiyorum bir tanem, inan bilmiyorum. Çok huzursuzum dün akşamdan beri, sürekli içim yanıyor. Hiçbir zaman kendimi bu kadar kötü hissetmedim. Sabaha kadar âdeta yandı ciğerlerim. Ama anlamıyorum nedenini. Ölecek gibi hissediyorum kendimi."

"Aman abla! Deme şöyle şeyler, ne biçim konuşuyorsun. Yoksa tartıştınız mı? Belki ondandır. Biliyorsun küs olmaya hiç dayanamıyorsun."

"Hayır tartışmadık. Bu başka bir şey, başka bir bilinmezlik, tuhaf bir acı içimdeki…"

"Hadi gel, beraber kahvaltı hazırlayalım. Bir şeyler yer ve biraz da uyursan geçer. Annem hep der ya 'Sıkı can iyidir.' Hem böyle sıkılınca için, bazen tam tersi olur ve sevinçli bir haber alırsın, öyle değil mi? Belki de annem yolda, o yüzden oraya takılmıştır kafan. Birkaç saat sonra zaten gelmiş olacak annem, gider alırız Ali Ağabeylerden. Annemi görüp ona şöyle bir kocaman sarılınca geçer içindeki bu anlamsız sıkıntı."

"İnşallah bir tanem! Ben sana kahvaltı hazırlayayım" diyerek konuyu değiştirmeye çalıştım ve mutfağa yöneldim. Daha ben mutfağa yeni girmiştim ki Aylin arkamdan bana seslendi.

"Abla telefonun çalıyor."

"Getirir misin buraya? Tamam, teşekkürler bir tanem. Alo… Efendim… Günaydın, sana da günaydın canım. Hayırdır bu saatte? Ne dediniz? İki saattir arıyorsunuz, açmıyor mu telefonu Serkan? Bu mümkün değil. Hayır, buraya gelmedi, dün akşam ofiste gördüm en son. Sonra akşam on gibi telefonda konuştuk, bana erkenden eve gideceğini söyledi. Sabah beşte ofiste olacağı için... Olamaz, o kaçta uyursa uyusun, uyanır saatinde... Ben hemen eve gidiyorum. Tabii, tabii ulaşır ulaşmaz ararım sizi."

Sonra sesim kısıldı birden ama yine de kız kardeşime, "Aylin kalk, kalk gidiyoruz. Çabuk ol, arabanın anahtarı nerede?"

"Abla, ne oldu söyler misin? Abla! Ya abla cevap verir misin?"

"Abla abla deyip durma bana! Hadi hemen gidiyoruz, ağabeyin işe gitmemiş; eve ona bakmaya gidiyoruz. Koş koş kardeşim koş!"

Koş kardeşim, ölümün sessizliğine gidiyoruz; hiçliğin başlangıcına, yokluğun ne olduğunu koklamaya gidiyoruz. Koş, birlikte bir sevdiğimizi uçurmaya gidiyoruz. Koş...

Şişşt, lütfen sakin ol! Unutma söz verdin, sakin olacağız. Hep sakin olacağız. Şimdi arabayı sakin sür ve sakin sakin nefes al hadi! Dindir yüreğini!

Sakinim, deli gibi sürsem de arabayı sakinim. Kız kardeşimi daha fazla panikletmek istemiyorum. O yüzden yüreğimde bütün çığlıklarım. İçime ciğerlerime doluyor haykırışlarım. Yok yok, bunlar belki de benim kuruntularım. Belki de başka bir şey olacak. Hiçbir zaman o kadar kötü bir şey olmadı hayatımda ve ona bir şey olmamıştır, olamaz. Sadece ben kuruyorum bunları. Evet, evet değiştir düşüncelerini. Değiştir ne olur Allah'ım zamanı! Belki de biriyle kavga etti ve karakolda. Belki de onun kontrolünde olmayan bir durum var. Evde bulamazsak Taksim Karakolu'na bakarız. İçeri aldılar herhâlde onu ama o kavga eden bir çocuk değildir ki! Yalnızca birine haksızlık yapılırsa dayanamaz. Delikanlıdır kardeşim ve kenarda duramaz, olaya girer böyle bir durumda. Yok yok, kesin öyle bir şey olmuştur ve beni üzeceğinden korktuğu için arayamadı. Allah'ım sen bana güç ver, işte geldik.

Kardeşim Aylin önden fırladı; o benden de hızlı koşuyor. Sanki olacakları o da biliyor. Ben biliyor muyum? Onun arkasındayım. Merdivenleri çıkıyoruz nefes nefese. Aramızda sadece bir kat var. Kardeşim kapıyı açıp içeri girdi bile.

"Abi, abi, abim!"

Hayır! Ne var, ne oldu? Nedir kardeşimin çığlıklarına sebep? Allah'ım, yalvarırım Rabbim yapma bize bunu! Korkuyorum, çok korkuyorum bu acıdan. Hayır! Hayır, bu olamaz. Olamaz ya Rabbim! Bu gerçek olamaz. Aylin'imin ellerinde savrulan kardeşim... Kollarında bir o tarafa bir bu tarafa gidiyor beyaz bir kâğıt parçası gibi. "Abi kalk!" diyor. "Kalk!"

Kımıldayamıyorum, kapının ağzında kalakaldım. Görüyorum tüm resmi, çerçevelendiği acıyla karşımda duruyor. Ama Aylin görse de kabul etmiyor, belki bir umut sarılıyor ağabeyine. "Kalk abi, kalk!" diyor hâlâ. Serkan'ımın yüzü bembeyaz. Yüzündeki gülümsemesi inanılmaz güzel. Tüm benliğinde bir huzur var. Sakinlik içinde Serkan'ım. Hadi kalk desem, "Efendim abla!" deyip gözünü açacak gibi. Huzur içinde uyuyorsun bebeğim, ben uyandıramam seni. "Hadi kalktım gidelim abla!" diyemezsin. Dayanmaz yüreğim gidişine... Atamadım bir adım daha, dokunamadım uyuyan sana. Dokunamadım Serkan'ım, hiç dokunamadım o sırada sana. Duramam buralarda, dar gelir her yer bana.

"Ey Rabbim! İsyanım var sana, duy beni! Pencereden gelen ışıkla al beni, götür onun olduğu yere! Bırak beni, bırak Aylin! Bırak, ne olursun bırak! Dayanmaz bedenim bu acıya. Parçalanıyor bütün kemiklerim içimde. Derim değil artık onları tutan,

## Sendeki Ben

çünkü yanıyor tüm bedenim alev alev. Aldılar benim her şeyimi! Yaşayamam ben bu acıyla. Bu olamaz, bunu kabul edemem, etmiyorum da! Duydun mu beni Aylin? Bırak bedenimi, ne olur bırak! Atmak istiyorum bu pencereden kendimi. Fışkırsın tüm bedenim gökyüzüne..."

"Abla, abla! Ne olur dur! Ablam yapma Allah aşkına. Ne yapıyorsun sen ya, kendine gel! Aman Allah'ım, nedir bu yaşanan abla!"

"Gitmek, uçmak istiyorum kardeşimin yanına. Bırak beni, bırak Aylin! Yalvarırım bırak! Çek ellerini belimden, ne olur çek! Gökyüzüne uçup her neredeyse kardeşimi alıp gelmek istiyorum. Bana bak, gözlerimin içine bak lütfen Aylin! Bırak, bırak beni!"

"Abla dur! Ne olur dur abla! Yapma! Ne olur abla bir aklını başına al. Sarıl bana sadece bana sarıl."

"Abla deme bana, dur yapma deme! Duramam yanıyorum, duramam buralarda! Yüreğimdeki alev sardı tüm bedenimi, duymuyor musun? Sen bir bırak beni, bak nasıl uçacağım ve Serkan'ı alıp getireceğim Aylin bırak beni... Bu nasıl büyük bir yokluk, nasıl bir acıdır ya Rabbi? Kimse bilemez yaşamadıkça. Yok bir tarifi, tanımı, anlatımı... Yok artık hayatın öncesi ve sonrası..."

*

"*Şişşt, buradayım bak! Hadi, bırak ellerini saçlarından. Kopardın tüm saçlarını. Çok canımız acıyor, biliyorum. Ama çıkmalısın bu merdivenin altından.*"

"Saçlarımın dipleri sızlıyor, hem de çok sızlıyor. Acıyla dolu ve sancıyor. Hepsini tek tek koparıp çıkarmak istiyorum o acıları. Evet evet, kopmalı bu saçlar ve kurtulmalıyım bu sızıdan."

"Kardeşin Aylin'i düşün. Bak, seni arıyor her yerde. Tutmasa belinden atacaktın kendini o pencereden. Hadi, çık buradan da görsün kardeşin seni. Çok perişan o da."

"Aylin! Aylin kardeşim... Onun da saçlarının dipleri sızlıyor mudur böyle?"

"Hadi çıkalım buradan. Onun sana ihtiyacı var. Her yerde feryat figan seni arıyor."

"Sus! Sus artık, sen de sus! Konuşma benimle, konuşma artık. Git ve beni bana bırak. Git ve yok ol. Bu sesten, içimdeki bu sesten kurtulmak istiyorum, duydun mu? Defol git, git! Her şey ne kolay senin için... Git! Git ve bir daha gelme."

"Böyle bırakıp gidemem seni. Sadece bir kez daha dinle içini ve çık oradan. Kardeşine yazık, seni arıyor perişan."

"Çıkamam, çıkamam! Aslında evet, çıkıp haykırmak istiyorum tüm evrene. İsyanım büyük, bu isyanı haykırmalıyım gökyüzüne. Duymalılar beni. Tüm inandıklarım, neredesiniz? O ne yaptı size? Biz ne yaptık? Neden korumadınız onu? Ey Allah'ım! Bunu ona nasıl yaparsın? Bunu bize nasıl yaparsın? Biz bunu hak edecek ne yaptık? Ne yaptık biz sana?

Yaşayamam bu acıyla... Dayanmaz yüreğim, kaldıramam bu gerçeği. Kabul edemem. İçime gömüp hayata devam edemem ve etmek istemiyorum, duydun mu? Bu acıyla var olmak istemiyorum. Kesinlikle istemiyorum. Gitmek istiyorum bu dünyadan, duydun mu beni? Kendi sonsuzluğumdan, o hiçlikten çıkıp gitmek istiyorum. Neden tuttu beni, neden bırakmadı Aylin? O pencereden uçup gitseydim... Sen de bırak beni artık, bırak git! İçimdeki sen, beni her zorluğa karşı hayata tutunduran o küçük çocuk, bu acıyla mutlu olabilecek mi? Hiç sanmıyorum. Bana yalan söylüyorsun. Bırak bizi gidelim!"

## Sendeki Ben

"Yapma bize bunu, lütfen yapma! Geliyor karanlık sen isyan ettikçe evrene. Bir kez daha düşersen o yokluğa çıkamazsın. Makineler dahi kurtaramaz seni. Umutların yok olursa tamamen beyin ölümün gerçekleşir. Şu ana kadar seni hayata bağlayan sadece içindeki çocuğun hayalleri, sözleri ve beklentileriydi. Geçmişten geleceğe olup biten her şeyi hatırladın. Annene verdiğin sözler, Yaradan'a ettiğin dualar ve yeminler... Hepsi yalan mıydı? Ya bana verdiğin sözler? Hani bir daha pes etmek yoktu? Hani var edilen bu bedene ve ruha asla zarar vermeyecek çareyi ölümde aramayacaktın? Ne oldu? Bitti mi şimdi bütün inandıkların daha ilk büyük acıda, bu kadar mıydı? Sen de başkaları gibisin o zaman, hiçbir farkımız yok. Yazık, yazık!"

"Bu acıyla nasıl yaşarım? Bu gerçeği nasıl kabul ederim? İçimdeki bu ateş söner mi? Ciğerim yanıyor, anlıyor musun? Kor olmuş alev alev... Bu acı ancak gözlerimi ebediyen kapatırsam geçecek, biliyorum. Bırak beni, şimdi en azından uyumak istiyorum hem de çok istiyorum.

İşte yavaş yavaş kararıyor her şey. Affet beni altın saçlı kız, affet! Nefes alamıyorum. Ciğerlerim acıyla doldu sanırım, sancıyor göğüs kafesim.

Affet beni altın saçlı kız... Sen de haklısın ama ne benim gücüm var ne de inandığım bir güç. Yok, kalmadı içimde öfkeden başka bir şey. Bana bir ışık, bir medet, başka türlü bir güç ver o zaman Allah'ım! Ölemem de, yapamam da bunu, anneme kardeşime bir de ben bu acının üstüne acı yaşatamam. Buna hakkım yok."

"Şimdi doğru düşünmeye başladın işte. İsyan gereksiz ve anlamsız. Bunlar değil evrenin sana verdikleri, öğrendiklerin... Sakince aç gözlerini. Solu yavaş yavaş avucumun içindeki havayı. Şimdi dinginleşecek ruhun ve acıların azalacak."

\*

"Hasan Dedem sen misin? Ah dedem, nedir bu yaşadığım? Affet beni ama yapamadım dedem, isyan etmeden durmadım, dayanmıyor yüreğim bu acıya; ne olur yardım et bana!"

"Kaldır kafanı, aç gözlerini; bak getirdim sana dualı suyunu. Ya Allah, ya Muhammet, ya Ali diyerek üç yudumda iç bu suyu. Her yudumladığın suyun arkasından ya sabır ya sabır ya sabır çek."

"Dedem, elin alnımdayken içim başka bir huzura erdi yine. Ne zaman içsem bu dualı sudan hep başkalaşıyor ruhum. Rahatlıyor, huzur buluyor bedenim."

"Şimdi beni iyi dinle, yaşadıklarını unutmayacaksın ama her zaman her durumda sabır dileyecek ve Allah'a sığınıp şükredeceksin. Biz seninle böyle konuşmamış mıydık?"

"Ama bu kez başka dedem. Kardeşimin acısı öyle bir şey ki..."

"Yok öyle başka diye bir şey. Bu dünyada neler yaşanıyor, ne acılar çekiliyor biliyor musun?"

"Bundan öte bir acı olabilir mi benim için dedem?"

"Öyle çok acı var ki... Bu yaşadığına her gün şükredecek kadar hem de. Peki sana hemen bir soru soracağım. Kardeşin huzur içinde yüzünde bir gülümsemeyle uyuyordu, değil mi? Ölüm sebebi olmadan, gitmesi gereken yere huzur ve mutluluk içinde giden bir ruh. Peki ya bilinmez kurşunların saplandığı canların gidişi daha ağır değil midir? Bu yüzden de yıllarca bitmeyen, dinmeyen bir öfke var olsaydı yüreğinde, daha mı az acı duyacaktın?"

"Kim ister bunu dedem..."

"Veya kardeşin hastalansaydı ve gözünün önünde günden güne eridiğini ve acı çektiğini görseydin... Çaresizliğin ne olduğunu her gün defalarca hissetseydin..."

*Sendeki Ben*

"Allah kimseye yaşatmasın, bu çok acı."

"Peki, trafik kazasında ezilip parçalara ayrılmış o bedenlerin sevdikleri ne durumda sence?"

"Allah yardımcıları olsun, sabır versin dedem. Korkunç bir acı."

"Ya savaşta patlayan bir bombayla, paramparça olup tanınmayan bedenlerin gökyüzüne savruluşunu kendi kardeşinde görseydin ne yapardın?"

"Bunlar çok acı olaylar, çok. Diyecek söz bulamıyorum."

"Evladının, kardeşinin, ananın veya babanın her bir parçası havaya uçarken yaşayacaklarını bir düşün... Evet, hadi bak yüzüme ve şimdi bir kez daha söyle bana, hâline şükretmeli misin? Unutma güzel kızım, sen bunları çok erken öğrendin. Kötünün de kötüsü, acının da acısı vardır bu hayatta. İster miydi Serkan senin böyle acı çektiğini görmeyi? Onun ruhuna nasıl bir huzursuzluk verdiğini düşün ve bunun sebebi sadece bencilce davranman."

"Nasıl yani dedem? Neden bencillik olsun çektiğim bu sonsuz acı?"

"İnsanların, gidenlerin arkasından acı çekip yas tutmaları, kendi duygularının sonucudur. Onu bir daha görememenin ve gidene duyulan özlemin sancılarıdır. Giden mi yoksa kalan mı şanslı bilemeyiz. Belki de bu dünyada her sabah uyanıp aynı döngüde dönüp duran biz zavallı insanlar için üzülüp ağlamak gerek. Kardeşin ne yaşıyor, nerede, ne durumda hiçbir bilgin var mı? Belki de Yaradan bu şekilde gelecekte yaşanacak bazı olumsuzlukların önüne geçti. Bilemeyiz kızım, hiç bilemeyiz! Tüm bunlar kendi içinde saklı gerçekleriyle bir gün öğrenmemiz için bizi bekliyor."

"Bir gün bir yerlerde kardeşimle tekrar bir araya gelir miyiz dedem?"

"Unuttun mu sana verdiğim altın değerindeki o sözü: 'Neye nasıl inanır ve çağırırsan, günü gelince onu öyle yaşarsın.'"

"Ben yürekten şunu hissediyorum ve inanıyorum ki dedem bir gün birbirimizin kıymetini daha iyi bileceğimiz bir yerde tekrar birlikte olacağız."

"Elbette mümkün bu ama önce sen bu dünyada yapman gerekenleri yapacak, Yaradan'a olan inancını kaybetmeyecek, daha da fazla sığınacaksın ona. Sana verilen bu ruha da, içinde var olduğun bu bedene de iyi bakacak, özünde olman gereken insan olacaksın. Söz verdiğin gibi annenin hayallerini de gelecekte var edeceksin. Ama bir gün asıl senin hayallerin yani altın saçlı kızın hayallerini gerçekleştireceksin. Evrene hizmet görevin var, unutma. O yüzden çok uzun bir yol var önünde. Ve bu yolda yapacakların çok önemli. Bana anlattıklarını hatırlasana! Evren ve içindeki canlılar için verdiğin o sözleri getir aklına. Altın saçlı kızı son bir kez daha görmelisin ve bunun için o ana yeniden gitmelisin. Onun sana ihtiyacı var şimdi. Haydi, koy elini yüreğine ve hisset içindeki çocuğu. Kendini korkularından kurtarıp aydınlığa ulaştığın o geceyi düşün."

\*

Evim... Evimiz... Nasıl da özlemişim her şeyi. Ne oyunlar oynardık kardeşlerimle bu salonda... Ve işte orada uyurdum. Salonun camından süzülen ışığın yumuşakça yansıdığı o geniş kanepede. Orada yatan çocuk... Evet, o benim ve yine korkular sarmış yüreğimi ağlıyorum sessizce.

"Çok korkuyorum. Çok korkuyorum Allah'ım. Ne olur yardım et bana. Almasınlar beni, alamasınlar. Koru beni Allah'ım, ne olur koru."

*"Ah küçük kız, neden ağlıyorsun?"*

*"Korkuyorum!"*

*"Neden?"*

*"Karanlıktan. Keşke hiç karanlık olmasa, hep gündüz olsa! Böylece geceleri yanıma gelen korkulardan uzak durabilirim o zaman."*

*"Evindesin ve ailenin yanındasın. Bunu bilmen yeterli. İnsanın evi en güvenli yeridir inan buna."*

*"Ama aklıma gelenleri yok edemiyorum. Öyle düşünsem de olmuyor, kendimi güvende hissedemiyorum."*

*"Peki, nedir aklında olanlar ve seni korkutanlar? Bana anlatmak ister misin?"*

*"Ben vampirden korkuyorum. Sonra bazen o küçük yaratıklardan korkuyorum."*

*"Hangi küçük yaratık bunlar?"*

*"İşte bak yine oradalar. Duvarın üstünde kıpır kıpır gezerken bana bir şeyler söyleyip hareket ediyorlar."*

*"Kaldır kafanı ve bak o duvara. Korkma."*

*"Hayır! Korkuyorum işte. Bakınca sanki daha da çoğalıyorlar."*

*"Ben varım ve yanındayım, sana hiç kimse bir şey yapamaz. Haydi gel, beraber bakalım, ne dersin. Bence çok güleceksin gerçekleri öğrenince. Günlerce ben bunlardan mı korkmuşum, ne saçma diyeceksin. Hadi cesur ol ve çıkar örtünün altından başını."*

*"Gerçekten mi? Yani anlamadım nasıl güleceğimi."*

*"Aferin sana. Bence sen sahiden çok cesur bir kızsın. Onlar, yani duvarda hareket eden o gölgeler seni nasıl korkutabilir?"*

*"Gölge mi dedin?"*

"Evet! Onlar birer gölge ve karşı pencereden yansıyor duvara. Bak şimdi bir gölge de biz yapalım ne dersin? Getir iki elini, yan yana koy ve baş parmaklarını üst üste koyarak ellerini aç ve şimdi de bir aşağı bir yukarı doğru hareket ettirince bak bakalım ne göreceksin."

"Ama bu bir kuş ve kanatlarını çırparak uçuyor. Ben daha önce neden bunu akıl edemedim?"

"İşte şimdi ettin ya, bundan sonrası önemli. Hadi kalk gidip bakalım neyin gölgesiymiş bu duvara yansıyan şekillerde."

"Tamam... İşte çıktım yatağımdan ve hiç korkmadan salonun içinde gecenin karanlığında dolaşıyorum. Hiç, hem de hiç korkmuyorum artık! Hey, yaşasın çok cesur hissediyorum kendimi."

"Evet... İşte bak, neymiş o gölgeler?"

"Ağaç yapraklarının gölgesi miydi o bütün geceler beni korkutarak kıpırdayan şeyler? Rüzgâr esince dalların üzerindeki yapraklar oynuyor ve bu görüntü dışarıdan duvara yansıyor. Çok komik!"

"Çok güleceksin demiştim sana ama kıkırdayıp durma, şimdi uyanacak herkes. Sonra bu kız kendi kendine neden gülüyor derler ve gece gece fırça yeriz babadan."

"Uyanmaz onlar, rahat ol. Ben her gece saatlerce korkumdan uyuyamaz, hatta bazen ağlarım. Ama ne annem ne de babam duyup yanıma gelmez. Bazen o vampirden çok ama çok korktuğumda ses çıkarmadan gidip ayaklarının ucuna yavaşça yatıyorum, annemin bacaklarına sarılıp uyuyorum. O sırada hemen içim rahatlıyor."

"Nedir bu vampir olayı anlat bakalım. O da kesin yine gülünecek bir şeydir. Senin hayal gücün çok fazla şey üretiyor sanırım."

## Sendeki Ben

"Mahallede herkes konuşuyor bunu. Büyükler bile konuşuyor. Artık akşam olunca karanlık çökmeden herkes evlerine giriyor. Çünkü haberlerde söylemiş. Bir mahallede bir kadının kanı emilmiş olarak bulmuşlar ve bir erkekmiş bunu yapan. Bu sapık, vampire benziyormuş. Yüzü yanıkmış ve dişleri uzunmuş. Ya bizim evimize de gelirse ve hepimizin kanını emerse diye korkuyorum."

*"Bu tür söylentiler hayatın boyunca duyacaksın. Emin ol, asla gerçek olmayan vesveseler bunlar. Hem gerçek olsa ne olur ki? O da bir insan sonuçta değil mi? Evimize giremez, duvarlardan geçip hiç kimse duymadan yanımıza gelemez ki!"*

"Aslında evet. Sonuçta pencerelerimiz demirli ve kapımız kilitli. Nasıl gelsin ben uyurken yanıma, değil mi? Evet, evimde bana hiçbir şey olmaz. Ama bir gün çocuğum olursa onun hiçbir zaman geceleri korkmasına izin vermeyeceğim. Hep onun yanında olacağım. Büyüdüğüm zaman da korkuları olan bütün çocuklara yardım edeceğim. Korkmak çok kötü bir şey, insanın kalbi acıyor."

*"Başka korkuların var mı? Yoksa hepsi bu kadar mı?"*

"Evet, aslında gündüzleri de bakkala gitmekten korkuyorum. Bunu anneme babama da söyleyemiyorum. Çünkü söylemekten de korkuyorum."

*"Neyi söylemekten korkuyorsun?"*

"Bakkaldaki o amcayı... Ya babam gidip o adamı öldürürse, sonra onu hapse atmazlar mı?"

*"Haklısın. O zaman bunu sen kendin çözeceksin. Sen çok cesur bir kızsın Leyla. Bakkala gitmekten hiç korkma. Tamam mı?"*

"Zaten ne zaman bakkala gitsem önce uzaktan bakıyorum. Mehmet Amca orada yalnız mı yoksa karısı yanında mı diye. Eğer yalnızsa birisi gelene kadar bakkala girmiyorum."

*"Aferin, bu çok zekice."*

"Çünkü tekrar aynı iğrenç şeyi yaşamak istemiyorum."

*"Biliyorum. O gün nasıl korktuğunu çok iyi hatırlıyorum altın saçlı kız. Bundan sonra asla sana kimse öyle dokunamayacak. Bir daha böyle bir şey yaşamayacaksın. Sana söz veriyorum. O adamdan hiç korkma, sana ne derse desin gözlerini onun gözlerinin içine dikip tehdit eder gibi bak. Söylediği hiçbir şeyi de yapma. Unutma, zaten sana söylenen her şeyi yapmak zorunda değilsin ve istemediğin bir şeyi sana kimse yapamaz. Gücünü her daim hisset."*

"Çok pişmanım zaten. Neden o gün onu dinledim ki?"

*"Bilemezdin ki. Sonuçta ailece tanıyıp bildiğin ve amca dediğin biri. Büyüklerin sözlerini dinler genelde çocuklar. Bu yüzden o gün sen de o söylediği için tezgâhın arkasına geçip dolaptaki yağı aldın."*

"Evet ama sonra geçmeme izin vermedi. Beni dolapla tezgâhın arasına sıkıştırdı. Sanki geçemiyormuş gibi yaptı. O kocaman vücudunu itip ona öyle bir bağırdım ki, biri duyacak diye korkup hemen çekildi. Hiç de o kadar dar değil orası biliyorum."

*"Bir daha o adamdan korkmak yok ve senin korkmadığını görürse, bence bir daha sana öyle dokunmaya cesaret edemez. Çok cesurca davranmış ve yapman gerekenleri en akıllı şekilde yapmışsın. Kimseden korkup sinmesin yüreğin bedenin. Tamam mı? Her zaman kafan dik dursun ve gözlerin bu küçük kızın gücünü yansıtsın."*

"Anlaştık. Sana söz veriyorum bundan sonra hiç bir şeyden korkmak yok. Bence mahallede başka çocuklara da böyle yapıyor o adam. Büyüdüğümde böyle kötü insanlardan korumak istiyorum bütün çocukları."

*"Bence sen şimdiden bunu yapabilirsin. Arkadaşlarını uyarıp onları bilinçlendirebilir ve böylece hep birlikte daha güçlü olabilirsiniz."*

## Sendeki Ben

"Benim hayallerim ne biliyor musun? Yani büyüyünce yapmak istediklerim..."

"Sanırım hepsini artık çok iyi biliyorum ama tekrar senden duyabilirim."

"Çocukların umutlarının sönmesini engelleyeceğim. Böyle kötü adamlardan onları koruyacağım. Umudunu kaybetmiş ve korkan çocukların yanında olacağım. Çok ama çok büyüdüğümde bol para kazanıp onlara yardım edeceğim. Evsiz olan çocuklara evler alacağım. Sevgisiz büyüyen çocukların etrafına sayısız sevgi götüreceğim."

"Bir gün gelecek ve sen bunların hepsini yapacaksın. İnancın ve yüreğindeki sevgi var oldukça hepsinin olacağına inanıyorum ben."

"Artık sabah olmak üzere ve çok uykum geldi, hem yarın okulum var. Bir daha korkmayacağım. Hep böyle söylediğin gibi cesur olacağım. Ve neden korkuyorsam onu kafamda büyütmek yerine, üstüne gidip çözeceğim."

"Her sorunun bir çözümü vardır zaten. Sorunu kafanda kurup büyütmektense çözümün peşine düşeceğim demen beni çok mutlu etti. Gör bak, böyle yaptığında hayat nasıl kolaylaşacak ve daha keyifli olacak. Hadi şimdi güvende olduğunu düşünerek huzur içinde uyu. İyi uykular altın saçlı kız."

"İyi uykular bana... Çok uykum var..."

"Tekrar sana dokunmak ve seninle bir olmak çok güzel Leyla. Gece melekleri seninle olsun ve tüm çocuklarla birlikte seni korusunlar."

\*

"Aman Allah'ım oradaydım dedem... Kalbime elimi koyup gözlerimi kapatıp açtığım an altın saçlı kızın yanındaydım. Onu korkularından kurtaran yine bendim, aslında bendeki sendin! Dedem, affeder mi Rabbim beni? Nasıl isyan ettim ona? Çok üzgünüm dedem! Nasıl bu kadar sildim kafamdan öğrendiğim her şeyi? Bir parça çocukken o gece kendime verdiğim o sözler aslında çok derin. Bunları nasıl unuttum?"

"Bazen iyidir hayatı sil baştan var etmek. Bırak silinsin beynindeki her şey ve bütün öğrendiklerin yenilensin. Belki de senin için hayırlısı olan budur, bilemeyiz. Şimdi kapat gözlerini ve gel bakalım iyice yanıma. Alnını koy avucumun içine, enerjimi tamamen hisset. Şimdi diğer elimin içini kokla ve yavaş yavaş soluyarak uyu. Gözlerini açtığında her şey dursun bir süre beyninde. Kardeşinin gidişi, senin yeniden varoluşun olsun, daha önce görmediklerini gör, işitmediklerini işit. Son bir şey kaldı görmen, duyman ve asla unutmaman, hep hatırlaman gereken. Bu dünyaya geliyoruz ve sonra birden ansızın bir gün gidiyoruz. Peki gelirken ve giderken ne alıp, ne götürüyoruz? İşte can parçanla vedalaşma anın ve o an yaşayıp hissettiklerin..."

\*

Cami avlusunda ışıldayan güneşin altında sessiz bir kalabalık var. Ne kadar da çok insan var bugün burada. Oysa daha bir buçuk yıl olmuştu İstanbul'a geleli. Ne zaman edindin bunca insanı sen canım kardeşim? Ne çok sevenin sayanın varmış bu genç yaşta. Zaten hep vardı sende bu, bir başkaydı enerjin. Karşısındakini ısıtıp aydınlatan ışıklı bir sıcaklık yayardın çevreye. Seni bir kere görüp tanıyan, bir hafta konuşur anlatırdı. İnsandın canım kardeşim, has insan! İşte aslında giderken götürebildiğimiz tek şey de bu değil mi? İnsanlığımız!

"Helal olsun!" sözünden sonra yüreklerde, ya "Allah var, sahiden çok iyi insandı." ya da "Allah rahmet etsin ama çok yanlışlığı, kötülüğü vardı." sözlerinin oluşması... Ne yapıyoruz ki biz zavallı insanlar, neyin peşindeyiz bu dünyada? Bitmek bilmeyen maddi istekler uğruna etrafı incitmek ve evreni kirletmekten başka yaptığımız ne var? Para ve onun getirdiği gücün esiri olmaktan başka bir gerçek yok şu koskoca gezegende. Ne kadar yazık!

Evet, tam karşımdasın kardeşim, getirdiler seni omuzlarda. Tüm yürekler bir olmuş dua ediyoruz sana. Aslında bütün dualar kendimize; senin dua alacak neyin kaldı ki? Yaradan senin nasıl tertemiz bir ışık olduğunu bilmiyor mu? Asıl bize yardım etsin ki, olumsuz hırsların içindeki bu keşmekeşin ortasında koşup duruyoruz.

Ama şunu bil gözümün ışığı; senin gidişinle ben çok değiştim ve sayende çok şey öğrendim. Bu zamana kadar ben sana tüm kalbimle ablalığımı yaptım ama sen kimsenin yapamayacağını yaptın bana: Gönül gözümü açtın tüm evrene ve tüm hayata karşı. Ayrıca artık kendimi daha güçlü hissediyorum. Çünkü biliyorum ki bir melek gibi uçup giden bir kardeşin ablasıyım. Ve göklerde bir yerlerde hep bizi koruyup kollayacaksın. Üç kardeşin biri olan sen; eksiğimiz değil, bu hayata karşı fazlamız oldun. Seni çok seviyorum canım kardeşim, her zaman seni güzel anacak ve sana hep minnet duyacağım bana aktardığın güzellikler ve öğrettiğin evrensel bilgiler için...

Bu cami avlusunda, bir gün bir yerde tekrar buluşmak üzere şimdilik elveda kardeşim; elveda evimin tek erkeği, elveda kara gözlüm, elveda!

"Dedem! Hasan Dedem, iyi ki geldin. İyi ki yetiştin."

"Benden önce sen kendine yetiştin. Küçük Leyla bırakmadı seni hiç. Sana güzel rehberlik ettiğimi gördüm. Bunca acının ve yoksunluğun içinde çok dibe vursan da kaybetmedin özünü. Bir tarafın hep mücadele etti. İçindeki o çocuğu hep var ettin. Aslında o gün Serkan'ımızı yolcu ederken çok metin ve kararlı bir şekilde gördün her şeyi; hayatın gerçekte ne olduğunu. Asıl bu günden sonra var edeceklerin önemli senin için."

"Bu son vedada her şeyi fark ettim etmesine ama daha önce bilemedim dedem. Birden bomboş oldu dünyam. Hayatın hiçbir anlamı yokmuş gibi hissettim. Daha çok kardeşimin özlemi tüketti dedem yüreğimi ve sonra kaybettim işte birden var olan gücümü."

"Yalnızca içindeki büyük özlem duygusunu nasıl idare edeceğini bilemedin. İlk kez bu derece derin bir özlem duygusu yaşıyordun. Bu yüzden onu dengede tutup umutlarla sabrını yükseltip nasıl bekleyeceğini, nasıl yaşayabileceğini bilemedin. Ama artık biliyorsun ve kardeşinin ruhunu daha fazla incitmek istemiyorsun."

"Kesinlikle dedem. Hem anneme aynı acıyı tekrar nasıl yaşatırdım? Canım kız kardeşim Aylin'imi nasıl yalnız bırakırdım? Buna ne hakkım vardı ve nasıl oldu da böyle düşünemedim? Onları bensiz bırakıp yok olmayı istemek, gerçekten de çok bencilce dedem. Bağışlasın Rabbim, affetsin beni tüm evren ve yardım etmeye söz verdiğim çocuklar. Her söylediğimi yapacağım, buna inan dedem."

"İnanıyorum. Bazen bazı şeylerin silinmesi iyidir. Yenileri için yer açılır ve benliğin bir başka aydınlanır. Senin de öyle olacak. Yeniden inşa edeceksin kendini ve tüm algılarını. Yoğun bakımda şuursuz yaşadığın her anın kıymetini bileceksin. Zor olacak biliyorum ama üstesinden gelecek yüreğin tüm acılarının. Asıl uyanışın başka bir zaman diliminde olacak. Bir gün bir can getireceksin dünyaya ve o gün ağlayan bebeğin sesi yüreğine

## Sendeki Ben

düştüğünde anlayacaksın ve hissedeceksin seni var edenin tüm gücünü. Sonra da yeniden yeşerecek umutların ve dünyan...

Hadi bakalım, hak yolunda hizmetin seni bekliyor. Yolun aydın ve iyilik dolu olsun. Kötüler uzak dursun senden. Tutamasın kimse hayallerini ve yok edemesin umudunu..."

"Dedem benim, iyi ki varsın ve iyi ki rehberimsin bu hayatta."

"Şimdi iyice bir doldur ciğerlerini havayla. Hayat ve içindekiler seni bekliyor."

## SON SÖZ

Hayatın tam içindeyim. Beni bekleyenlerle birlikte hâlâ hayallerimin peşindeyim. Cennetin bu dünyada var olduğunu haykıran bir adada yaşıyorum. Bir oğlum var ve bana hayatı yeniden öğretiyor. Artık kırk yaşındayım, oğlumsa dokuz yaşında. Gün gelecek o da kırk yaşını yaşayacak zaten. Bu yüzden benim ulaştığım seviyeden değil, onun olduğu noktadan hayatı görmeyi tercih ettim.

Sevgili insanlar, bunları yazıp anlatmak istememin sebebi ne biliyor musunuz? Hayatım boyunca yaşadığım ve inandığım mucizelerin gerçek olduğunu sizlerin de bilmesini istemem... En dibe vurduğumda bile hayata umut dolu bakmamı sağlayan o evrensel gücü sizin de içinizde keşfetmenizi beklemem... Belki de bu gücü ve mucizeleri inancımızla kendimiz var ediyoruz, bunu göstermek dileğim...

Mucizelerimiz bizim hayata nasıl baktığımızla alakalı bence. Bu benim varsayımım, biliyorum. Ama ya peki gerçekten böyleyse? İşte daha güçlü olabilmeniz için bu olasılığı da sizinle paylaşmak istedim. Tüm yaşadıklarımı kurgusuz ve yalansız, masalımsı bir dille anlatmaya çalıştım.

Umut varsa hayat her zaman bir ışık getirir karanlığa. Buna çok derinlerden inanır ve hiç şüphe barındırmazsan yüreğinde, gerçek olduğunu göreceksin. Yaşadıklarımın içinde acı, keder, üzüntü olsa da, bence baştan sona umut dolu bir hikâye.

Biliyorum, belki hâlâ merak ettikleriniz var. Yirmi yedi yaşındaki ben bilinçsizce uyuduğum beş günlük yoğun bakım sonrası neler yaşadım? Öyle birdenbire nefes alıp gözlerimi hayata tekrar açtıktan sonra ne oldu? Onca kederden sonra hiçbir şey olmamış gibi hayata güle oynaya devam mı ettim? "O bebek hikâyesi neydi?" dediğinizi de duyar gibiyim.

Evet, o gün derin bir nefes aldım ve tekrar gerçekte var olan hikâyeme döndüm. Yaşamayı seçmiştim belli ki. Ama olup biten her şeyden habersizdim ve şaşkın şaşkın yüzüme bakanlara uyanmıştım. İçim hâlâ bomboş ve karamsardı. Kendimi, ailemi ve hayatımın diğer belirgin noktalarını hatırlıyordum. Duygularım fazlasıyla güçlüydü ve sezgilerim her zamankinden fazla çalışıyordu. Tek sıkıntı kelimelerdi. Evet, gerçekten konuşamıyordum. Tek kelime edemiyordum. Sevdiğim onca kitabın ne yazarını ne de adını hatırlıyordum. Ne bir film adı ne bir yönetmen ne de bir sanatçı... Bırakın bunları, elimde tuttuğum bardağa bakıp adını bile söyleyemiyordum. Çünkü hatırlamıyordum. Üst bellek hafızası denilen kısım bende kendini kapatmış meğer. Sanırım bunun sebebini biliyorum. Ölümde aradığım sessizliği bu kez dünyada devam bulmak istemiştim. Kapatmıştım kapılarımı her şeye.

Daha da ilginci benim bu yazdıklarımı da önceden hatırlamıyor, bilmiyor olmam. Gerçekten ben bütün bunları yazarken

## Sendeki Ben

hatırladım. Sadece klavyenin tuşlarına basarak uydurduğum bir hikâye değil, bunu bilmenizi isterim. Okuduğun bu kitap, yazdıklarımın üçüncü hâli. Neden mi? Her seferinde bir kez daha eksik kalan yerlerin tamamlanması gereğinden. Olması gereken her şey yazılmadan yayınlanmak istemeyen bu kitap işte üçüncü hâliyle ellerinde.

Sevgili sen; hayat o gün uyanıp yoğun bakımdan çıktıktan sonra da çok kolay olmadı bizim için. Beş gün boyunca o yatakta yattığım sürede gözlerim kapalı her şeyden kopuktum ama kendi iç sesimle mücadele etmekteydim. Gözlerimi açıp hayata dönmem zavallı annem ve kardeşimi en azından biraz da olsa rahatlamıştı. Hastane kapısında korku dolu beklemeler bitmişti.

Nasıl oldu da peki birden her şeyi silme kararı aldım. Kendimi ve sevdiklerimi tamamen nasıl unutup nefesimi tutarak kendimi öldürmeye çalıştım. Aslında kardeşime veda ettiğimiz o gün hayatın as gerçekleriyle gönül gözüm inanılmaz açılmıştı. Kardeşime son vedam derin ve acı dolu olsa da onsuz bir eksik olarak eve gitsek de... Orada, o veda sonrası canım kardeşimin bana verdikleriyle çoğalmış ve artık dünyaya çok farklı taraftan bakan bir Leyla olmuştum.

Sonrası Serkan'sız boş bir dünyada yaşaması acı dolu ve ağır gelse de üçümüz de birbirimize destek olup ayakta durmaya çalıştık. Ailemle ilgilendim ve annemi ve kardeşimi iyi bir psikoloğa götürdüm. Sevgili Belgin Ablam beş ayrı kişiden sonra evet, işte bu kadın lazım bize dediğim mesleğinde harikalar yaratan güzel can. Bize çok destek oldu, Allah razı olsun.

Hatta bir gün beni karşısına alıp şöyle dedi:

"Bak Leyla'cığım, benim sana verebileceğim bir şey yok aslında. Bu üçüncü seanstan sonra arada bir sohbete gel bana, inan bunu çok isterim. Ama artık bana seans için para ödeme lütfen. Çünkü sen her şeyi çözmüşsün zaten kendi içinde inan bana güzel kızım. Annen ve kardeşine haftada bir devam edelim olur mu?"

Aslında ara ara Serkan'ımı o hâlde kardeşimin kollarında gördüğüm o gün yaşadıklarım gibi tükenmiş ve bitmiş hissediyordum. O an yaşadıklarımın sonucu gerçekten bir insanın akıl dengesinin nasıl bozulabildiğinin tam ucuna kadar gelmiştim. Tüm benliğimi, mantığımı ve aklımı almıştı yaşadığım ani şok, hatta kendimi o pencereden atacak kadar çaresiz bir durumdaydım. O apartmanın merdiven boşluğunda beni bulduklarında çok da aklım yerinde değildi.

Ama inanın insan beyni çok güçlü, biz ne ister neyi komut verirsek bize o sonucu veriyor. Ve aylarca böyle mücadele ettim, içimdeki bütün fırtınaları çözmeye çalıştım ve Belgin Abla'nın da dediği gibi aslında içimdeki olup biten her şeyin anahtarı da kilidi de bendeydi biliyordum. Sadece bir türlü kardeşimin yokluğunu kaldıramıyor ve onun olmadığı bir dünyaya kabul etmek yerine sürekli isyan edesim vardı. Oysa isyan ettiğim bu hayatın içinde gözümün ışığı olan çok sevdiğim bir kardeşim daha var. Ve tabii ki hayatımın anlamı annem...

Ama ben özlem ağırlaştıkça içimde yüreğimdeki acıdan başka hiçbir şeyi düşünemez olmuş; umut etmeyi, hayal etmeyi ve istemeyi bırakmıştım. Altı ay olmuştu onsuz onca gün ve ay geçip gitmişti. Bana bu sevgili canlarımı bile unutturan isyanımın artık tamamen mahkûmuydum âdeta. Enteresan rüyalar görüyor, çok farklı olaylar yaşıyordum.

Evren sürekli bana yardımcı olmak için gereken her şeyi yapıyordu aslında. Bense yüreğimde hâlâ devam eden, aslında hiç kaybetmediğim inancımı duymazdan geliyordum. Uzunca bir

## Sendeki Ben

zaman hiç uyumadan öylece kaldım. Ne verdikleri sakinleştiriciler beynimi susturabildi ne de verdikleri uyku hapları beni uyutup her şeyi kapatabildi. Bazen göz kapaklarım yorgunluktan kapanıyor ama asla beynim susmuyordu. En ufak sesi duyup, en küçük hareketi hissediyordum. Etrafımda olup biten her şeyi gözüm kapalı görüyordum. İnsan düşündükçe hayatını derinlemesine; çıkan detayları es geçemiyor.

Sonra uykusuzluğum artık ciddi bir boyuta gelince bana ilaçları şart koştu doktor ve ailem. Ayaktaydım. Konuşuyor, az da olsa yiyor, içiyordum ama ters giden bir durum vardı. Ben hiç uyumuyordum artık ve bu yüzden çok zayıflamıştım. O gün karar verdim, "Evet, uyumalıyım." dedim ve bir ilaç alıp kapattım gözlerimi hiç açmak istemezcesine. Baktım ki bir ilaç yetmedi, hâlâ hiç uykum yok sonra bir tane daha, birkaç saat sonra bir tane daha derken, ben işin ucunu kaçırdım uyku hapları ve içtiğim dört beş Xanax sonrası ağzım dilim dönmemeye başladı ve birden fenalaşınca hastaneye kaldırıldım. Sonrasını hatırlamıyorum...

Beş gün yoğun bakımda nefesimi tutarak kendimi öldürmeye çalışmam kendi içinde ayrı bir olay. Evet, uyandığım gün şaşkın şaşkın bana bakanları görmüştüm. Ama ne yazık ki ben tek kelime dahi konuşamıyordum. Sonrası çok sıkıntılı geçti aslında. En zor kısmı da elime aldığım her nesneye bakarken, adını hatırlamadığım için beynimin içindeki zonklamaydı ve bunu aylarca yaşadım. Şöyle düşün, eline bir bardak alıp yüzüne bakıyorsunuz, bildiğin bir şey ama bir türlü hatırlayamıyorsun. Gördüğün şeyin bardak olduğunu söyleyemiyorsun.

Sonunda baktım ki olacak gibi değil, bıraktım hatırlamak için beynimi zorlamayı. Her şeyi sanki bebekmişim gibi yeniden duyarak öğrendim. Ama asıl istediğim, hiçbir şey duymadan hissetmeden uyumaktı ama yapamıyordum. Bu kez ilaçlarla uyumaya da çalışmadım. Bir önceki deneyim sonrası bu doğru olmazdı. Ölmek istemiyordum artık, sadece uyumak istiyordum. İster istemez bir şeyler duyuyor ve beynimin içindeki yeniden başlayan zonklamadan kurtulmak için uyumam gerekiyordu sadece.

O zaman kendime, bunu bu kadar çok istiyorsam ve ihtiyacım varsa yapabilirim dedim. Ve yaptım da. Gerçekten bunu yaptım ve beynime doğruca uyku emri gönderdim. Uyu sadece uyu. Kapat gözlerini ve canın istediği kadar her şeyden uzak uyu. Ve hiçbir şey duymadım. Bazen annemin yüzünü görüyor ama tekrar kendime kapanıyordum.

Evet, uzun zaman sonra uykunun ne olduğunu tekrar öğrendiğim bedenim mutluydu. Tam yirmi bir gün hiç uyanmak istemedi. Canım annem ve güzel kardeşim benim yüzümden kahroluyorlardı ve ben tabii bunun farkında bile değildim. Günlerce eve hemşire gelip beni serumla besliyormuş. Ve günlerden bir gün yine bir dolunay gecesi ben uyandım ve gözlerimi açar açmaz:

"Anne! Anne, benim canım karpuz istiyor!" diye seslenerek yatağın üstünde bağdaş kurup oturdum. Annemlerin yüzlerindeki şaşkınlık inanılmazdı, canlarım benim! Hemen kardeşim fırladı ve bir taraftan da sanki hiçbir şey olmamış gibi, "Evet ablam, bu yaz günü ne iyi gelir şimdi sana. Hemen kesip getiriyorum." diyerek mutfağa koştu. Annem üzüntüsü sevince dönmüş gözleriyle gözlerimin içine bakarak geldi, yanıma oturdu. "Canım kızım, uyandın mı? İyi misin, nasıl hissediyorsun?" dedi.

Aslında o kadar çok şey var ki anlatmak istediğim ama ben sadece karnımı tutarak anneme:

## Sendeki Ben

"Bebeğim olacak, ona iyi bakmam gerek." diyebildim. Kardeşim ve annem ben karpuzu yedikçe ve arada bir karnımı tutup gülümsedikçe şaşkın şaşkın beni izlediler. Ne dediysem çocuk gibi çat pat kelimelerle, hep başlarını sallayıp onayladılar.

Peki, ben neden uyanıp "Bebeğim olacak, ona iyi bakmalıyım." dedim? Çünkü rüyamda güzel bir ışığı olan bir adam elinde tuttuğu o güzel bebeği kollarıma verdi.

"Bu bebek tekrar nefesine nefes katacak. Bunun için artık uyanmalı ve ona sahip çıkmalısın. Sana ihtiyacı var hayatın." dedi.

Evet, işte aynen buydu gördüğüm rüya. Annemler bana "Aklını kaçırdı artık." diye baksa da buna çok inanarak tam on gün geçirdim. Ta ki gerçek ortaya çıkıp kendini önüme koyana kadar... Periyodum gelmişti. O an sanki her şey bir oyundu ve bense ne oynadığımın farkında değil gibiydim. Tabii bu durum da uzun sürmedi, çünkü beş gün sonra kız kardeşim, "Ben hamileyim." dedi.

İşte gördüğüm rüya aslında gerçekleşmişti ve âdeta delirmiş gibi kardeşime sarıldım. Ardından onun karnını tutup:

"Bu bebek, işte bu bebek benim eksilen nefesim olacak!" diye bağırıp durdum. Gerçekten de buna çok inandım, içimden gelen o ses bana, "Hayat eksi veya artı her şeyle var, bir giden bir gelen demektir. Hiçbir şeyi kayıp olarak düşünme. Şer dediğimiz her olayın bile bir hayrı vardır. Neye nasıl baktığın ve neyi ne kadar görebildiğindir önemli olan." dedi.

İçimde ikiye ayrılmış gibiydim. Bizi bırakıp giden kardeşime duyduğum o bitmez tükenmez özlem duygusu ara ara isyanı hatırlatıyordu yüreğime. Sonra birden huzur geliyor ve hava doluyordu ciğerlerime. Acayip bir ikilem arasındayım ama bebeğin umudu bir yandan içimi sevinç duygusuyla kuşatıyordu.

İşte bugün o bebek büyüdü ve şubat ayında on iki yaşında olacak. Doğduğu gün o hastanenin ameliyat salonunun önünde, hayata gelen bu yeni can bana tekrar umut vermişti. İlk ağladığı an aldığı nefesi hissettim. Neredeyse dizlerimin bağı tutmayıp olduğum yere yığılacaktım. O an kulağıma gelen ses, Yaradan'ın ta kendisinden geliyordu:

"Ey kulum! Ben veriyorken bu kadar mutlu oluyor ve hayra yoruyorsan, ben aldığımda da isyan etmeyecek ve bunu da hayra yoracaksın."

Hayata atılan ilk çığlık, ruhumun tekrar özgür olduğunu hissettiren bu bebek sesi çınlıyordu her yerde. Tek duyduğum ses yeğenim Emir'imin sesiydi... İşte derin bir nefes almanın ne olduğunu tekrar hatırladığım an bu andır.

Sevgili can, artık biliyorsunuz ki hayatta mucizeler var. Yeter ki yüreğin şüpheye yer vermesin. İnancınla bir olur ve sürekli hayal edersen evren bunu sana bir şekilde getirir. Yapmamız gereken sadece hayatı sevmek. Çünkü hayatı var eden evrendir ve var edenin var ettiklerine sevgi ve saygı duyduğumuz sürece bize olumlu ve güzel olan her şeyle geri yansıyacaktır.

Biliyorum, bu tür sözleri çok yerde okuyor ve duyuyorsunuz. Ama bu kez biraz farklı. Bu kez okudukların içtenlikle paylaşılan gerçek bir hayat öyküsü. Emin ol ben de artık okuyamıyorum birçok kitabı. O yüzden canı gönülden diliyorum ki, bu kez hayatın geri dönüşü olan insan gelişimi rafında bulduğun bu kitap aradığını sana vermiştir. Yalnız bilmelisin ki sende de benim yüreğime dokunabildin, çünkü kitabı bitirip bu son sözlere gelebildiğine göre sevmiş olmalısın.

*Sendeki Ben*

Teşekkür ediyorum beni hayatının içine alıp yaşadıklarımı önemseyip alıp yüreğinde bir yere koyduğun için. Güzellikleri kalbiyle alan bir kişi tüm evrene, ışık yayar umut dağıtır. Ben buna canı gönülden inanıyorum ve senin de inandığını hissediyorum. Öyleyse lütfen bu kitap ne kadar çok kişi tarafından okunur ve yayılırsa işte o zaman hepimizin küçük bir dokunuşuyla iyilik dağılacak çocukların dünyasına. Şunu asla unutmamalıyız:

## İNANMAK, HER ŞEYİN ANAHTARIDIR!